许地山作品精选

名家作品精选

许地山 著

长江出版传媒　长江文艺出版社

图书在版编目（ＣＩＰ）数据

许地山作品精选 / 许地山著. -- 武汉：长江文艺
出版社，2019.11
（名家作品精选）
ISBN 978-7-5702-1068-8

Ⅰ. ①许… Ⅱ. ①许… Ⅲ. ①中国文学－现代文学－
作品综合集 Ⅳ. ①I216.2

中国版本图书馆 CIP 数据核字(2019)第 188679 号

责任编辑：李 艳　 沈瑞欣　　　　　　责任校对：毛 娟
封面设计：沐希设计　　　　　　　　　责任印制：邱 莉　 胡丽平

出版：长江出版传媒　 长江文艺出版社
地址：武汉市雄楚大街 268 号　　　　邮编：430070
发行：长江文艺出版社
http://www.cjlap.com
印刷：长沙鸿发印务实业有限公司

开本：640 毫米×970 毫米　　　1/16　　印张：18.75　　插页：1 页
版次：2019 年 11 月第 1 版　　　　2019 年 11 月第 1 次印刷
字数：235 千字

定价：30.00 元

许地山：融传奇与现实于一身

一

　　许地山，名赞堃，号地山，笔名落花生。祖籍广东揭阳，1893年2月14日生于台湾一个官宦世家。

　　甲午战争后，台湾割让日本，遂随父母迁回福建龙溪，幼年经过了一段颠沛流离的生活。1897年读私塾，1904年入小学，1910年中学毕业即开始自谋生路，先在福建第二师范任教，曾编辑《荔枝谱》。后去缅甸仰光的华侨中学教书，异国他乡的生活对他以后的创作影响甚大，并对佛学产生了浓厚兴趣。1915年回国，加入闽南伦敦会（基督教会）。

　　1917年，入燕京大学文学院攻读文学。"五四"运动期间积极参加学生运动，与郑振铎、瞿秋白等编辑出版《新社会》旬刊，写有《女子底服饰》《社会科学研究的方法》《强奸》等文章。1918年与台湾林月森结婚，年底生一女儿。同年，其父病故苏门答腊，并葬于当地。1920年毕业于文学院，获文学学士学位，并入神学院研究宗教。1921年，与郑振铎等12人发起成立文学研究会。同年发表处女作《命命鸟》，接着《商人妇》《换巢鸾凤》《黄昏后》等短篇小说陆续问世，同时还写有不少散文小品，从此开始了文学创作生涯。

　　1922年从神学院毕业，获神学学士学位，并留校任教，兼任平民大学教员。同年5月，与谢冰心、梁实秋等赴美留学，在哥伦比亚大学研究宗教史和比较宗教学，后获得文学硕士学位。1924年转赴英国牛津大学研究院，研究宗教史、印度哲学、梵文以及民俗学，其间编有有关鸦片战争前后中英交涉史料的《达衷集》，还在《小说月报》发表《看我》《情书》《枯杨生花》等作品，撰有《中国文学所受的

1

印度伊兰文学的影响》等论文，并鼓励老舍创作《老张的哲学》。

1925 年，第一部短篇小说集《缀网劳蛛》（12 篇）和第一部散文集《空山灵雨》（44 篇）作为"文学研究会丛书"由商务印书馆于 5 月、6 月出版。1926 年前往印度，拜访文学大师泰戈尔，翻译《孟加拉民间故事》，写作《印度文学》。同年 10 月回国，任燕京大学文学院和宗教学院助教，编写《佛藏子目引得》三册，写诗《我底病人》。此后专心宗教研究，文学创作数量减少。1928 年升副教授，分别在北京大学、清华大学兼授印度哲学、人类学，其间专心编撰《大藏经索引》和撰写《中国道教史》（上卷），小说《在费总理底客厅里》发表。1929 年，因前妻病故，与湘潭周俟松相识、结婚。1933 年，利用休假一年的机会，前往中山大学讲学，并去台湾、印度、苏门答腊等地。

1935 年回校复教不久，因校长司徒雷登排挤进步教授，经胡适介绍赴香港大学，任文学院主任教授，将文学院分文学、哲学、史学 3 系，改革教学方法和招生制度，促进了香港新文化的发展。同年 3 月，集合友好多方营救瞿秋白。抗战爆发后，积极投身抗日救亡文化活动，曾任中华全国文艺界抗敌协会香港分会常务理事等职。1941 年 2 月，小说《铁鱼底鳃》发表；7 月，《国粹与国学》引起巨大反响。其间为集中力量完成《道教源流考》独往沙田写作，积劳成疾，于 1941 年 8 月 4 日病逝，终年 49 岁。

二

许地山的创作风格独异于中国现代其他作家，被人誉为"一朵绚丽耀眼的奇花"[①]，这表现在他的作品既具有浓厚的宗教色彩又具有诡异的浪漫情调。

与同时期作家一样，许地山也关注人生问题，是"五四"时期"问题小说"创作大军中的一员骁将，但他既有别于冰心、王统照、叶绍钧式的对"美""爱"的无限憧憬，也不同于庐隐那样的苦闷焦灼。深受宗教影响的许地山，他的人生观是蜘蛛式的织网补网，他得

---

① 郑振铎：《许地山选集·序》。

2

出的结论正如《〈空山灵雨〉弁言》开篇所言乃"生本不乐",他解答"人生问题"的钥匙是佛学的"出世"观点和基督教的"博爱"学说。在茫茫苦海中,只有宗教才能平衡人的心灵、净化人的情感,才能使人得以自我超脱,小说《缀网劳蛛》中的尚洁、《商人妇》中的惜官就是这样大彻大悟的人物。她们默默地走在自己的人生道路上,平静地迎接着一个个平地而起的大风大浪。许地山似乎是一个诚实的宗教布道家,但他不是站在神坛高处的庄严教士;他的创作好用佛学的忍让和基督教的博爱塑造奇异的人物,但它不是呆板的宗教宣讲,而是鲜灵灵的"人的文学"。许地山对人生的理解有悲观和玄虚的地方,但也有坚韧和达观的一面,他笔下人物的得失随缘、逆来顺受、宿命论式的人生哲学中不也蕴藏着某些令人肃然起敬的坚强性格和生活意志吗?茅盾曾经就有尚洁的"命运观里蕴含着奋斗不懈的精神"、甚至可以作为治疗青年消沉颓唐的"血清注射"的精辟论断[1],散文名篇《落花生》就是最好的诠释和注脚。落花生"只把果子埋在地底,等至成熟,才容人把它挖出来",而人就"要像花生,因为它是有用的,不是伟大、好看的东西。人要做有用的人,不要做伟大、体面的人"。许地山以富有朴实、淳厚情致的"落花生"为笔名,不正形象写照着他立身处世的态度!在宗教性的人生探讨中,也曲折地表达了对社会现实的批判和对被损害者的同情,小说《三博士》对洋博士的讽刺,《无忧花》对交际花行径的抨击,《人非人》对青年妇女沦为妓女命运的同情,《街头巷尾之伦理》对一个孤苦伶仃瞎子故事的叙说,就是散文《光的死》《公理战胜》也不乏这种意味。

许地山的创作多以闽、台、南亚、东南亚、印度为背景,最具异域氛围和韵致。《命命鸟》中那一幕爱情悲剧是在缅甸仰光的"瑞大光塔"的金光照耀下和"恩斯民"歌调伴奏的背景里展开的,《商人妇》在厦门到新加坡再到印度的途中接触的是《可兰经》、"阿拉"、面幕、槟榔、岸上的椰子和湖面的白鸥。与背景相适应,许地山喜好结构传奇的情节。一对少男少女尘世的爱情难以实现,便平静而喜悦地相携赴水、双双殉情(《命命鸟》);宦门小姐与当差的私奔,当差的上山为王,小姐也成了压寨夫人,最后官兵围剿,小姐跳崖身亡

---

① 茅盾:《落花生论》,《文学》第 3 卷第 4 期。

（《换巢鸾凤》）；分别 40 年后的情人，再度相逢后复萌旧情，真可谓"枯杨生花"（《枯杨生花》）。1934 年，《春桃》的发表标志着许地山创作风格走向现实主义的重大转变。之后，许地山也写出了以女基督徒经历来反映 20 世纪 20 年代农村生活的中篇小说《玉官》和以知识分子为题材、寓意深刻的佳篇《铁鱼底鳃》。也就是说，许地山的文学世界里出现了沉着厚重、坚毅务实的人物，洋溢着浓厚的生活气息，但它们的情节依然具有传奇的意味，神秘的宗教气氛仍然弥漫着全篇。许地山行文清丽淡雅，婉转自然，瑰丽浓艳，不求险怪奇涩，不尚佶屈聱牙。茅盾曾说它是"香艳"的、"鲜红嫩绿"的①，沈从文说它是"奢侈的，贵族的"②，如《缀网劳蛛》开头幽园朗月、轻花淡影画面的勾勒，《黄昏后》夕照疏林、秋意阑珊氛围的笼罩，而《换巢鸾凤》里的句子："那时刚过了端阳节期，满园里底花草依仗膏雨底恩泽都争着向太阳献它们底媚态。——鸟儿、虫儿也在这灿烂的庭园歌舞起来。和鸾独自一人站在崪丽亭下。她所穿的衣服和槛下紫蚨蝶花底颜色相仿。乍一看来，简直疑是被阳关底威力拥出来底花魂"，作者把声音、色彩、动态、静物与华丽的辞藻相融合，组成了一幅斑斓的画面。

三

提起许地山，人们首先想到的是他的小说。许地山确实是一个颇有名望的小说家，在 20 世纪 20 年代即独树一帜，哪怕在名家林立的 30 年代他的小说也不平庸。然而，他的小说数量不多，含书信体和童话体小说在内也不足 30 篇，《缀网劳蛛》和《危巢坠简》几乎全部包罗了许地山的小说。数量虽然不多，但名篇不少。本书第一编即以这两个集子为蓝本。

许地山虽然以小说家名世，但从创作数量上看，他更是一个名副其实的散文家。许地山散文品种繁多，小品、（学术）随笔、杂文、论文、书信、序跋等等不一而足。收有 44 篇作品的《空山灵雨》，是"五四"运动以后最初成册的个人散文集，而其中的名作《落花生》

---

① 茅盾：《落花生论》，《文学》第 3 卷第 4 期。
② 沈从文：《论落花生》，《读书月刊》第 1 卷第 1 期。

更是脍炙人口、妇孺皆知，这还只是散文小品。40 年代，许地山去世后商务印书馆又推出了他的散文集子——《杂文集》。而散见于各报刊杂志上的散文数量还有很多。目前，书市上诸多流行的许地山文集还把他小说集中的一些作品如《读〈芝兰与茉莉〉因而想及我底祖母》归于散文一类，其实多无必要。此外，许地山还是一个著名学者，在宗教、印度文学等研究领域颇有造诣，论著有《许地山语文论文集》《国粹与国学》《印度文学》《道教史》（上）、《扶箕迷信研究》等，编有《达衷集》《佛藏子目引得》《佛藏子目通检》，译有《孟加拉民间故事》《二十夜问》《太阳底下降》等。本书从中选取部分论文，编选在散文部分中，读者可以窥一斑而见全豹。

话剧、诗歌对许地山而言是他喜欢的文体，但对广大读者来说可能觉得突兀。其实，许地山也不时在这些文学园地里"牛刀"小试。他的话剧散见于《小说月报》《宇宙风》、香港《大公报》，目前所见计有《狐仙》（独幕剧）、《女国士》（独幕剧）、《凶手》（两幕剧）、《木兰》（四幕粤语剧）4 部。据说他生前曾自己编有收新诗 10 首的诗集《落华生舌》，同时翻译了《孤燕》《昨夜》等外国诗词，创作《爱群》《飞行》《矿工》《自治》《求学》《青岛圣功女子中学校歌》等不少歌词。本书收许地山部分新诗，以显示许地山的创作实力。

本书编选由岳凯华、卢付林负责完成，在作品篇目的择取、体例的安排、文字的校勘等方面若有疏漏和错误，希望读者指正。

编者

目 录

小 说

散 文

诗 歌

许 地 山

作 品 精 选

小

说

小　说

命命鸟

　　敏明坐在席上，手里拿着一本《八大人觉经》，流水似的念着。她底席在东边的窗下，早晨底日光射在她脸上，照得她底身体全然变成黄金的颜色。她不理会日光晒着她，却不歇地抬头去瞧壁上底时计，好像等什么人来似的。

　　那所屋子是佛教青年会底法轮学校。地上满铺了日本花席，八九张矮小的几子横在两边的窗下。壁上挂的都是释迦应化的事迹，当中悬着一个卍字徽章和一个时计。一进门就知那是佛教底经堂。

　　敏明那天来得早一点，所以屋里还没有人。她把各样功课念过几遍，瞧壁上底时计正指着六点一刻。她用手挡住眉头，望着窗外低声地说："这时候还不来上学，莫不是还没有起床？"

　　敏明所等的是一位男同学加陵。他们是七八年的老同学，年纪也是一般大。他们底感情非常的好，就是新来的同学也可以瞧得出来。

　　"铿铛……铿铛……"一辆电车循着铁轨从北而来，驶到学校门口停了一会。一个十五六岁的美男子从车上跳下来。他底头上包着一条苹果绿的丝巾，上身穿着一件雪白的短褂，下身围着一条紫色的丝裙，脚下踏着一双芒鞋，俨然是一位缅甸底世家子弟。这男子走进院里，脚下底芒鞋拖得拍答拍答地响。那声音传到屋里，好像告诉敏明说："加陵来了！"

　　敏明早已瞧见他，等他走近窗下，就含笑对他说："哼哼，加陵！请你的早安。你来得算早，现在才六点一刻咧。"加陵回答说："你不要讥诮我，我还以为我是第一早的。"他一面说一面把芒鞋脱掉，放在门边，赤着脚走到敏明跟前坐下。

加陵说："昨晚上父亲给我说了好些故事，到十二点才让我去睡，所以早晨起得晚一点。你约我早来，到底有什么事？"敏明说："我要向你辞行。"加陵一听这话，眼睛立刻瞪起来，显出很惊讶的模样，说："什么？你要往哪里去？"敏明红着眼眶回答说："我底父亲说我年纪大了，书也念够了；过几天可以跟着他专心当戏子去，不必再像从前念几天唱几天那么劳碌。我现在就要退学，后天将要跟他上普朗去。"加陵说："你愿意跟他去吗？"敏明回答说："我为什么不愿意？我家以演剧为职业是你所知道的。我父亲虽是一个很有名、很能赚钱的俳优，但这几年间他底身体渐渐软弱起来，手足有点不灵活，所以他愿意我和他一块儿排演。我在这事上很有长处，也乐得顺从他底命令。"加陵说："那么，我对于你底意思就没有挽回的余地了。"敏明说："请你不必为这事纳闷。我们底离别必不能长久的。仰光是一所大城，我父亲和我必要常在这里演戏。有时到乡村去，也不过三两个星期就回来。这次到普朗去，也是要在那里耽搁八九天。请你放心……"

加陵听得出神，不提防外边早有五六个孩子进来，有一个顽皮的孩子跑到他们底跟前说："请'玫瑰'和'蜜蜂'的早安。"他又笑着对敏明说："'玫瑰'花里底甘露流出来咧。"——他瞧见敏明脸上有一点泪痕，所以这样说。西边一个孩子接着说："对呀！怪不得'蜜蜂'舍不得离开她。"加陵起身要追那孩子，被敏明拦住。她说："别和他们胡闹。我们还是说我们的罢。"加陵坐下，敏明就接着说："我想你不久也得转入高等学校，盼望你在念书的时候要忘了我，在休息的时候要记念我。"加陵说："我决不会把你忘了。你若是过十天不回来，或者我会到普朗去找你。"敏明说："不必如此。我过几天准能回来。"

说的时候，一位三十多岁的教师由南边的门进来。孩子们都起立向他行礼。教师蹲在席上，回头向加陵说："加陵，昙摩蜱和尚叫你早晨和他出去乞食。现在六点半了，你快去罢。"加陵听了这话，立刻走到门边，把芒鞋放在屋角的架上，随手拿了一把油伞就要出门。

教师对他说："九点钟就得回来。"加陵答应一声就去了。

加陵回来，敏明已经不在她底席上。加陵心里很是难过，脸上却不露出什么不安的颜色。他坐在席上，仍然念他底书。晌午的时候，那位教师说："加陵，早晨你走得累了，下午给你半天假。"加陵一面谢过教师，一面检点他底文具，慢慢地走回家去。

加陵回到家里，他父亲婆多瓦底正在屋里嚼槟榔。一见加陵进来，忙把沫红唾出，问道："下午放假么？"加陵说："不是，是先生给我的假。因为早晨我跟昙摩蜱和尚出去乞食，先生说我太累，所以给我半天假。"他父亲说："哦，昙摩蜱在道上曾告诉你什么事情没有？"加陵答道："他告诉我说：我底毕业期间快到了，他愿意我跟他当和尚去。他又说：这意思已经向父亲提过了。父亲啊，他实在向你提过这话么？"婆多瓦底说："不错，他曾向我提过。我也很愿意你跟他去。不知道你怎样打算？"加陵说："我现时有点不愿意。再过十五六年，或者能够从他。我想再入高等学校念书，盼望在其中可以得着一点西洋底学问。"他父亲诧异说："西洋底学问！啊！我底儿，你想差了。西洋底学问不是好东西，是毒药哟。你若是有了那种学问，你就要藐视佛法了。你试瞧瞧在这里的西洋人，多半是干些杀人的勾当，做些损人利己的买卖，和开些诽谤佛法的学校。什么圣保罗因斯提丢啦、圣约翰海斯苦尔啦，没有一间不是诽谤佛法的。我说你要求西洋底学问会发生危险就在这里。"加陵说："诽谤与否，在乎自己，并不在乎外人底煽惑。若是父亲许我入圣约翰海斯苦尔，我准保能持守得住，不会受他们底诱惑。"婆多瓦底说："我是很爱你的，你要做的事情，若是没有什么妨害，我一定允许你。要记得昨晚上我和你说的话。我一想起当日你叔叔和你底白象主（缅甸王尊号）提婆底事，就不由得我不恨西洋人。我最沉痛的是他们在蛮得勒将白象主掳去；又在瑞大光塔设驻防营。瑞大光塔是我们底圣地，他们竟然叫些行凶的人在那里住，岂不是把我们底戒律打破了吗？……我盼望你不要入他们底学校，还是清清净净去当沙门。一则可以为白象主忏悔；二则可以为你底父母积福；三则为你将来往生极乐的预备。出家能得这几种好处，

总比西洋底学问强得多。"加陵说："出家修行，我也很愿意。但无论如何，现在决不能办。不如一面入学，一面跟着昙摩蜱学些经典。"婆多瓦底知道劝不过来，就说："你既是决意要入别的学校，我也无可奈何。我很喜欢你跟昙摩蜱学习经典。你毕业后就转入仰光高等学校罢，那学校对于缅甸底风俗比较保存一点。"加陵说："那么，我明天就去告诉昙摩蜱和法轮学校底教师。"婆多瓦底说："也好。今天的天气很清爽，下午你又没有功课，不如在午饭后一块儿到湖里逛逛。你就叫他们开饭罢。"婆多瓦底说完，就进卧房换衣服去了。

原来加陵住的地方离绿绮湖不远。绿绮湖是仰光第一大、第一好的公园，缅甸人叫他做干多支；"绿绮"的名字是英国人替它起的。湖边满是热带植物。那些树木底颜色、形态，都是很美丽，很奇异。湖西远远望见瑞大光，那塔底金色光衬着湖边的椰树、蒲葵，直像王后站在水边，后面有几个宫女持着羽葆随着她一样。此外好的景致，随处都是。不论什么人，一到那里，心中的忧郁立刻消灭。加陵那天和父亲到那里去，能得许多愉快是不消说的。

过了三个月，加陵已经入了仰光高等学校。他在学校里常常思念他最爱的朋友敏明。但敏明自从那天早晨一别，老是没有消息。有一天，加陵回家，一进门仆人就递封信给他。拆开看时，却是敏明底信。加陵才知道敏明早已回来，他等不得见父亲底面，翻身出门，直向敏明家里奔来。

敏明底家还是住在高加因路，那地方是加陵所常到的。女仆玛弥见他推门进来，忙上前迎他说："加陵君，许久不见啊！我们姑娘前天才回来的。你来得正好，待我进去告诉她。"她说完这话就速速进里边去，大声嚷道："敏明姑娘，加陵君来找你呢。快下来罢。"加陵在后面慢慢地走，待要踏入厅门，敏明已迎出来。

敏明含笑对加陵说："谁叫你来的呢？这三个月不见你底信，大概因为功课忙的缘故罢？"加陵说："不错，我已经入了高等学校，每天下午还要到昙摩蜱那里……唉，好朋友，我就是有工夫，也不能写信给你。因为我抓起笔来就没了主意，不晓得要写什么才能叫你觉得我底心常常有你在里头。我想你这几个月没有信给我，也许是和我一样地犯了这种毛病。"敏明说："你猜的不错。你许久不到我屋里了，现在请你和我上去坐一会。"敏明把手搭在加陵底肩胛上，一面吩咐玛弥预备槟榔、淡巴菰和些少细点，一面携着加陵上楼。

敏明底卧室在楼西。加陵进去，瞧见里面的陈设还是和从前差不多。楼板上铺的是土耳其绒毯。窗上垂着两幅很细致的帷子。她底衾具就放在窗边。外头悬着几盆风兰。瑞大光底金光远远地从那里射来。靠北是卧榻，离地约一尺高，上面用上等的丝织物盖住。壁上悬着一幅提婆和率裴雅洛观剧的画片。还有好些绣垫散布在地上。加陵拿一个垫子到窗边，刚要坐下，那女仆已经把各样吃的东西捧上来。"你嚼槟榔啵。"敏明说完这话，随手送了一个槟榔到加陵嘴里，然后靠着她底镜台坐下。

加陵嚼过槟榔，就对敏明说："你这次回来，技艺必定很长进；何不把你最得意的艺术演奏起来，我好领教一下。"敏明笑说："哦，你是要瞧我演戏来的。我死也不演给你瞧。"加陵说："有什么妨碍呢？你还怕我笑你不成？快演罢，完了咱们再谈心。"敏明说："这几天我父亲刚刚教我一套雀翎舞，打算在涅槃节期到比古演奏，现在先演给你瞧罢。我先舞一次，等你瞧熟了，再奏乐和我。这舞蹈的谱可以借用'达撒罗撒'，歌调借用'恩斯民'。这两支谱，你都会吗？"加陵忙答应说："都会，都会。"

加陵擅于奏巴打拉（一种竹制的乐器，详见《大清会典图》），他一听见敏明叫他奏乐，就立刻叫玛弥把那种乐器搬来。等到敏明舞过一次，他就跟着奏起来。

敏明两手拿住两把孔雀翎，舞得非常的娴熟。加陵所奏的巴打拉也还跟得上，舞过一会，加陵就奏起"恩斯民"底曲调；只听敏明唱道：

孔雀！孔雀！你不必赞我生得俊美，
我也不必嫌你长得丑劣。

咱们是同一个身心，

同一副手脚。

我和你永远同在一个身里住着。

我就是你啊，你就是我。

别人把咱们底身体分作两个，

是他们把自己底指头压在眼上，

所以会生出这样的错。

你不要像他们这样的眼光。

要知道我就是你啊，你就是我。

敏明唱完，又舞了一会。加陵说："我今天才知道你底技艺精到这个地步。你所唱的也是很好。且把这歌曲底故事说给我听。"敏明说："这曲倒没有什么故事，不过是平常的恋歌，你能把里头的意思听出来就够了。"加陵说："那么，你这支曲是为我唱的。我也很愿意对你说：我就是你，你就是我。"

他们二人底感情几年来就渐渐浓厚。这次见面的时候，又受了那么好的感触，所以彼此底心里都承认他们求婚底机会已经成熟。

敏明愿意再帮父亲二三年才嫁，可是她没有向加陵说明。加陵起先以为敏明是一个很信佛法的女子，怕她后来要到尼庵去实行她底独身主义，所以不敢动求婚底念头。现在瞧出她底心志不在那里，他就决意回去要求婆多瓦底底同意，把她娶过来。照缅甸底风俗，子女底婚嫁本没有要求父母同意底必要。加陵很尊重他父亲底意见，所以要履行这种手续。

他们谈了半晌工夫，敏明底父亲宋志从外面进来，抬头瞧见加陵坐在窗边，就说："加陵君，别后平安啊！"加陵忙回答他，转过身来对敏明说："你父亲回来了。"敏明待下去，她父亲已经登楼。他们三人坐过一会，谈了几句客套，加陵就起身告辞。敏明说："你来的时间不短，也该回去了。你且等一等，我把这些舞具收拾清楚，再陪你在街上走几步。"

宋志眼瞧着他们出门，正要到自己屋里歇一歇，恰好玛弥上楼来收拾东西。宋志就对她说："你把那盘槟榔送到我屋里去罢。"玛弥说："这是他们剩下的，已经残了。我再给你拿些新鲜的来。"

玛弥把槟榔送到宋志屋里，见他躺在席上，好像想什么事情似的。宋志一见玛弥进来，就起身对她说："我瞧他们两人实在好得太厉害。若是敏明跟了他，我必要吃亏。你有什么好方法教他们二人底爱情冷淡没有？"玛弥说："我又不是蛊师，哪有好方法离间他们？我想主人你也不必想什么方法，敏明姑娘必不至于嫁他。因为他们一个是属蛇，一个是属鼠的（缅甸底生肖是算日的，礼拜四生的属鼠，礼拜六生的属蛇），就算我们肯将姑娘嫁给他，他底父亲也不愿意。"宋志说："你说的虽然有理，但现在生肖相克的话，好些人都不注重了。倒不如请一位蛊师来。请他在二人身上施一点法术更为得计。"

印度支那间有一种人叫作蛊师，专用符咒替人家制造命运。有时叫没有爱情的男女，忽然发生爱情；有时将如胶似漆的夫妻化为仇敌。操这种职业的人以暹罗底僧侣最多，且最受人信仰。缅甸人操这种职业的也不少。宋志因为玛弥底话提醒他，第二天早晨他就出门找蛊师去了。

晌午的时候，宋志和蛊师沙龙回来。他让沙龙进自己底卧房。玛弥一见沙龙进来，木鸡似的站在一边。她想到昨天在无意之中说出蛊师，引起宋志今天的实行，实在对不起她底姑娘。她想到这里，就一直上楼去告诉敏明。

敏明正在屋里念书，听见这消息，急和玛弥下来。蹑步到屏后，倾耳听他们底谈话。只听沙龙说："这事很容易办。你可以将她常用的贴身东西拿一两件来，我在那上头画些符，念些咒，然后给回她用，过几天就见功效。"宋志说："恰好这里有她一条常用的领巾，是她昨天回来的时候忘记带上去的。这东西可用吗？"沙龙说："可以的，但是能够得着……"

敏明听到这里已忍不住，一直走进去向父亲说："阿爸，你何必摆弄我呢？我不是你底女儿吗？我和加陵没有什么意，请你放心。"

宋志蓦地里瞧见他女儿进来，简直不知道要用什么话对付她。沙龙也停了半晌才说："姑娘，我们不是谈你底事。请你放心。"敏明斥他说："狡猾的人，你底计我已知道了。你快去办你底事罢。"宋志说："我底儿，你今天疯了吗？你且坐下，我慢慢给你说。"

敏明哪里肯依父亲底话，她一味和沙龙吵闹，弄得她父亲和沙龙很没趣。不久，沙龙垂着头走出来；宋志满面怒容蹲在床上吸烟；敏明也忿忿地上楼去了。

敏明那一晚上没有下来和父亲用饭。她想父亲终久会用蛊术离间他们，不由得心里难过。她躺在床上翻来覆去，绣枕早已被她底眼泪湿透了。

第二天早晨，她到镜台梳洗，从镜里瞧见她满面都是鲜红色，——因为绣枕褪色，印在她底脸上——不觉笑起来。她把脸上那些印迹洗掉的时候，玛弥已捧一束鲜花、一杯咖啡上来。敏明把花放在一边，一手倚着窗棂，一手拿住茶杯向窗外出神。

她定神瞧着围绕瑞大光的彩云，不理会那塔底金光向她底眼睑射来，她精神因此就十分疲乏。她心里的感想和目前的光融洽，精神上现出催眠底状态。她自己觉得在瑞大光塔顶站着，听见底下的护塔铃叮叮当当地响。她又瞧见上面那些王侯所献的宝石，个个都发出很美丽的光明。她心里喜欢得很，不歇用手去摩弄，无意中把一颗大红宝石摩掉了。她忙要俯身去捡时，那宝石已经掉在地上。她定神瞧着那空儿，要求那宝石掉下的缘故，不觉有一种更美丽的宝光从那里射出来。她心里觉得很奇怪，用手扶着金壁，低下头来要瞧瞧那空儿里头的光景。不提防那壁被她一推，渐渐向后，原来是一扇宝石的门。

那门被敏明推开之后，里面的光直射到她身上。她站在外边，望里一瞧，觉得里头的山水、树木，都是她平生所不曾见过的。她在不知不觉中，已经向前走了几十步。耳边恍惚听见有人对她说："好啊！你回来啦。"敏明回头一看，觉得那人很熟悉，只是一时不能记出他底名字。她听见"回来"这两字，心里很是纳闷，就向那人说："我不住在这里，为何说我回来？你是谁？我好像在哪里与你会过似的。

这是什么地方?"那人笑说:"哈哈!去了这些日子,连自己家乡和平日间往来的朋友也忘了。肉体底障碍真是大哟。"敏明听了这话,简直莫名其妙。又问他说:"我是谁?有那么好福气住在这里。我真是在这里住过吗?"那人回答说:"你是谁?你自己知道。若是说你不曾住过这里,我就领你到处逛一逛,瞧你认得不认得。"

敏明听见那人要领她到处去逛逛,就忙忙答应。但所见的东西,敏明一点也记不清楚,总觉得样样都是新鲜的。那人瞧见敏明那么迷糊,就对她说:"你既然记不清,待我一件一件告诉你。"

敏明和那人走过一座碧玉牌楼。两边的树罗列成行,开着很好看的花。红的、白的、紫的、黄的,各色都备。树上有些鸟声,唱得很好听。走路时,有些微风慢慢吹来,吹得各色的花瓣纷纷掉下:有些落在人底身上;有些落在地上;有些还在空中飞来飞去。敏明底头上和肩膀上也被花瓣贴满,遍体熏得很香。那人说:"这些花木都是你底老朋友;你常和它们往来。它们底花是长年开放的。"敏明说:"这真是好地方,只是我总记不起来。"

走不多远,忽然听见很好的乐音。敏明说:"谁在那边奏乐?"那人回答说:"哪里有人奏乐,这里的声音都是发于自然的。你所听的是前面流水底声音。我们再走几步就可以瞧见。"进前几步果然有些泉水穿林而流。水面浮着奇异的花草,还有好些水鸟在那里游泳。敏明只认得些荷花、鹨鶒,其余都不认得。那人很不惮烦,把各样的东西都告诉她。

他们二人走过一道桥,迎面立着一片琉璃墙。敏明说:"这墙真好看,是谁在里面住?"那人说:"这里头是乔答摩宣讲法要的道场。现时正在演说,好些人物都在那里聆听法音。转过这个墙角就是正门。到的时候,我领你进去听一听。"敏明贪恋外面的风景,不愿意进去。她说:"咱们逛会儿才进去罢。"那人说:"你只会听粗陋的声音,看简略的颜色和闻污劣的香味。那更好的、更微妙的,你就不理会了。……好,我再和你走走,瞧你了悟不了悟。"

二人走到墙底尽头,还是穿入树林。他们踏着落花一直进前;树

上底鸟声，叫得更好听。敏明抬起头来，忽然瞧见南边的树枝上有一对很美丽的鸟呆立在那里，丝毫的声音也不从他们底嘴里发出。敏明指着问那人说："只只鸟儿都出声吟唱，为什么那对鸟儿不出声音呢？那是什么鸟？"那人说："那是命命鸟。为什么不唱，我可不知道。"

敏明听见"命命鸟"三字，心里似乎有点觉悟。她注神瞧着那鸟，猛然对那人说："那可不是我和我底好朋友加陵么，为何我们都站在那里？"那人说："是不是，你自己觉得。"敏明抢前几步，看来还是一对呆鸟。她说："还是一对鸟儿在那里；也许是我底眼花了。"

他们绕了几个弯，当前现出一节小溪把两边的树林隔开。对岸的花草，似乎比这边更新奇。树上底花瓣也是常常掉下来。树下有许多男女：有些躺着的，有些站着的，有些坐着的。各人在那里说说笑笑，都现出很亲密的样子。敏明说："那边的花瓣落得更妙，人也多一点，我们一同过去逛逛罢。"那人说："对岸可不能去。那落的叫作情尘；若是望人身上落得多了就不好。"敏明说："我不怕。你领我过去逛逛罢。"那人见敏明一定要过去，就对她说："你必要过那边去，我可不能陪你了。你可以自己找一道桥过去。"他说完这话就不见了。敏明回头瞧见那人不在，自己循着水边，打算找一道桥过去。但找来找去总找不着，只得站在这边瞧过去。

她瞧见那些花瓣越落越多，那班男女几乎被葬在底下。有一个男子坐在对岸的水边，身上也是满了落花。一个紫衣的女子走到他跟前说："我很爱你，你是我底命。我们是命命鸟。除你以外，我没有爱过别人。"那男子回答说："我对于你底爱情也是如此。我除了你以外不曾爱过别的女人。"紫衣女子听了，向他微笑，就离开他。走不多远，又遇着一位男子站在树下，她又向那男子说："我很爱你，你是我的命。我们是命命鸟，除你以外，我没有爱过别人。"那男子也回答说："我对于你的爱情也是如此。我除了你以外不曾爱过别的女人。"

敏明瞧见这个光景，心里因此发生了许多问题，就是：那紫衣女子为什么当面撒谎；和那两位男子底回答为什么不约而同？她回头瞧那坐在水边底男子还在那里。又有一个穿红衣的女子走到他面前，还是对他说紫衣女子所说的话。那男子底回答和从前一样，一个字也不改。敏明再瞧那紫衣女子，还是挨着次序向各个男子说话。她走远了，话语底内容虽然听不见，但她底形容老没有改变。各个男子对她也是显出同样的表情。

敏明瞧见各个女子对于各个男子所说的话都是一样；各个男子底回答也是一字不改；心里正在疑惑，忽然来了一阵狂风把对岸底花瓣刮得干干净净，那班男女立刻变成很凶恶的容貌，互相啮食起来。敏明瞧见这个光景，吓得冷汗直流。她忍不住就大声喝道："嗳呀！你们底感情真是反复无常。"

敏明手里那杯咖啡被这一喝，全都泻在她底裙上。楼下底玛弥听见楼上底喝声，也赶上来。玛弥瞧见敏明周身冷汗，仆在镜台上头，忙上前把她扶起，问道："姑娘你怎样啦？烫着了没有？"敏明醒来，不便对玛弥细说，胡乱答应几句就打发她下去。

敏明细想刚才的异象，抬头再瞧窗外底瑞大光，觉得那塔还是被彩云绕住，越显得十分美丽。她立起来，换过一条绛色的裙子，就坐在她底卧榻上头。她想起在树林里忽然瞧见命命鸟变做她和加陵那回事情，心中好像觉悟他们两个是这边的命命鸟，和对岸自称为命命鸟的不同。她自己笑着说："好在你不在那边。幸亏我不能过去。"

她自经过这一场恐慌，精神上遂起了莫大的变化。对于婚姻另有一番见解；对于加陵的态度更是不像从前。加陵一点也觉不出来，只猜她是不舒服。

自从敏明回来，加陵没有一天不来找她。近日觉得敏明底精神异常，以为自己没有向她求婚，所以不高兴。加陵觉得他自己有好些难解决的问题，不能不对敏明说。第一，是他父亲愿意他去当和尚；第二，纵使准她娶妻，敏明底生肖和他不对，顽固的父亲未必承认。现在瞧见敏明这样，不由得不把衷情吐露出来。

加陵一天早晨来到敏明家里，瞧见她底态度越发冷静，就安慰她说："好朋友，你不必忧心，日子还长呢。我在咱们底事情上头已经

有了打算。父亲若是不肯，咱们最终的办法就是'照例逃走'。你这两天是不是为这事生气呢？"敏明说："这倒不值得生气。不过这几晚睡得迟，精神有一点疲倦罢了。"

加陵以为敏明底话是真，就把前日向父亲要求的情形说给她听。他说："好朋友，你瞧我底父亲多么固执。他一意要我去当和尚，我前天向他说些咱们底事，他还要请人来给我说法，你说好笑不好笑？"敏明说："什么法？"加陵说："那天晚上，父亲把昙摩蜱请来。我以为有别的事要和他商量，谁知他叫我到跟前教训一顿。你猜他对我讲什么经呢？好些话我都忘记了。内中有一段是很有趣、很容易记的。我且念给你听：

"佛问摩邓曰：'女爱阿难何似？'女言：'我爱阿难眼；爱阿难鼻；爱阿难口；爱阿难耳；爱阿难声音；爱阿难行步。'佛言：'眼中但有泪；鼻中但有洟；口中但有唾；耳中但有垢；身中但有屎尿，臭气不净。'

"昙摩蜱说得天花乱坠，我只是偷笑。因为身体上的污秽，人人都有，哪能因着这些小事，就把爱情割断呢？况且这经本来不合对我说；若是对你念，还可以解释得去。"

敏明听了加陵末了那句话，忙问道："我是摩邓吗？怎样说对我念就可以解释得去？"加陵知道失言，忙回答说："请你原谅，我说错了。我底意思不是说你是摩邓，是说这本经合于对女人说。"加陵本是要向敏明解嘲，不意反触犯了她。敏明听了那几句经，心里更是明白。他们两人各有各底心事，总没有尽情吐露出来。加陵坐不多会，就告辞回家去了。

涅槃节近啦。敏明底父亲直催她上比古去，加陵知道敏明明日要动身，在那晚上到她家里，为的是要给她送行。但一进门，连人影也没有。转过角门，只见玛弥在她屋里缝衣服。那时候约在八点钟底光景。

加陵问玛弥说："姑娘呢？"玛弥抬头见是加陵，就赔笑说："姑娘说要去找你，你反来找她。她不曾到你家去吗？她出门已有一点钟工夫了。"加陵说:"真的么?"玛弥回了一声:"我还骗你不成。"低头还是做她底活计。加陵说:"那么,我就回去等她。……你请。"

加陵知道敏明没有别处可去,她一定不会趁瑞大光底热闹。他回到家里,见敏明没来,就想着她一定和女伴到绿绮湖上乘凉。因为那夜底月亮亮得很,敏明和月亮很有缘;每到月圆的时候,她必招几个朋友到那里谈心。

加陵打定主意,就向绿绮湖去。到的时候,觉得湖里静寂得很。这几天是涅槃节期,各庙里都很热闹;绿绮湖底冷月没人来赏玩,是意中底事。加陵从爱德华第七底造像后面上了山坡,瞧见没人在那里,心里就有几分诧异。因为敏明每次必在那里坐,这回不见她,谅是没有来。

他走得很累,就在凳上坐一会。他在月影朦胧中瞧见地下有一件东西;捡起来看时,却是一条蝉翼纱的领巾。那巾底两端都绣一个吉祥海云的徽识,所以他认得是敏明的。

加陵知道敏明还在湖边,把领巾藏在袋里,就抽身去找她。他踏一弯虹桥,转到水边底乐亭,瞧没有人,又折回来。他在山丘上注神一望,瞧见西南边隐隐有个人影;忙上前去,见有几分像敏明。加陵蹑步到野蔷薇垣后面,意思是要吓她。他瞧见敏明好像是找什么东西似的,所以静静伏在那里看她要做什么。

敏明找了半天,随在乐亭旁边摘了一枝优钵昙花,走到湖边,向着瑞大光合掌礼拜。加陵见了,暗想她为什么不到瑞大光膜拜去?于是再蹑足走近湖边底蔷薇垣。那里离敏明礼拜的地方很近。

加陵恐怕再触犯她,所以不敢作声。只听她底祈祷:

女弟子敏明,稽首三世诸佛:我自万劫以来,迷失本来智性;因此堕入轮回,成女人身。现在得蒙大慈,示我三生因果。我今悔悟,誓不再恋天人,致受无量苦楚。愿我今夜得除一切障碍,转生极乐国土。愿勇猛无畏阿弥陀,俯听恳求接引我。南无阿弥陀佛。

加陵听了她这番祈祷,心里很受感动。他没有一点悲痛,竟然从蔷薇垣里跳出来,对着敏明说:"好朋友,我听你刚才的祈祷,知道

你厌弃这世间，要离开它。我现在也愿意和你同行。"

　　敏明笑道："你什么时候来的？你要和我同行，莫不你也厌世吗？"加陵说："我不厌世。因为你底原故，我愿意和你同行。我和你分不开。你到哪里，我也到哪里。"敏明说："不厌世，就不必跟我去。你要记得你父亲愿你做一个转法轮的能手。你现在不必跟我去，以后还有相见的日子。"加陵说："你说不厌世就不必死，这话有些不对。譬如我要到蛮得勒去，不是嫌恶仰光，不过我未到过那城，所以愿意去瞧一瞧。但有些人很厌恶仰光，他巴不得立刻离开才好。现在，你是第二类底人；我是第一类底人。为什么不让我和你同行？"敏明不料加陵会来；更不料他一下就决心要跟从她。现在听他这一番话语，知道他与自己底觉悟虽然不同，但她常感得他们二人是那世界底命命鸟，所以不甚阻止他。到这时，她才把前几天的事告诉加陵。加陵听了，心里非常的喜欢，说："有那么好的地方，为何不早告诉我？我一定离不开你了，我们一块儿去罢。"

　　那时月光更是明亮。树林里萤火无千无万地闪来闪去，好像那世界底人物来赴他们底喜筵一样。

　　加陵一手搭在敏明底肩上，一手牵着她。快到水边的时候，加陵回过脸来向敏明底唇边啜了一下。他说："好朋友，你不亲我一下么？"敏明好像不曾听见，还是直地走。

　　他们走入水里，好像新婚的男女携手入洞房那般自在，毫无一点畏缩。在月光水影之中，还听见加陵说："咱们是生命底旅客，现在要到那个新世界，实在叫我快乐得很。"

　　现在他们去了！月光还是照着他们所走的路；瑞大光远远送一点鼓乐底声音来；动物园底野兽也都为他们唱很雄壮的欢送歌；惟有那不懂人情的水，不愿意替他们守这旅行底秘密，要找机会把他们底躯壳送回来。

（原载 1921 年 1 月《小说月报》12 卷 1 号）

换巢鸾凤

一　歌声

那时刚过了端阳节期，满园里底花草倚仗膏雨底恩泽，都争着向太阳献他们底媚态。——鸟儿、虫儿也在这灿烂的庭园歌舞起来。和鸾独自一人站在啭鹂亭下。她所穿底衣服和槛下紫蚨蝶花底颜色相仿。乍一看来，简直疑是被阳光底威力拥出来底花魂。她一手用蒲葵扇挡住当午的太阳，一手提着长裾，望发出蝉声底梧桐前进。——走路时，脚下底珠鞋一步一步印在软泥嫩苔之上，印得一路都是方胜了。

她走到一株瘦削的梧桐底下，瞧见那蝉踞在高枝嘶嘶地叫个不住，——想不出什么方法把那小虫带下来，便将手扶着树干尽力一摇，叶上底残雨乘着机会飞滴下来，那小虫也带着残声飞过墙东去了。那时，她才后悔不该把树摇动，教那饿鬼似的雨点争先恐后地扑在自己身上。那虫歇在墙东底树梢，还振着肚皮向她解嘲说："值也！值也！……值"她愤不过，要跑过那边去和小虫见个输赢。刚过了月门，就听见一缕清逸的歌声从南窗里送出来。她爱音乐底心本是受了父亲底影响，一听那抑扬的腔调，早把她所要做底事搁在脑后了。她悄悄地走到窗下，只听得：

…………
你在江湖流落尚有雌雄侣；
亏我影只形单异地栖。

风急衣单无路寄，
寒衣做起误落空闺。
日日望到夕阳，我就愁倍起：
只见一围衰柳锁住长堤，
又见人影一鞭残照里，
几回错认是我郎归，
　　　…………

　　正听得津津有味，一种娇娆的声音从月门出来："大小姐你在那里干什么？太太请你去瞧金鱼哪。那是客人从东沙带来送给咱们底。好看得很，快进去罢。"她回头见是自己底丫头婫而，就示意不教她作声，且招手叫她来到跟前，低声对她说："你听这歌声多好！"她底声音想是被窗里底人听见，话一说完，那歌声也就止住了。
　　婫而说："小姐，你瞧你底长裰子都已湿透，鞋子也给泥沾污了。咱们回去罢。别再听啦。"她说："刚才所听底实在是好，可惜你来迟一点，领教不着。"婫而问："唱底是什么？"她说："是用本地话唱的。我到底时候，只听得什么……尚有雌雄侣……影只形单异地栖。……"婫而不由她说完就插嘴说："噢，噢，小姐，我知道了。我也会唱这种歌儿。你所听底叫作《多情雁》，我也会唱。"她听见婫而也会唱，心里十分喜欢，一面走，一面问："这是那一类底歌呢？你说会唱，为什么你来了这两三年从不曾唱过一次？"婫而说："这就叫作粤讴，大半是男人唱底。我恐怕老爷骂，所以不敢唱。"她说："我想唱也无妨。你改天教给我几支罢。我很喜欢这个。"她们在谈话间，已经走到饮光斋底门前，二人把脚下底泥刮掉，才踏进去。
　　饮光斋是阳江州衙内底静室。由这屋里往北穿过三思堂就是和鸾底卧房。和鸾和婫而进来底时候，父亲崇阿，母亲赫舍里氏，妹妹鸣鸶和表兄启祯正围坐在那里谈话。鸣鸶把她底座让出一半，对和鸾说："姊姊快来这里坐着罢。爸爸给咱们讲养鱼经哪。"和鸾走到妹妹身边坐下，瞧见当中悬着一个玻璃壶，壶内底水映着五色玻璃窗底彩光，把金鱼底颜色衬得越发好看。崇阿只管在那里说，和鸾却不大介意。因为她惦念着跟婼而学粤讴，巴不得立刻回到自己底卧房去。她坐了一会，仍扶着婼而出来。

崇阿瞧见和鸾出去，就说："这孩子进来不一会儿，又跑出去，到底是忙些什么？"赫氏笑着回答说："也许是瞧见祯哥儿在这里，不好意思坐着罢。"崇阿说："他们天天在一块儿也不害羞，偏是今天就回避起来。真是奇怪。"原来启祯是赫氏底堂侄子；他底祖上，不晓得在那一代有了战功，给他荫袭一名轻车都尉。只是他父母早已去世，从小就跟着姑姑过日子，他姑父崇阿是正白旗人，由笔帖式出身，出知阳江州事；他底学问虽不甚好，却很喜欢谈论新政。当时所有的新式报像《时务报》《清议报》《新民丛报》和康梁们底著述，他除了办公以外，不是弹唱，就是和这些新书报周旋。他又深信非整顿新军，不能教国家复兴起来。因为这样，他在启祯身上底盼望就非常奢大。有时下乡剿匪，也带着他同行，为底是叫他见习些战务。年来瞧见启祯长得一副好身材，心里更是喜欢，有意思要将和鸾配给他。老夫妇曾经商量过好几次，却没有正式提起。赫氏以为和鸾知道这事，所以每到启祯在跟前底时候，她要避开，也就让她回避。

再说和鸾跟婼而学了几支粤讴，总觉得那腔调不及那天在园里所听底好。但是她很聪明，曲谱一上口，就会照着弹出来。她自己费了很大的工夫去学粤讴，方才摸着一点门径，居然也会撰词了。她在三思堂听着父亲弹琵琶，不觉技痒起来。等父亲弹完，就把那乐器抱过来，对父亲说："爸爸，我这两天学了些新调儿，自己觉得很不错，现在把它弹出来，您瞧好听不好听。"她说着，一面用手去和弦子，然后把琵琶立起来，唱道：

> 萧疏雨，问你要落几天？
> 你有天官唔①住，偏要在地上流连。

---

① "唔"等于"不"。

你为饶益众生，舍得将自己作践。

我地①得到你来，就唔使劳烦个位散花仙。

人地话②雨打风吹会将世界变，

果然你一来到就把锦绣装饰满园。

你睇③娇红嫩绿委实增人恋。

可怪嗷④好世界，重有个只啼不住嘅⑤杜鹃！

鹃呀！愿我嘅血洒来好似雨嗷周偏，

一点一滴润透三千大千。

劝君休自塞，要把愁眉展。

但愿人间一切血泪和汗点，

一洒出来就同雨点一样化作甘泉。

　　"这是前天天下雨的时候做底，不晓得您听了以为怎样?"崇阿笑说："我儿，你多会学会这个? 这本是旷夫怨女之词，你把它换做写景，也还可听。你倒有一点聪明，是谁教给你底?"和鸾瞧见父亲喜欢，就把那天怎样在园里听见，怎样央姊而教，自己怎样学，都说出来。崇阿说："你是在龙王庙后身听底吗? 我想那是祖凤唱底。他唱得很好，我下乡时，也曾叫他唱给我听。"和鸾便信口问："祖凤是谁?"崇阿说："他本是一个因犯。去年黄总爷抬举他，请我把他开释，留在营里当差。我瞧他底身材、气力都很好，而且他底刑期也快到了，若是有正经事业给他做，也许有用，所以把他交给黄总爷调遣去，他现在当着第三棚底什长哪。"和鸾说："噢，原来是这里头底兵丁。他底声音实在是好。我总觉得姊而唱底不及他万一。有工夫还得叫他来唱一唱。"崇阿说："这倒是容易的事情。明天把他调进内班房

---

① "我地"等于"我们"。
② "人地话"等于"人家说"。
③ "睇"北方说"瞧"。
④ "嗷"等于"如此""这样"。
⑤ "嘅"等于"的""底"。

当差，就不怕没有机会听他底。"崇阿因为祖凤底气力大，手足敏捷，很合自己底军人理想，所以很看重他。这次调他进来，虽说因着爱女儿底缘故，还是免不了寓着提拔他底意思。

二　射覆

自从祖凤进来以后，和鸾不时唤他到啭鹂亭弹唱，久而久之，那人人有底"大欲"就把他们缠住了。他们此后相会底罗针不是指着弹唱那方面，乃是指着"情话"那方面。爱本来没有等第，没有贵贱，没有贫富底分别。和鸾和祖凤虽有主仆底名分，然而在他们底心识里，这种阶级底成见早已消灭无余。崇阿耳边也稍微听见二人底事，因此后悔得很。但他很信他底女儿未必就这样不顾体面，去做那无耻的事，所以他对于二人底事，常在疑信之间。

八月十二，交酉时分，满园底树被残霞照得红一块，紫一块。树上底归鸟在那里唧唧喳喳地乱嚷。和鸾坐在萍婆树下一条石凳上头，手里弹着她底乐器，口里低声地唱。那时，歌声、琵琶声、鸟声、虫声、落叶声和大堂上定更底鼓声混合起来，变成一种特别的音乐。祖凤从如楼船屋那边走来，说："小姐，天黑啦，还不进去么？"和鸾对着他笑，口里仍然唱着，也不回答他。他进前正要挨着和鸾坐下，猛听得一声："鸾儿，天黑了，你还在那里干什么？快跟我进来。"祖凤听出是老爷底声音，一缕烟似的就望阑提花丛里钻进去了。和鸾随着父亲进去，挨了一顿大申斥。次日，崇阿就借着别的事情把祖凤打四十大板，仍旧赶回第三棚，不许他再到上房来。

和鸾受过父亲底责备，心里十分委曲。因为衙内上上下下都知道大小姐和祖什长在园里被老爷撞见底事，弄得她很没意思。崇阿也觉得那晚上把女儿申斥得太过，心里也有点怜惜。又因为她年纪大了，要赶紧将她说给启祯，省得再出什么错。他就吩咐下人在团圆节预备一桌很好的瓜果在园里，全家底人要在那里赏月行乐。崇阿底意思：一来是要叫女儿喜欢；二来是要借着机会向启祯提亲。

　　一轮明月给流云拥住，朦胧的雾气充满园中，只有印在地面底花影稍微可以分出黑白来。崇阿上了如楼船屋底楼上，瞧见启祯在案头点烛，就说："今晚上天气不大好啊！你快去催她们上来，待一会，恐怕要下雨。"启祯听见姑丈底话，把香案瓜果整理好，才下楼去。月亮越上越明，云影也渐渐散了。崇阿高兴起来，等她们到齐底时候，就拿起琵琶弹了几支曲。他要和鸾也弹一支。但她底心里，烦闷已极，自然是不愿意弹底。崇阿要大家在这晚上都得着乐趣，就出了一个赌果子底玩意儿。在那楼上赏月的有赫氏、和鸾、鸣鹭、启祯，连崇阿是五个人。他把果子分做五份，然后对众人说："我想了个新样的射覆，就是用你们常念底《千家诗》和《唐诗》里底诗句，把一句诗当中换一个字，所换底字还要射在别句诗上。我先说了，不许用偏僻的句，因为这不是叫你们赌才情，乃是教你们斗快乐。我们就挨着次序一人唱一句，拈阄定射覆底人。射中底就得唱句人的赠品；射不中就得挨罚。"大家听了都请他举一个例。他就说："比如我唱一句：长安云边多丽人。要问你：明明是水，为什么说云？你就得在《千家诗》或《唐诗》里头找一句来答覆。若说：美人如花隔云端，就算覆对了。"和鸾和鸣鹭都高兴得很，他们低着头在那里默想。惟有启祯跑到书房把书翻了大半天才上来。姊妹们说他是先翻书再来赌底，不让他加入。崇阿说："不要紧，若诗不熟，看也无妨。我们只是取乐，无须认真。"于是都挨着次序坐下，个个侧耳听着那唱句人底声音。

　　第一次是鸣鹭，唱了一句："楼上花枝笑不眠"，问："明明是独，怎么说不？"把阄一拈，该崇阿覆。他想了一会，就答道："春色恼人眠不得。"鸣鹭说："中了。"于是把两个石榴送到父亲面前。第二次是赫氏唱："主人有茶欢今夕。"问："明明是酒，为什么变成茶？"鸣鹭就答："寒夜客来茶当酒。"崇阿说："这句覆得好。我就把这两个石榴加赠给你。"第三次是启祯唱："纤云四卷天来河。"问："明明是无，怎样说来？"崇阿想了半天，想不出一句合式的来。启祯说："姑丈这次可要挨罚了。"崇阿说："好。你自己覆出来罢。我实在想不起来。"启祯显出很得意的样子，大声念道："君不见黄河之水天上来？"

弄得满座底人都瞧着笑。崇阿说:"你这句射得不大好。姑且算你赢了罢。"他把果子送给启祯,正要唱时,当差底说:"省城来了一件要紧的公文。师爷要请老爷去商量。"崇阿立刻下楼,到签押房去。和鸾站起来唱道:"千树万树梨花飞",问:"明明是开,为什么又飞起来?"赫氏答道:"春城无处不飞花。"她接了和鸾底赠品,就对鸣鹭说:"该你唱了。"于是鸣鹭唱一句:"桃花尽日夹流水。"问:"明明是随,为何说夹?"和鸾答道。"两岸桃花夹古津。"这次应当是赫氏唱,但她一时想不起好句来,就让给启祯。他唱道:"行人弓箭各在肩。"问:"明明是腰,怎会在肩?那腰空着有什么用处?"和鸾说:"你这问太长了。叫人怎样覆?"启祯说:"还不知道是你射不是,你何必多嘴呢?"他把阄筒摇了一下才教各人抽取。那黑阄可巧落在鸣鹭手里。她想一想,就笑说:"莫不是腰横秋水雁翎刀吗?"启祯忙说:"对,对,你很聪明。"和鸾只掩着口笑。启祯说:"你不要笑人,这次该你了,瞧瞧你底又好到什么地步。"和鸾说:"祯哥这唱实在差一点,因为没有覆到肩字上头。"她说完就唱:"青草池塘独听蝉。"问:"明明是蛙,怎么说蝉?"可巧该启祯射。他本来要找机会调嘲和鸾,借此报复她方才底批评。可巧他想不起来,就说一句俏皮话:"癞蛤蟆自然不配在青草池塘那里叫唤。"他说这句话是诚心要和和鸾起哄。个人心事自家知,和鸾听了自然猜他是说自己和祖凤底事,不由得站起来说:"哼,莫笑蛇无角,成龙也未知。祯哥,你以为我听不懂你底话么?咳,何苦来!"她说完就悻悻地下楼去。赫氏以为他们是闹玩,还在上头嚷着:"这孩子真会负气,回头非叫她父亲打她不可。"

　　和鸾跑下来,踏着花阴要向自己房里去。绕了一个弯,刚到啭鹂亭,忽然一团黑影从树下拱起来,把她吓得魂不附体。正要举步疾走,那影儿已走近了。和鸾一瞧,原来是祖凤。她说:"祖凤,你昏夜里在园里吓人干什么?"祖凤说:"小姐,我正候着你,要给你说一宗要紧的事。老爷要把你我二人重办,你知道不知道?"和鸾说:"笑话,那里有这事?你从那里听来底?他刚和我们一块儿在如楼船屋楼上赏

月哪。"祖凤说:"现在老爷可不是在签押房吗?"和鸾说:"人来说师爷有要事要和他商量,并没有什么。"祖凤说:"现在正和师爷相议这事呢。我想你是不要紧的,不过最好还是暂避几天,等他气过了才回来。若是我,一定得逃走,不然,连性命也要没了。"和鸾惊说:"真的么?"祖凤说:"谁还哄你?你若要跟我去时,我就领你闪避几天再回来。……无论如何,我总走底。我为你挨了打,一定不能撇你在这里;你若不和我同行,我宁愿死在你跟前。"他说完掏出一支手枪来,把枪口向着自己底心坎,装作要自杀底样子。和鸾瞧见这个光景,她心里已经软化了。她把枪夺过来,抚着祖凤底肩膀说:"也罢,我不忍瞧见你对着我做伤心的事,你且在这里等候,我回去房里换一双平底鞋再来。"祖凤说:"小姐底长褂也得换一换才好。"和鸾回答一声:"知道。"就忙忙地走进去。

三 失足

她回到房中,知道婞而还在前院和女仆斗牌。瞧瞧时计才十一点零,于是把鞋换好,胡乱拿了几件衣服出来。祖凤见了她忙上前牵着她底手说:"咱们由这边走。"他们走得快到衙后底角门,祖凤教和鸾在一株榕树底下站着。他到角门边底更房见没有人在那里,忙把墙上底钥匙取下。出了房门,就招手叫和鸾前来。他说:"我且把角门开了让你先出去。我随后爬墙过去带着你走。"和鸾出去后,他仍把角门关锁妥当,再爬过墙去。原来衙后就是鼍山,虽不甚高,树木却是不少。衙内底花园就是山顶底南部。二人下了鼍山,沿着山脚走。和鸾猛然对祖凤说:"呀!我们要到那里去?"祖凤说:"先到我朋友底村庄去,好不好?"和鸾问说:"什么村庄,离城多远呢?"祖凤说:"逃难底人,一定是越远越好的。咱们只管走罢。"和鸾说:"我可不能远去。天亮了,我这身装束,谁还认不得?""对呀,我想你可以扮男装。"和鸾说:"不成,不成,我底头发和男子不一样。"祖凤停步想了一会,就说:"我为你设法。你在这里等着,我一会就回来。"他去后，不久就拿了一顶遮羞帽（阳江妇人用的竹帽），一套青布衣服来。他说："这就可以过关啦。"和鸾改装后，将所拿底东西交给祖凤。二人出了五马坊，望东门迈步。

那一晚上，各城门都关得很晚，他们竟然安安稳稳地出城去了。他们一直走，已经过了一所医院。路上一个人也没有，只有天空悬着一个半明不亮的月。和鸾走路时，心里老是七上八下地打算。现在她可想出不好来了。她和祖凤刚要上一个山坡，就止住说："我错了。我不应当跟你出来。我须得回去。"她转身要走，只是脚已无力，不听使唤，就坐一块大石上头。那地两面是山，树林里不时发出一种可怕的怪声。路上只有他们二人走着。和鸾到这时候，已经哭将起来。她对祖凤说："我宁愿回去受死，不愿往前走了。我实在害怕得很，你快送我回去罢。"祖凤说："现在可不能回去，因为城门已经关了。你走不动，我可以驮你前行。"她说："明天一定会给人知道底。若是有人追来，要怎样办呢？"祖凤说："我们已经改装，由小路走一定无妨。快走罢。多走一步是一步。"他不由和鸾做主，就把她驮在背上，一步一步登了山坡。和鸾伏在后面，把眼睛闭着，把双耳掩着。她全身底筋肉也颤动得很厉害。那种恐慌底光景，简直不能用笔墨形容出来。

蜿蜒的道上，从远看只像一个人走着；挨近却是两个。前头一种强烈之喘声和背后那微弱的气息相应和。上头的乌云把月笼住，送了几粒雨点下来。他们让雨淋着，还是一直地望前。刚渡过那龙河，天就快亮了。祖凤把和鸾放下，对她说："我去叫一顶轿子给你坐罢。天快要亮了，前边有一个大村子，咱们再不能这样走了。"和鸾哭着说："你要带我到哪里去呢？若是给人知道了，你说怎好？"祖凤说："不碍事底。咱们一同走着，看有轿子，再雇一顶给你，我自有主意。"那时东方已有一点红光，雨也止了。他去雇了一顶轿子，让和鸾坐下，自己在后面紧紧跟着。足行了一天，快到那笃墟了。他恐怕到底时候没有住处，所以在半路上就打发轿夫回去。祖凤扶着她慢慢地走，到了一间破庙底门口。祖凤教和鸾在牴椊旁边候着，自己先进

里头去探一探，一会儿他就携着和鸾进去。那晚上就在那里歇息。

　　和鸾在梦中惊醒。从月光中瞧见那些陈破的神像：脸上底胡子，和身上底破袍被风刮得舞动起来。那光景实在狰狞可怕。她要伏在祖凤怀里，又想着这是不应当的。她懊悔极了，就推祖凤起来，叫他送自己回去。祖凤这晚上倒是好睡，任她怎样摇也摇不醒来。她要自己出来，那些神像直瞧着她，叫她动也不敢动。次日早晨，祖凤牵着她仍从小路走。祖凤所要找底朋友，就在这附近住，但他记不清那条路底方位。他们朝着早晨的太阳前行，由光线中，瞧见一个人从对面走来。祖凤瞧那人底容貌，像在哪里见过似的，只是一时记不起他底名字。他要用他们底暗号来试一试那人，就故意上前撞那人一下，大声喝道："呸！你盲了吗？"和鸾瞧这光景，力劝他不要闯祸，但她底力量哪里禁得住祖凤。那人受祖凤这一喝，却不生气。只回答说："我却不盲，因为我底眼睛比你大。"说完还是走他底。祖凤听了，就低声对和鸾说："不怕了。咱们有了宿处了。我且问他这附近有房子没有；再问他认识金成不认识。"说着就叫那人回来，殷勤地问他说："你既然是豪杰，请问这附近有甲子借人没有？"那人指着南边一条小路说："从这条线打听去罢。"祖凤乘机问他："你认得金成么？"那人一听祖凤问金成，就把眼睛望他身上估量了一回。说："你问他做什么？他已不在这里。你莫不是由城来底么？是黄得胜叫你来底不是？"祖凤连声答了几个是。那人望四围一瞧，就说："这里不是说话底地方。你可以到我那里去，我再把他底事情告诉你。"

　　原来那人也姓金，名叫权。他住在那笃附近一个村子，曾经一度到衙门去找黄总爷。祖凤就在那时见他一次。他们一说起来就记得了。走底时节，金权问祖凤说："随你走底可是尊嫂？"祖凤支离地回答他。和鸾听了十分懊恼，但她底脸帽子遮住，所以没人理会她底当时的神气。三人顺着小路走了约有三里之遥，当前横着一条小溪涧，架着两岸底桥是用一块旧棺木做底。他们走过去，进入一丛竹林。金权说："到我底甲子了。"祖凤、和鸾跟着金权进入一间矮小的茅屋。让坐之后，和鸾还是不肯把帽子摘下来。祖凤说："她初出门，还害羞咧。"金权说："莫如请嫂子到房里歇息，我们就在外头谈谈罢。"祖凤叫和鸾进房里，回头就问金权说："现在就请你把成哥底下落告诉我。"金权叹了一口气说："哎！他现时在开平县底监里哪，他在几个月前出去'打单'，兵来了还不逃走，所以给人拿住了。"这时祖凤底脸上显出一副很惊惶的模样，说："噢，原来是他。"金权反问什么意思。他就说："前晚上可不是中秋吗？省城来了一件要紧的文书，师爷看了，忙请老爷去商量。我正和黄总爷在龙王庙里谈天，忽然在签押房当差底朱爷跑来，低声地对黄总爷说：开平县监里一个劫犯供了他和土匪勾通，要他立刻到堂对质。黄总爷听了立刻把几件细软的东西藏在怀里，就望头门逃走。他临去时，教我也得逃走。说：这案若发作起来，连我也有份。所以我也逃出来。现在给你一说，我才明白是他。"金权说："逃得过手，就算好运气。我想你们也饿了。我且去煮些饭来给你们吃罢。"他说着就到檐下煮饭去了。

和鸾在里面听得很清楚，一见金权出去，就站在门边怒容向着祖凤说："你们方才所说底话，我已听明白了。你现在就应当老老实实地对我说。不然，我……"她说到这里，咽喉已经噎住。祖凤进前几步，和声对她说："我底小姐，我实在是把你欺骗了。老爷在签押房所商量底与你并没有什么相干，乃是我和黄总爷底事。我要逃走，又舍不得你，所以想些话来骗你。为底是要叫你和我一块住着。我本来要扮作更夫到你那里，刚要到更房去取家具。可巧就遇着你，因此就把你哄住了。"和鸾说："事情不应当这样办。这样叫我怎样见人？你为什么对人说我是你底妻子？原来你底……"祖凤瞧她越说越气，不容她说完就插着说："我底小姐，你不曾说你是最爱我底吗？你舍得教我离开你吗？"金权听见里面小姐长小姐短底话，忙进来打听到底是哪一回事。祖凤知瞒不过，就把事情底原委说给他知道。他们二人用了许多话语才把和鸾底气减少了。

金权也是和黄总爷一党底人，所以很出力替祖凤遮藏这事。他为二人找一个藏身之所，不久就搬到离金权底茅屋不远一所小房子住去。

四　他底宗教

和鸾所住底屋子靠近山边。屋后一脉流水，四围都是竹林。屋内只有两铺床，一张桌子和几张竹椅。壁上底白灰掉得七零八落了，日光从瓦缝间射下来。祖凤坐在她床脚下，侧耳听着她说："祖凤啊，我这次跟你到这个地方，要想回家，也办不到的。现在与你立约，若能依我，我就跟着你；若是不能，你就把我杀掉。"祖凤说："只要你常在我身边，我就没有不依从你底事。"和鸾说："我从前盼望你往上长进，得着一官半职，替国家争气；就是老爷，在你身上也有这样的盼望。我告诉你，须要等你出头以后，才许入我房里；不然，就别妄想。"祖凤底良心现在受责罚了。和鸾底话，他一点也不敢反抗。只问她说："要到什么地步才算呢？"和鸾说："不须多大，只要能带兵就够了。"祖凤连连点头说："这容易，这容易。我只需换个名字再投军去就有盼望。"

祖凤在那里等机会入伍，但等来等去总等不着。只得先把从前所学底手艺编做些竹器到墟里发卖。他每日所得到底钱差可以够二人的用。有一天，他在墟里瞧见庙前贴着一张很大的告示。他进前一瞧，别的名字都不认得，只认得"黄得胜……祖凤……逃……捉拿……花红四百元……"他看了，知道是通缉底告示，吓得紧跑回去。一踏进门，和鸾手里拿着一块四寸见方的红布，上面印着一个不像八卦，不像两仪底符号在那瞧着。一见祖凤回来，就问他说："这是什么东西？"祖凤说："你既然搜了出来，我就不能不告诉你。这就是我底腰平。小姐，你要知道我和黄总爷都是洪门底豪杰；我们二人都有这个。这就是入门底凭据。我坐监底时候，黄总爷也是因为同会底缘故才把我保释出来底。"和鸾说："那么金权也是你们底同党了。""是的。……呀！小姐，事情不好了。老爷底告示已经贴在墟里，要捉拿我和黄总爷哪。这里还是阳江该管底地方，咱们必不能再住在此；不如往东走，到那扶去避一下。那里是新宁（台山）地界，也许稍微安稳一点。"他一面说，一面催和鸾速速地把东西检点好，在那晚上就搬到那扶墟去了。

他们搬到那扶附近一个荒村。围在四面底，不是山，就是树林。二人在那里藏身倒还安静。祖凤改名叫作李猛，每日仍是做些竹器卖钱。他很奉承和鸾，知她嗜好音乐，就做了一管短箫，常在她面前吹着。和鸾承受他底崇敬，也就心满意足，不十分想家啦。

时光易过，他们在那里住着，已经过了两个冬节。那天晚上，祖凤从墟里回来。膈膀下夹着一架琵琶，喜喜欢欢地跳跃进来。对和鸾说："小姐，我将今天所赚底钱为你买了这个。快弹一弹，瞧它底声音如何。"和鸾说："呀！我现在那里有心玩弄这个？许久不弹，手法也生了。你先搁着罢，改天我喜欢弹底时候，再弹给你听。"他把琵琶搁下说："也罢。我且告诉你一桩可喜的事情：金权今天到墟里找我，说他要到省城吃粮去。他说现在有一位什么司令要招民军去打北京，有好些兄弟们劝他同行。他也邀我一块儿去。我想我底机会到了。我这次出门，都是为你底缘故；不然，我宁愿在这里做小营生，光景虽苦，倒能时常亲近你。他们明后天就要动身。"和鸾听说打北京就惊异说："也许是你听差了罢。北京是皇都，谁敢去打？况且官制里头也没有什么叫作司令底。或者你把东京听做北京罢。"祖凤说："不差，不差，我所听底一定不错。他明明说是革命党起事，要招兵打满洲底。"和鸾说："呀，原来是革命党造反！前几年，老爷才杀了好几个哪。我劝你别去罢，去了定会把自己底命革掉。"他迫着要履和鸾底约，以为这次是好机会，决不可轻易失掉。不论和鸾应许与否，他心里早有成见。他说："小姐，你说底虽然有理，但是革命党一起事，或者国家也要招兵来对付，不如让我先上省去瞧瞧，再行定规一下。你以为怎样呢？我想若是不走这一条路，就永无出头之日啦。"和鸾说："那么，你就去瞧瞧罢。事情如何，总得先回来告诉我。"当下和鸾为他预备些路上应用底东西，第二天就和金权一同上省城去了。

祖凤一去，已有三个月底工夫。和鸾在小屋里独自一人颇觉寂寞。她很信祖凤那副好身手，将来必有出人头地底日子。现时在穷困之中，他能尽力去工作。同在一个屋子住着，对于自己也不敢无礼。反想启祯镇日里只会蹴毽、弄鸟、赌牌、喝酒以及等等虚华的事，实在叫她越发看重祖凤。一想起他底服从、崇敬和求功名底愿望，就减少了好些思家底苦痛。她每日望着祖凤回来报信，望来望去，只是没有消息，闷极底时候，就弹着琵琶来破她底忧愁和寂寞。因为她爱粤讴，所以把从前所学底词曲忘了一大半。她所弹底差不多都是粤调。

无边的黑暗把一切东西埋在里面。和鸾所住房子只有一点豆粒大的灯光。她从屋里踱出来，瞧瞧四围山林和天空底分别，只在黑色底浓淡。那是摇光从东北渐移到正东，把全座星斗正横在天顶。她信口唱几句歌词，回头把门关好，端坐在一张竹椅上头，好像有所思想底样子。不一会，她走到桌边，把一支秃笔拿起来，写着：

> 诸天尽黝暗，
> 曷有众星朗？
> 林中劳意人，
> 独坐听山响。
>
> 山响复何为？
> 欲惊狮子梦。
> 磨牙嗜虎狼，
> 永袪腹心痛。

她写完这两首，正要往下再写，门外急声叫着："小姐，我回来了。快来替我开门。"她认得是祖凤底声音，喜欢到了不得，把笔搁下，速速地跑去替他开门。一见祖凤，就问："为什么那么晚才回来？哎呀，你底辫子那里去了！"祖凤说："现在都是时兴这个样子。我是从北街来底，所以到得晚一点。我一去，倒就被编入伍，因此不能立刻回来。我所投底是民军。起先他们说要北伐，后来也没有打仗就赢了。听说北京底皇帝也投降了，现在的皇帝就是大总统，省城底制台和将军也没了，只有一个都督是最大的，他底下属全是武官。这时候要发达是很容易的。小姐，你别再愁我不长进啦。"和鸾说："这岂不是换了朝代吗？""可不是。""那么，你老爷底下落你知道不？"祖凤说："我没有打听这个，我想还是做他底官罢。"和鸾哭着说："不一定的。若是换了朝代，我就永无见我父母之日了。纵使他们不遇害，也没有留在这里底道理。"祖凤瞧她哭了，忙安慰说："请不要过于伤心。明天我回到省城再替你打听打听。现在还不知道是什么情形呢，何必哭。"他好容易把和鸾劝过来。又谈些别后底话，就各自将息去了。

早晨的日光照着一对久别的人。被朝雾压住底树林里断断续续发出几只蜩螗底声音。和鸾一听这种声音，就要引起她无穷的感慨。她只对祖凤说："又是一年了。"她底心事早被祖凤看出，就说："小姐，你又想家了。我见这样，就舍不得让你自己住着，没人服侍。我实在苦了你。"和鸾说："我并不是为没人服侍而愁，瞧你去那么久，我还是自自然然地过日子就可以知道。只要你能得着一个小差事，我就不愁了。"祖凤说："我实在不敢辜负小姐底好意。这次回来无非是要瞧瞧你。我只告一礼拜的假，今天又得回去。论理我是不该走得那么快，无奈……"和鸾说："这倒是不妨。你瞧什么时候应当回去就回去，又何必发愁呢？"祖凤说："那么，我待一会，就要走啦。"他抬头瞧见那只琵琶挂在墙上，说笑着对和鸾说："小姐，我许久不听你弹琵琶了。现在请你随便弹一支给我听，好不好？"和鸾也很喜欢地说："好。我就弹一支粤讴当作给你送行底歌儿罢。"她抱着乐器，定神想了一会，就唱道：

> 暂时离别，犯不着短叹长吁，
> 君若嗟叹就唔配称作须眉。
> 劝君莫因穷困就添愁绪，
> 因为好多古人都系出自寒微。
> 你睇樊哙当年曾与屠夫为伴侣；

和尚为君重有个位老朱。

自古话事唔怕难为，只怕人有志，

重任在身，切莫辜负你个堂堂七尺躯。

今日送君说不尽千万语，

只愿你时常寄我好音书。

唉！我记住远地烟树，就系君去处。

劝君就动身罢，唔使再踌躇。

五　山大王

在那似烟非烟，似树非树底地平线上，仿佛有一个人影在那里走动。和鸾正在竹林里望着，因为祖凤好几个月没有消息了，她瞧着那人越来越近，心里以为是给她送信来底。她迎上去，却是祖凤。她问："怎么又回来呢？"祖凤说："民军解散了。"他说底时候，脸上显出很不快的样子，接着说："小姐。我实在辜负了你底盼望。但这次销差底不止我一人，连金权一班的朋友都回来了。"和鸾见他发愁，就安慰他说："不要着急，大器本来是晚成底。你且休息一下，过些日再设法罢。"她伸手要替祖凤除下背上底包袱，却被祖凤止住。二人携手到小屋里，和鸾还对他说了好些安慰底话。

时光一天一天地过去，祖凤在家里很觉厌腻，可巧他底机会又到了。金权到他那里把他叫出来，同在竹林底下坐着。金权问："你还记得金成么？"祖凤说："为什么记不得。他现在怎样啦？"金权说："革命底时候，他从监里逃出来。一向就在四邑一带打劫。现时他在百峰山附近底山寨住着；要多招几个人入伙，所以我特地来召你同行。"祖凤沉思了一会就说："我不能去。因为这事一说起来，我底小姐必定不乐意。这杀头底事谁还敢去干呢？"金权说："咦，你这人真笨！若是会死，连我也不敢去，还敢来召你吗？现在的官兵未必能比咱们强，他们一打不过，就会设法招安；那时我们可又不是好人、军官么？你不曾说过你底小姐要等你做到军官底时候才许你成婚吗？现在有那么好机会不投，还等什么时候呢？从前要做武官是考武秀、武举；现在只要先上梁山做大王，一招安至小也有排长、连长。你瞧金成有好几个朋友从前都是山寨里底八拜兄弟，现在都做了什么司令、什么镇守使了。听说还有想做督军底哪……"祖凤插嘴说："督军是什么？"金权答道："哎，你还不知道吗？督军就是总督和将军合成一个底意思；是全国最大的官。我想做官底道路，再没有比这条简捷底了。当兵和做强盗本来没有什么分别：不过他们底招牌正一点，敢青天白日地抢人；我们只在暗里胡挝就是了。你就同我去罢，一定没有伤害的。"祖凤说："你说底虽然有理，但这些话决不能对小姐说起底。我还是等着别的机会罢。"金权说："呀，你真呆！对付女人是一桩极容易的事情，你何必用真实的话对她说呢？往时你有聪明骗她出来，现在就不再哄她一次吗？我想你可以对她说现在各处底人民都起了勤王底兵，你也要投军去。她听了一定很喜欢，那就没有不放你去底道理。"祖凤给他劝得活动起来，就说："对呀！这法子稍微可以用得。我就相机行事罢。"金权说："那么，我先回去候你底信。"他说完，走几步，又回头说："你可不要对她提起金成底名字。"

祖凤进去和和鸾商量妥当，第二天和金权一同搬到金成那里。他们走了两三天才到山麓。祖凤扶着和鸾一步一步地上去，歇了好几次才到山顶，那山上有几间破寨，金成就让他们二人同在一间小寨住着。他们常常下山，有时几十天也不回来一次。和鸾在那里越觉寂寞，因为从前还有几个邻村底妇人来谈谈，现在山上只有她和几个守寨底老贼。她每日有这几个人服侍，外面虽觉好些，但精神的苦痛是比从前厉害得多。她正在那里闷着，老贼金照跑进来说："小姐，他们回来了。现在都在金权寨里哪。祖凤叫我来问小姐要穿底还是要戴底，请告诉他，他可以给小姐拿来。"他底口音不大清楚，所以和鸾听不出什么意思来。和鸾说："你去叫他来罢。我不明白你所说底是什么意思。"金照只得就去叫祖凤来。和鸾说："金照来说了大半天，我总听不出什么意思。到底问我要什么？"祖凤从口袋里掏出几只戒指和几串珠子，笑着说："我问你是要这个，或是要衣服。"和鸾诧异到了不

得，注目在祖凤脸上说："呀呀！这是从那里得来底？你莫不是去打劫么？"亚凤从容地说："那里是打劫。不过咱们底兵现在没有正饷，暂时向民间借用。可幸乡下底绅士们都很仗义，他们捐底钱不够，连家里底金珠宝贝都拿出来。这是发饷时剩下底。还有好些绸缎哪。你若要时，我叫人拿来给你挑选几件。"和鸾说："这些东西，现时在我身上都没有什么用处。你下次出差去底时候，记得给我带些书籍来，我可以借此解解心闷。"祖凤笑说："哈哈，谁愿意带那些笨重的东西上山呢？现在的上等女人都不兴念书了。我在省城，瞧见许多太太夫人们都是这样。她们只要粉擦得白，头梳得光，衣服穿得漂亮就够了。不就女人，连男子也是如此。前几年，我们底营扎在省城一间什么南强公学，里头底书籍很多，听说都是康圣人底。我们兄弟们嫌那些东西多占地位，一担只卖一块钱，不到三天，都让那班小贩买去包东西了。况且我们走路要越轻省越好；若是带书籍，不上三五本就很麻烦啦。好罢，你若是一定要时，我下次就给你带几本来。"说话时，金权又来把他叫去。

祖凤跑到金成寨里，瞧见三四个喽罗坐在那里，早猜着好事又来了。金成起来对祖凤说道："方才钦哥和琉哥来报了两宗肥事；第一，是梁老太爷过几天要出门，我们可以把他拿回来。他儿子现时在京做大官，必定要拿好些钱财来赎回去；第二件是宁阳铁路这几个月常有金山丁（美洲及澳洲华侨）往来。我想找一个好日子，把他们全网打来。我且问你办那一件最好？劫火车虽说富足一点，但是要用许多手脚。若是劫梁老太爷，只须五六个人就够了。"祖凤沉吟半晌说："我想劫火车好一点。若要多用人，我们可以招聚些。"金成说："那么，你就先到各山寨去招人罢。约好了，我们再出发。"

六　他底生活

那日下午，火车从北街开行。搭客有二百余人，金成、祖凤，和好些喽罗都扮作搭客，分据在二三等车里。祖凤拿出时计来一看，低声对坐在身边底同伴说:"三点半了,快预备着。"他说完把窗门托下来,往外直望。那时火车快到汾水江地界,正在蒲葵园或芭蕉园中穿行。从窗一望都是绿色的叶子,连人影也不见。走底时候,车忽然停住。祖凤、金成和其余的都拿出手枪来,指着搭客说:"是伶俐人就不要下车。个个人都得坐定,不许站起来。"他们说底时候,好些贼从蒲葵园里钻出来,各人都有凶器在手里。那班贼上了车,就对金成说:"先把头二等车封锁起来,我们再来验这班孤寒鬼。"他们分头挡住头二等底车门,把那班三等客逐个验过。教每人都伸手出来给他们瞧,若是手长得幼嫩一点底就把他留住。其余粗手、赤脚、肩上有瘢和皮肤粗黑底人,都让他们下车。他们对那班人说:"饶了你们这些穷鬼罢。把东西留下,快走。不然,要你们底命。"祖凤把客人所看底书、报、小说胡乱抢了几本藏在自己怀中,然后押着那班被掳底下车。

他们把留住底客人,一个夹一个下来。其中有男的、有女的、有金山丁、官僚、学生、工人和管车底,一共有九十六人。那里离河不远,喽罗们早已预备了小汽船在河边等候。他们将这九十六人赶入船里,一个挨一个坐着。且用枪指着,不许客人声张,船走上约有二点钟底光景,才停了轮,那时天已黑了。他们上岸,穿过几丛树林,到了一所荒寨。金成吩咐众喽罗说:"你们先去弄东西吃。今晚就让这些货在这里。挑两三个女人送到我那里去,再问凤哥、权哥们要不要。若是有剩就随你们底便。"喽罗们都遵着命令,各人办各人底事去了。

第二天早晨,众贼都围在金成身边,听候调遣。金成对金权说:"女人都让你去办罢。有钱底叫她家里来赎;其余的,或是放回或是送到澳门去都随你底便。"他又把那些男子底姓名住址问明白,派喽罗各处去打听,预备向他们家里拿相当的金钱来赎回去。喽罗们带了几个外省人来到他跟前。他一问了,知道是做官、当委员底,就大骂说:"你们这些该死底人,只会铲地皮,和与我们作对头,今天到我手里,别再想活着。人来,把他们捆在树上,枪毙。"众喽罗七手八脚,不一会都把他们打死了。

　　三五天后，被派出去底喽罗都回来报各人家里底景况。金成叫各人写信回家取钱。叫祖凤检阅他们底书信。祖凤在信里瞧见一句"被绿林之豪掳去……七月三十日以前……"和"六年七月十九"就叫那写信底人来说："你这信，到底包藏些什么暗号？你要请官兵来拿我们吗？"他指着"绿林""掳""六年七月"等字，问说："这些是什么字？若说不出来，就要你底狗命。现在明明是六月，为何写六年七月？"祖凤不认得那些字，思疑里面有别的意思。所以对着那人说："凡我不认得底字都不许写，你就改作'被山大王捉去'和'丁巳六月'罢。以后再这样，可就不饶你了。晓得么？"检阅时，金权带了两个人来。说："这两个人实在是穷，放了他们罢。"祖凤说："金成说放就放，我不管。"他就跑到金成那里说："放了他们罢。"金成说："不。咱们决不能白放人。他们虽然穷，命还是有用的。咱们就要他们底命来警戒那些有钱而不肯拿出来底人。你且把他们捆在那边，再叫那班人出来瞧。"金成瞧那些俘虏出来，就对他们说："你们都瞧那两个人就是有钱不肯花底。你们若不赶快叫家里拿钱来，我必要一天把你们当中底人枪毙两个，像他们现在一样。"众人见他们二人死了，都吓得抖擞起来。祖凤说："你们若是精乖，就得速速拿钱来，省得死在这里。"

　　他们在那寨里正摆布得有条有理，一个喽罗来回报说："官军已到北街了。"金成说："那么，我们就把这些人分开罢。我和祖凤、金权同在一处，将二十人给我们带去。剩下的叫金球和金胜分头带走。"祖凤把四个司机人带来说："这四个是工人。家里也没有什么钱，不如放了他们罢。"金成说："凤哥，你底打算差了。咱们时常要在铁路上往来，若是放他们回去，将来的祸根不小。我想还是请他们去见阎王好一点。"

　　他们把那几个司机人杀掉以后，各头目带着自己底俘虏分头逃走。金成、祖凤和金权带着二十人，因为天气尚早，先叫他们伏在蒲葵园底叶下，到晚上才把他们带出来。他走了一夜才到山寨。上山后，祖凤拿几本书赶紧跑到自己底寨里，对和鸾说："我给你带书来了。我们掳了好些违抗王师底人回来，现在满山寨都是人哪。"和鸾接过书来瞧一瞧，说："这有什么用？"他悻悻地说："你瞧！正经给你带来，你又说没用处。我早说了，倒不如多掳几个人回来更好哪。"和鸾问："怎么说？""我们掳人回来可以得着他们家里底取赎钱。"和鸾又问："怎样叫他们来赎，若是不肯来，又怎办？"祖凤说："若是要赎回去底话，他们家里底人可以到澳门我们底店里，拿二三斤鸦片或是几箱好烟叶做开门礼，我们才和他讲价。若不然，就把他们治死。"和鸾说："这可不是近于强盗底行为么？"他心里暗笑，口里只答应说："这是不得已的。"他恐怕被和鸾问住，就托故到金成寨里去了。

过不多的日子，那班俘虏已经被人赎回一大半。那晚该祖凤底班送人下山。他用手巾把那几个俘虏底眼睛缚住，才叫喽罗们扶他们下山，自己在后头跟着。他去后不到三点钟底工夫，忽然山后一阵枪声越响越近。金成和剩下的喽罗各人携着枪械下山迎敌。枪声一呼一应，没有片刻停止。和鸾吓得不敢睡，眼瞧着天亮了，那枪声还是不息。她瞧见山下一支人马向山顶奔来；一支旗飘荡着，却认不得是那一国底旗帜。她害怕得很，要跑到山洞里躲藏。一出门，已有两个兵追着她。她被迫到一个断崖上头，听见一个兵说："吓，这里还有那么好的货，咱们上前把她搂过来受用。"那兵方要进前，和鸾大声喝道："你们这些作乱底人，休得无礼！"二人不理会她，还是要进步。一个兵说："呀，你会飞！"他们掳不着和鸾，正在互相埋怨。一个军官来到，喝着说："你们在这里干什么？还不跟我到处搜去。"

从这军官底服装看来，就知道他是一位少校。他底行动十分敏捷，像很能干似的。他搜到和鸾所住底寨里，无意中搜出她底衣服。又把壁上底琵琶拿下来，他见上面贴着一张红纸条，写着："表寸心"，底下还写了她自己底名字。军官就很是诧异，说："哼，原来你在这里！"他回头对众兵丁说："拿住多少贼啦？"都说："没有。""女人呢？""也没有。"他把衣物交给兵丁，叫他们先下山去，自己还在那里找寻着。

唉！他底寻找是白费的。他回到营里，天色已是不早，就叫卫兵

拿了一盏油灯来，把所得底东西翻来覆去地瞧着。他叹息几声，把东西搁下，起来，在屋里踱来踱去。半晌的工夫，他就拿起笔来写一封信：

> 贤妻如面：此次下乡围捕，于贼寨中搜出令姊衣物多件，然余偏索山中，了无所得，寸心为之怅然。忆昔年之事，余犹以虐谑为咎，今而后知其为贼所掳也。兹命卫卒将衣物数事，先呈妆次，俟余回时，再为卿详道之。
>
> 夫祯白

他把信封好，叫一个兵来将信件拿去。自己眼瞪瞪坐在那里，把手向腿上一拍。门外底岗兵顺着响处一望，仿佛听着他底长官说："啊，我现在才明白你底意思。只是你害杀婶而了。"

（原载 1922 年 5 月《小说月报》12 卷 5 号）

黄昏后

　　承欢、承懂两姊妹在山上采了一篓羊齿类的干草，是要用来编造果筐和花篮底。她们从那条崎岖的山径一步一步地走下来，刚到山腰，已是喘得很厉害，二人就把篓子放下，歇息一会。

　　承欢底年纪大一点，所以她底精神不如妹妹那么活泼，只坐在一根横露在地面底榕树根上头，一手拿着手巾不歇地望脸上和脖项上揩拭。她底妹妹坐不一会，已经跑入树林里低着头，慢慢找她心识中底宝贝去了。

　　喝醉了底太阳在临睡时，虽不能发出他固有的本领，然而还有余威把他底妙光长箭射到承欢这里。满山底岩石、树林、泉水，受着这妙光底赏赐，越觉得秋意阑珊了。汐涨底声音，一阵一阵地从海岸送来；远地的归鸟和落叶混着在树林里乱舞。承欢当着这个光景，她底眉、目、唇、舌也不觉跟着那些动的东西，在她那被日光熏黑了底面庞飞舞着。她高兴起来，心中底意思已经禁止不住，就顺口念着："……碧海无风涛自语；丹林映日叶思飞！……"还没有念完，她底妹妹就来到跟前，衣裙里兜着一堆底叶子，说："姊姊你自己坐在这里，和谁说话来？你也不去帮我捡捡叶子，那边还有许多好看的哪。"她说着，顺手把所得底枯叶一片一片地拿出来，说："这个是蚶壳……这是海星，……这是没脊鳍底翻车鱼……这卷得更好看，是爸爸吸底淡芭菇……这是……"她还要将那些受她想象变化过底叶子，一一给姊姊说明；可是这样的讲解，除她自己以外，是没人愿意用工夫去领教底。承欢不耐烦地说："你且把它们搁在篓里罢，到家才听你底，现在我不愿意听咧。"承懂斜着眼瞟了姊姊一下，一面把叶子

装在篓里，说："姊姊不晓得又想什么了。在这里坐着，愿意自己喃喃地说话，就不愿意听我所说底！"承欢说："我何尝说什么，不过念着爸爸那首《秋山晚步》罢了。"她站起来，说："时候不早了，咱们走罢。你可以先下山去，让我自己提这篓子。"承懽说："我不，我要陪着你走。"

二人顺着山径下来。从秋的夕阳渲染出来等等的美丽已经布满前路：霞色、水光、潮音、谷响、草香等等，更不消说；即如承欢那副不白的脸庞也要因着这个就增了几分本来的姿色。承欢虽是走着，脚步却不肯放开，生怕把这样晚景错过了似的。她无意中说了一声："呀！妹妹，秋景虽然好，可惜太近残年咧。"承懽底年纪只十岁，自然不能懂得这位十五岁的姊姊所说底是什么意思。她就接着说："挨近残年，有什么可惜不可惜的？越近残年越好，因为残年一过，爸爸就要给我好些东西玩，我也要穿新做的衣服——我还盼望它快点过去哪。"

她们底家就在山下，门前朝着南海。从那里，有时可以望见远地里一两艘法国巡舰在广州湾驶来驶去。姊妹们也说不清她们所住的到底是中国地，或是法国领土；不过时常理会那些法国水兵爱来村里胡闹罢了。刚进门，承懽便叫一声："爸爸，我们回来了！"平常她们一回来，父亲必要出来接她们；这一次不见他出来，承欢以为她父亲底注意是贯注在书本或雕刻上头，所以教妹妹不要声张，只好静静地走进来。承欢把篓子放下，就和妹妹到父亲屋里。

她们底父亲关怀所住底是南边那间屋子，靠壁三五架书籍。又陈设了许多大理石造像——有些是买来底，有些是自己创作底。从这技术室进去就是卧房。二人进去，见父亲不在那里。承欢向壁上一望，就对妹妹说："爸爸又拿着'基达尔'出去了。你到妈妈坟上，瞧他在那里不在。我且到厨房弄饭，等着你们。"

她们母亲底坟墓就在屋后自己底荔枝园中。承懽穿过几棵荔枝树，就听见一阵基达尔底乐音，和着她父亲底歌喉。她知道父亲在那里，不敢惊动他底弹唱，就蹑着脚步上前。那里有一座大理石的坟头，形式虽和平常一样，然而西洋的风度却是很浓的。瞧那建造和雕刻底功夫，就知道平常的工匠决做不出来；一定是关怀亲手所造底。那墓碑上不记年月，只刻着"良人关山恒媚"，下面一行小字是"夫关怀手泐"。承懂到时，关怀只管弹唱着，像不理会他女儿站在身旁似的。直等到西方底回光消灭了，他才立起来，一手挟着乐器，一手牵着女儿，从园里慢慢地走出来。

一到门口，承懂就嚷着："爸爸回来了！"她姊姊走出来，把父亲手里底乐器接住，且说："饭快好啦，你们先到厅里等一会，我就端出来。"关怀牵着承懂到厅里，把头上底义辫脱下，挂在一个衣架上头，回头他就坐在一张睡椅上和承懂谈话。他底外貌像一位五十岁左右底日本人，因为他底头发很短，两撇胡子也是含着外洋的神气。停一会，承欢端饭出来，关怀说："今晚上咱们都回得晚。方才你妹妹说你在山上念什么诗；我也是在书架上偶然检出十几年前你妈妈写给我底《自君之出矣》，我曾把这十二首诗入了乐谱，你妈妈在世时很喜欢听这个；到现在已经十一二年不弹这调了。今天偶然被我翻出来，所以拿着乐器走到她坟上再唱给她听。唱得高兴，不觉反复了几遍，连时间也忘记了。"承欢说："往时爸爸到墓上奏乐，从没有今天这么久，这诗我也不曾听过，……"承懂插嘴说："我也不曾听过。"承欢接着说："也许我在当时年纪太小不懂得。今晚上底饭后谈话，爸爸就唱一唱这诗，且给我们说说其中底意思罢。"关怀说："自你四岁以后，我就不弹这调了，你自然是不曾听过底。"他抚着承懂底头，笑说："你方才不是听过了吗？"承懂摇头说："那不算，那不算。"他说："你妈妈这十二首诗没有什么可说底，不如给你们说咱们在这里住着底缘故罢。"

吃完饭，关怀仍然倚在睡椅上头，手里拿着一支雪茄，且吸且说。这老人家在灯光之下说得眉飞目舞，教姊妹们底眼光都贯注在他脸上，好像藏在叶下底猫儿凝神守着那翩飞的蝴蝶一般。

关怀说："我常愿意给你们说这事，恐怕你们不懂得，所以每要说时，便停止了。咱们住在这里，不但邻舍觉得奇怪，连阿欢，你底

心里也是很诧异的。现在你底年纪大了，也懂得一点世故了，我就把一切的事告诉你们罢。

"我从法国回到香港，不久就和你妈妈结婚。那时刚要和东洋打仗，邓大人聘了两个法国人做顾问，请我到兵船里做通译。我想着，我到外洋是学雕刻底，通译，那里是我做得来底事，当时就推辞他。无奈邓大人一定要我去，我碍于情面也就允许了。你妈妈虽不愿意，因为我已应许人家，所以不加拦阻。她把脑后底头发截下来，为我做成那条假辫。"他说到这里，就用雪茄指着衣架，接着说："那辫子好像叫卖底幌子，要当差事非得带着它不可。那东西被我用了那么些年，已修理过好几次，也许现在所有的头发没有一根是你妈妈底哪。

"到上海底时候，那两个法国人见势不佳，没有就他底聘，他还劝我不用回家，日后要用我做别的事，所以我就暂住在上海。我在那里，时常听见不好的消息，直到邓大人在威海卫阵亡时，我才回来。那十二首诗就是我入门时，你妈妈送给我底。"

承欢说："诗里说底都是什么意思？"关怀说："互相赠与底诗，无论如何，第三个人是不能理会，连自己也不能解释给人听底。那诗还搁在书架上，你要看时，明天可以拿去念一念。我且给你说此后我和你妈妈底事。

"自那次打败仗，我自己觉得很羞耻，就立意要隔绝一切的亲友，跑到一个孤岛里居住，为底是要避掉等等不体面的消息，教我底耳朵少一点刺激。你妈妈只劝我回硇州去，但我很不愿意回那里去，以后我们就定意要搬到这里来。这里离硇州虽是不远，乡里底人却没有和我往来，我想他们必是不知道我住在这里。

"我们买了这所房子，连后边的荔枝园。二人就在这里过很欢乐的日子。在这里住不久，你就出世了。我们给你起个名字叫承欢。……"承懂紧接着问"我呢？"关怀说："还没有说到你咧。你且听着，待一会才给你说。"

他接着说："我很不愿意雇人在家里做工，或是请别人种地给我收利。但耨田插秧底事都不是我和你妈妈做得来底；所以我们只好买些果树园来做生产底源头；西边那丛椰子林也是在你一周岁时买来做纪念底。那时你妈妈每日的功课就是乳育你；我在技术室做些经常的生活以外，有工夫还出去巡视园里底果树。好几年的工夫，我们都是这样地过，实在快乐啊！

"唉，好事是无常的！我们在这里住不上五年，这一片地方又被法国占据了！当时我又想搬到别处去，为底是要回避这种羞耻，谁知这事不能由我做主，好像我底命运就是这样，要永远住在这蒙羞的土地似的。"关怀说到这里，声音渐渐低微，那忧愤的情绪直把眼睑恨下一半；同时他底视线从女儿底脸上移开，也被地心引力吸住了。

承懂不明白父亲底心思，尽说："这地方很好，为什么又要搬呢？"承欢说："啊，我记得爸爸给我说过，妈妈是在那一年去世底。"关怀说："可不是？从前搬来这里底时候，你妈妈正怀着你；因为风波底颠簸，所以临产时很不顺利。这次可巧又有了阿懂，我不愿意像从前那么唐突，要等她产后才搬。可是她自从得了租借条约签押底消息以后，已经病得支持不住了。"那声音底颤动，早已把承欢底眼泪震荡出来。然而这老人家却没有显出什么激烈的情绪，只皱一皱他底眉头而已。

他往下说："她产后不上十二个时辰就……"承懂急急地问："是养我不是？"他说："是。因为你出世不久，你妈妈便撒掉你，所以给你起个名字做阿懂，懂就是忧而无告底意思。"

这时，三个人缄默了一会，门前底海潮音，后园底蟋蟀声，都顺着微风从窗户间送进来，桌上那盏油灯本来被灯花堵得火焰如豆一般大，这次因着微风，更是闪烁不定，几乎要熄灭了。关怀说："阿欢，你去把窗户关上，再将油灯整理一下。……小妹妹也该睡了，回头就同她到卧房去罢。"

不论什么人都喜欢打听父母怎样生育他，好像念历史底人爱读开天辟地底神话一样，承懂听到这个去处，精神正在活泼，哪里肯去安息。她从小凳子站起来，顺势跑到父亲面前，且坐在他底膝上，尽力地摇头说："爸爸还没有说完哪。我不困，快往下说罢。"承欢一面关

窗，一面说："我也愿意再听下去，爸爸就接着说罢。今晚上迟一点睡也无妨。"她把灯芯弄好，仍回原位坐下，注神瞧着她底父亲。

油灯经过一番收拾，越显得十分明亮，关怀底眼睛忽然移到屋角一座石像上头。他指着对女儿说："那就是你妈妈去世前两三点钟底样子。"承懽说："姊姊也曾给我说过那是妈妈，但我准知道爸爸屋里那个才是。我不信妈妈底脸难看到这个样子。"他抚着承懽底头顶说："那也是好看的。你不懂得，所以说她不好看。"他越说越远，几乎把方才所说底忘掉；幸亏承欢再用话语提醒他，那老人家才接续地说下去。

他说："我底搬家计划，被你妈妈这一死就打消了。她底身体已藏在这可羞的土地，而且你和阿懽年纪又小，服侍你们两个小姊妹还忙不过来，何况搬东挪西地往外去呢？因此，我就定意要终身住在这里，不想再搬了。

"我是不愿意雇人在家里为我工作底。就是乳母，我也不愿意雇一个来乳育阿懽。我不信男子就不会养育婴孩，所以每日要亲自尝试些乳育底功夫。"承懽问："爸爸当时你有奶子给我喝吗？"关怀说："我只用牛乳喂你。然而男子有时也可以生出乳汁底。……阿欢，我从前不曾对你说过孟景休底事么？"承欢说："是，他是一个孝子，因为母亲死掉，留下一个幼弟；他要自己做乳育底功夫，果然有乳浆从他底乳房溢出来。"关怀笑说："我当时若不是一个书呆子，就是这事一定要孝子才办得到，贞夫是不许做底。我每每抱着阿懽让她啜我底乳头，看看能够溢出乳浆不能；但试来试去，都不成功。养育底功夫虽然是苦，我却以为这是父母二人应当共同去做底事情，不该让为母底独自担任这番劳苦。"

承欢说："可是这事要女人去做才合宜。"

"是的。自从你妈妈没了以后，别样事体倒不甚棘手，对于你所穿底衣服总觉得肮脏和破裂得非常的快。我自己也不会做针黹，整天要为你求别人缝补，这几乎又要把我所不求人底理想推翻了！当时有些邻人劝我为你们续娶一个……"

承欢说："我们有一位后娘倒好。"

那老人家瞪着眼，口里尽力地吸着雪茄，少停，他底声音就和青烟一齐冒出来。他郑重地说："什么？一个人能像禽兽一样，只有生前的恩爱，没有死后的情愫吗？"

从他口里吐出来底青烟早已触得承懂康康地咳嗽起来。她断续地说："爸爸底口真像王家那个破灶，闷得人家底眼睛和喉咙都不爽快。"关怀拍着她底背说："你真会用比方！……这是从外洋带回来底习惯，不吸它也罢，你就拿去搁在烟盂里罢。"承懂拿着那支雪茄，忽像想起什么事似的，她走到屋里把所捡底树叶拿出来，对父亲说："爸爸吸这一支罢，这比方才那支好得多。"她父亲笑着把叶子接过去，仍教承懂坐在膝上，眼睛望着承欢说："阿欢，你以再婚为是么？"他底女儿自然不能回答，也不敢回答这重要的问题。她只嘿嘿地望着父亲两只灵活的眼睛，好像要听那两点微光底回答一样。那回答底声音果如从父亲底眼光中发出来——他凝神瞧着承欢说："我想你也不以为然。一个女人再醮，若是人家要轻看她；一个男子续娶，难道就不应当受轻视吗？所以当时凡有劝我续弦底，都被我拒绝了。我想你们没有母亲虽是可哀，然而有一个后娘更是不幸的。"

门前底海潮音，后园底蟋蟀声，加上檐牙底铁马和树上底夜啼鸟，这几种声音真像强盗一样，要从门缝窗隙间闯进来捣乱他们底夜谈。那两个女孩子虽不理会，关怀底心却被它们抢掠去了。他底眼睛注视着窗外那似树如山的黑影；耳中听着那种铮铮铛铛、嘶嘶嗦嗦、汩汩稳稳的杂响；口里说："我一听见铁马底音响，就回想到你妈妈做新娘时，在洞房里走着，那脚钏铃铛底声音。那声音虽有大小底分别，风味却差不多。"

他把射到窗外底目光移到承欢身上，说："你妈妈姓山，所以我在日间或夜间偶然瞧见尖锥形的东西就想着山，就想着她。在我心目中底感觉，她实在没死，不过是怕遇见更大的差耻，所以躲藏着；但在人静底时候，她仍是和我在一处底。她来底时候，也去瞧你们，也和你们谈话，只是你们都像不大认识她一样，有时还不瞅睬她。"承

懂说："妈妈一定是在我们睡熟时候来底，若是我醒时，断没有不瞅睬她底道理。"那老人家抚着这幼女底背说："是的，你妈妈常夸奖你，说你聪明，喜欢和她谈话，不像你姊姊越大就越发和她生疏起来。"承欢知道这话是父亲造出来教妹妹喜欢底，所以她笑着说："我心里何尝不时刻惦念着妈妈呢？但她一来到，我怎么就不知道，这真是怪事！"

关怀对着承欢说："你和你妈妈离别时年纪还小，也许记不清她底模样；可是你须知道不论要认识什么物体都不能以外貌为准的，何况人面是最容易变化的呢？你要认识一个人，就得在他底声音容貌之外找寻，这形体不过是生命中极短促的一段罢了。树木在春天发出花叶、夏天结了果子，一到秋冬，花叶、果子多半失掉了；但是你能说没有花、叶底就不是树木么？池中底蝌蚪，渐渐长大成为一只蛤蟆，你能说蝌蚪不是小蛤蟆么？无情的东西变得慢，有情的东西变得快。故此，我常以你妈妈底坟墓为她底变化身；我觉得她底身体已经比我长得大，比我长得坚强；她底声音，她底容貌，是遍一切处的。我到她底坟上，不是盼望她那卧在土中底肉身从墓碑上挺起来；我瞧她底身体就是那个坟墓，我对着那墓碑就和在这屋对你们说话一样。"

承懂："哦，原来妈妈不是死，是变化了。爸爸，你那么爱妈妈，但她在这变化底时节，也知道你是疼爱她底么？"

"她一定知道底。"

承懂说："我每到爸爸屋里，对着妈妈底造像叫唤、抚摩，有时还敲打她几下。爸爸，若是那像真是妈妈，她肯让我这样抚摩和敲打么？她也能疼爱我，像你疼我一样么？"

关怀回答说："一定很喜欢。你妈妈连我这么高大，她还十分疼爱，何况你是一个聪明伶俐的小孩子！妈妈底疼爱比爸爸大得多。你睡觉底时候，爸爸只能给你垫枕，盖被；若是妈妈，一定要将她那只滑腻而温暖的手臂给你枕着；还要搂着你，教你不惊不慌地安睡在她怀里。你吃饭底时候，爸爸只能给你预备小碗，小盘；若是妈妈，一定要把她那软和而常摇动的膝头给你做凳子，还要亲手递好吃的东西到你口里。你所穿底衣服，爸爸只能为你买些时式的和贵重的；若是妈妈，一定要常常给你换新样式，她要亲自剪裁，亲自刺绣，要用最好看的颜色，——就是你最喜欢底颜色——给你做上。妈妈底疼爱实在比爸爸底大得多!"

承懂坐在父亲膝上，一听完这段话，她底身体跳荡好像骑在马上一样。她一面摇着身子，一面拍着自己两只小腿，说："真的吗! 她为何不对我这样做呢? 爸爸，快叫妈妈从坟里出来罢。何必为着这蒙羞的土地就藏起来，不教她亲爱的女儿和她相会呢? 从前我以为妈妈底脾气老是那个样子：两只眼睛瞧着人，许久也不转一下；和她说话也不答应；要送东西给她，她两只手又不知道往那里去，也不会伸出来接一接。所以我想她一定是不懂人情底。现在我就知道她不是无知的。爸爸，你为我到坟里把妈妈请出来罢；不然，你就把前头那扇石门挪开，让我进去找她。爸爸曾说她在晚间常来，待一会，她会来么?"

关怀把她亲了一下，说："好孩子，你方才不是说你曾叫过她、摩过她，有时还敲打她么? 她现在已经变成那个样子了，纵使你到坟墓里去找她也是找不着底。她常在我屋里，常在那里（他指着屋角那石像），常在你心里，常在你姊姊心里，常在我心里。你和她说话或送东西给她时，她虽象不理你，其实她疼爱你，已经领受你底敬意。你若常常到她面前，用你底孝心，你底诚意供献给她，日子久了，她心里喜欢让你见着她底容貌。她要用妩媚的眼睛瞧着你，要开口对你发言，她那坚硬而白的皮肤要化为柔软娇嫩，好像你底身体一样。待一会，她一定来，可是不让你瞧见她，因为她先要瞧瞧你对于她底爱心怎样，然后教你瞧见她。"

承欢也随着对妹妹证明说："是，我象你那么大底时候，也很愿意见妈妈一面，后来我照着爸爸底话去做，果然妈妈从石像座儿走下来，搂着我和我谈话，好像现在爸爸搂着你和你谈话一样。"

承懂把右手底食指含在口里，一双伶俐的小眼射在地上，不歇地转动，好像了悟什么事体，还有所发明似的。她抬头对父亲说："哦，

爸爸，我明白了。以后我一定要格外地尊敬妈妈那座造像，盼望她也能下来和我谈话。爸爸，比如我用尽我底孝敬心来服侍她，她准能知道么？"

"她一定知道底。"

"那么，方才所捡那些叶子，若是我好好地把它们藏起来，一心供养着，将来它们一定也会变成活的海星、瓦楞子或翻车鱼了。"关怀听了，莫名其妙。承欢就说："方才妹妹捡了一大堆的干叶子，内中有些像鱼底，有些像螺贝底，她问的是那些东西。"关怀说："哦，也许会，也许会。"承懽要立刻跳下来，把那些叶子搬来给父亲瞧，但她底父亲说："你先别拿出来，明天我才教给你保存它们底方法。"

关怀生怕他底爱女晚间说话过度，在睡眠时做梦，就劝承懽说："你该去睡觉啦。我和你到屋里去罢。明早起来，我再给你说些好听的故事。"承懽说："不，我不。爸爸还没有说完呢，我要听完了才睡。"关怀说："妈妈底事长着呢，若是要说，一年也说不完，明天晚上再接下去说罢。"那小女孩于是从父亲膝上跳下来，拉着父亲底手，说："我先要到爸爸屋里瞧瞧那个妈妈。"关怀就和她进去。

他把女儿安顿好，等她睡熟，才回到自己屋里。他把外衣脱下，手里拿着那个礛碟囊，和腰间底玉佩，把玩得不忍撒手，料想那些东西一定和他底亡妻关山恒媚很有关系。他们底恩爱公案必定要在临睡前复讯一次。他走到石像前，不歇用手去摩弄那坚实而无知的物体，且说："多谢你为我留下这两个女孩，教我底晚景不至过于惨淡。不晓得我这残年要到什么时候才可以过去，速速地和你同住在一处。唉！你底女儿是不忍离开我底，要她们成人，总得在我们再会之后。我现在正浸在父亲的情爱中，实在难以解决要怎样经过这衰弱的残年，你能为我和从你身体分化出来底女儿们打算么？"

他静静地站在那里，好像很注意听着那石像底回答。可是那用手造底东西怎样发出她底意思，我们底耳根太钝，实在不能听出什么话来。

他站了许久，回头瞧见承欢还在北边的厅里编织花篮，两只手不停地动来动去，口里还低唱着她底功夫歌。他从窗门对女儿说："我儿，时候不早了，明天再编罢。今晚上妹妹话说得过多，恐怕不能好好地睡，你得留神一点。"承欢答应一声，就把那个未做成底篮子搁起来，把那盏小油灯拿着到自己屋里去了。

灯光被承欢带去以后。满屋都被黑暗充塞着。秋萤一只两只地飞入关怀底卧房，有时歇在石像上头。那光底闪烁，可使关山恒媚底脸对着她底爱者发出一度一度的流盼和微笑。但是从外边来底，还有汩稳的海潮音，嘶嗦的蟋蟀声，铮铛的铁马响，那可以说是关山恒媚为这位老鳏夫唱底催眠歌曲。

（原载 1927 年 7 月《小说月报》12 卷 7 号）

缀网劳蛛

"我像蜘蛛，
命运就是我底网。"
我把网结好，
还住在中央。

呀，我底网甚时节受了损伤！
这一坏，教我怎地生长？
生的巨灵说："补缀补缀罢！"
世间没有一个不破的网。

我再结网时，
要结在玳瑁梁栋
珠玑帘栊；
或结在断井颓垣
荒烟蔓草中呢？
生的巨灵按手在我头上说：
"自己选择去罢，
你所在的地方无不兴隆、亨通。"

虽然，我再结的网还是像从前那么脆弱，
敌不过外力冲撞；
我网底形式还要像从前那么整齐——

平行的丝连成八角、十二角的形状吗？

他把"生的万花筒"交给我，说：

"望里看罢，

你爱怎样，就结成怎样。"

呀，万花筒里等等的形状和颜色

仍与从前没有什么差别！

求你再把第二个给我，

我好谨慎地选择。

"咄咄！贪得而无智的小虫！

自而今回溯到濛鸿，

从没有人说过里面有个形式与前相同。

去罢，生的结构都由这几十颗'彩琉璃屑'幻成种种，

不必再看第二个生的万花筒。"

那晚上底月色格外明朗，只是不时来些微风把满园底花影移动得不歇地作响。素光从椰叶下来，正射在尚洁和她底客人史夫人身上。她们二人底容貌，在这时候自然不能认得十分清楚，但是二人对谈的声音却像幽谷底回响，没有一点模糊。

周围的东西都沉默着，像要让她们密谈一般：树上底鸟儿把喙插在翅膀底下；草里底虫儿也不敢作声；就是尚洁身边那只玉狸，也当主人所发的声音为催眠歌，只管蜷蜷地沉睡着。她用纤手抚着玉狸，目光注在她底客人身上，懒懒地说："夺魁嫂子，外间的闲话是听不得的。这事我全不计较——我虽不信定命的说法，然而事情怎样来，我就怎样对付，毋庸在事前预先谋定什么方法。"

她底客人听了这场冷静的话，心里很是着急，说："你对于自己底前程太不注意了！若是一个人没有长久的顾虑，就免不了遇着危险，外人底话虽不足信，可是你得把你底态度显示得明了一点，教人不疑惑你才是。"

尚洁索性把玉狸抱在怀里，低着头，只管摩弄。一会儿，她才冷笑了一声，说："吓吓，夺魁嫂子，你底话差了，危险不是顾虑所能闪避的。后一小时的事情，我们也不敢说准知道，哪里能顾到三四个月、三两年那么长久呢？你能保我待一会不遇着危险，能保我今夜里睡得平安么？纵使我准知道今晚上会遇着危险，现在的谋虑也未必来得及。我们都在云雾里走，离身二三尺以外，谁还能知道前途的光景呢？经里说：'不要为明日自夸，因为一日要生何事，你尚且不能知道。'这句话，你忘了么？……唉，我们都是从渺茫中来，在渺茫中住，望渺茫中去。若是怕在这条云封雾锁的生命路程里走动，莫如止住你底脚步；若是你有漫游的兴趣，纵然前途和四围的光景暧昧，不能使你赏心快意，你也是要走的。横竖是往前走，顾虑什么？

"我们从前的事，也许你和一般侨寓此地的人都不十分知道。我不愿意破坏自己底名誉，也不忍教他出丑。你既是要我把态度显示出来，我就得略把前事说一点给你听，可是要求你暂时守这个秘密。

"论理，我也不是他底……"

史夫人没等她说完，早把身子挺起来，作很惊讶的样子，回头用焦急的声音说："什么？这又奇怪了！"

"这倒不是怪事，且听我说下去。你听这一点，就知道我底全意思了。我本是人家底童养媳，一向就不曾和人行过婚礼——那就是说，夫妇底名分，在我身上用不着。当时，我并不是爱他，不过要仗着他底帮助，救我脱出残暴的婆家。走到这个地方，依着时势的境遇，使我不能不认他为夫……"

"原来你们底家有这样特别的历史。……那么，你对于长孙先生可以说没有精神的关系，不过是不自然的结合罢了。"

尚洁庄重地回答说："你底意思是说我们没有爱情么？诚然，我从不曾在别人身上用过一点男女底爱情；别人给我的，我也不曾辨别过那是真的，这是假的。夫妇，不过是名义上的事；爱与不爱，只能稍微影响一点精神底生活，和家庭底组织是毫无关系的。

"他怎样想法子要奉承我，凡认识我的人都觉得出来。然而我却没有领他底情，因为他从没有把自己底行为检点一下。他底嗜好多，脾气坏，是你所知道的。我一到会堂去，每听到人家说我是长孙可望底妻子，就非常的惭愧。我常想着从不自爱的人所给的爱情都是假的。

"我虽然不爱他，然而家里的事，我认为应当替他做的，我也乐意去做。因为家庭是公的，爱情是私的。我们两人底关系，实在就是这样。外人说我和谭先生的事，全是不对的。我底家庭已经成为这样，我又怎能把它破坏呢？"

史夫人说："我现在才看出你们底真相，我也回去告诉史先生，教他不要多信闲话。我知道你是好人，是一个纯良的女子，神必保佑你。"说着，用手轻轻地拍一拍尚洁底肩膀，就站立起来告辞。

尚洁陪她在花阴底下走着，一面说："我很愿意你把这事底原委单说给史先生知道。至于外间传说我和谭先生有秘密的关系，说我是淫妇，我都不介意。连他也好几天不回来啦。我估量他是为这事生气，可是我并不辩白。世上没有一个人能够把真心拿出来给人家看；纵然能够拿出来，人家也看不明白，那么，我又何必多费唇舌呢？人对于一件事情一存了成见，就不容易把真相观察出来。凡是人都有成见，同一件事，必会生出歧异的评判，这也是难怪的。我不管人家怎样批评我，也不管他怎样疑惑我，我只求自己无愧，对得住天上底星辰和地下底蝼蚁便了。你放心罢，等到事情临到我身上，我自有方法对付。我底意思就是这样，若是有工夫，改天再谈罢。"

她送客人出门，就把玉狸抱到自己房里。那时已经不早，月光从窗户进来，歇在椅桌、枕席之上，把房里的东西染得和铅制的一般。她伸手向床边按了一按铃子，须臾，女佣妥娘就上来。她问："佩荷姑娘睡了么？"妥娘在门边回答说："早就睡了。消夜已预备好了，端上来不？"她说着，顺手把电灯拧着，一时满屋里都著上颜色了。

在灯光之下，才看见尚洁斜倚在床上。流动的眼睛，软润的颔颊，玉葱似的鼻，柳叶似的眉，桃绽似的唇，衬着蓬乱的头发……凡形体上各样的美都凑合在她头上。她底身体，修短也很合度。从她口里发出来的声音，都合音节，就是不懂音乐的人，一听了她底话语，也能

得着许多默感。她见妥娘把灯拧亮了，就说："把它拧灭了吧。光太强了，更不舒服。方才我也忘了留史夫人在这里消夜。我不觉得十分饥饿，不必端上来，你们可以自己方便去。把东西收拾清楚，随着给我点一支洋烛上来。"

妥娘遵从她底命令，立刻把灯灭了，接着说："相公今晚上也许又不回来，可以把大门扣上吗？"

"是，我想他永远不回来了。你们吃完，就把门关好，各自歇息去罢，夜很深了。"

尚洁独坐在那间充满月亮的房里，桌上一枚洋烛已燃过三分之二，轻风频拂火焰，眼看那支发光的小东西要泪尽了。她于是起来，把烛光移到屋角一个窗户前头的小几上。那里有一个软垫，几上搁几本经典和祈祷文。她每夜睡前的功课就是跪在那垫上默记三两节经句，或是诵几句祷词。别的事情，也许她会忘记，惟独这圣事是她所不敢忽略的。她跪在那里冥想了许久，睁眼一看，火光已不知道在什么时候从烛台上逃走了。

她立起来，把卧具整理妥当，就躺下睡觉。可是她怎能睡着呢？呀，月亮也循着宾客底礼，不敢相扰，慢慢地辞了她。走到园里和它底花草朋友、木石知交周旋去了！

月亮虽然辞去，她还不转眼地望着窗外的天空，像要诉她心中底秘密一般。她正在床上辗来转去，忽听园里"嚯嚯"一声，响得很厉害。她起来，走到窗边，往外一望，但见一重一重的树影和夜雾把园里盖得非常严密，教她看不见什么。于是她蹑步下楼，唤醒妥娘，命她到园里去察看那怪声底出处。妥娘自己一个人哪里敢出去；她走到门房把团哥叫醒，央他一同到围墙边察一察。团哥也就起来了。

妥娘去不多会，便进来回话。她笑着说："你猜是什么呢？原来是一个塞运的窃贼摔倒在我们底墙根。他底腿已摔坏了，脑袋也撞伤了，流得满地都是血，动也动不得了。团哥拿着一枝荆条正在抽他哪。"

尚洁听了，一霎时前所有的恐怖情绪一时尽变为慈祥的心意。她等不得回答妥娘，便跑到墙根。团哥还在那里："你这该死的东西……不知厉害的坏种！……"一句一鞭，打骂得很高兴。尚洁一到，就止住他，还命他和妥娘把受伤的贼扛到屋里来。她吩咐让他躺在贵妃榻上。仆人们都显出不愿意的样子，因为他们想着一个贼人不应该受这么好的待遇。

尚洁看出他们底意思，便说："一个人走到做贼的地步是最可怜悯的，若是你们不得着好机会，也许……"她说到这里，觉得有点失言，教她底用人听了不舒服，就改过一句说话："若是你们明白他底境遇，也许会体贴他。我见了一个受伤的人，无论如何，总得救护的。你们常常听见'救苦救难'的话，遇着忧患的时候，有时也会脱口地说出来，为何不从'他是苦难人'那方面体贴他呢？你们不要怕他底血沾脏了那垫子，尽管扶他躺下罢。"团哥只得扶他躺下，口里沉吟地说："我们还得为他请医生去吗？"

"且慢，你把灯移近一点，待我来看一看。救伤的事，我还在行。妥娘，你上楼去把我们那个'常备药箱'捧下来。"又对团哥说，"你去倒一盆清水来罢。"

仆人都遵命各自干事去了。那贼虽闭着眼，方才尚洁所说的话，却能听得分明。他心里底感激可使他自忘是个罪人，反觉他是世界里一个最能得人爱惜的青年。这样的待遇，也许就是他生平第一次得着的。他呻吟了一下，用低沉的声音说："慈悲的太太，菩萨保佑慈悲的太太！"

那人底太阳边受了一伤很重，腿部倒不十分厉害。她用药棉蘸水轻轻地把伤处周围的血迹涤净，再用绷带裹好。等到事情做得清楚，天早已亮了。

她正转身要上楼去换衣服，蓦听得外面敲门的声很急，就止步问说："谁这么早就来敲门呢？"

"是警察罢。"

妥娘提起这四个字，教她很着急。她说："谁去告诉警察呢？"那贼躺在贵妃榻上，一听见警察要来，恨不能立刻起来跪在地上求恩。

但这样的行动已从他那双劳倦的眼睛表白出来了。尚洁跑到他跟前，安慰他说："我没有叫人去报警察……"正说到这里，那从门外来的脚步已经踏进来。

来的并不是警察，却是这家底主人长孙可望。他见尚洁穿着一件睡衣站在那里和一个躺着的男子说话，心里底无明业火已从身上八万四千个毛孔里发射出来。他第一句就问："那人是谁？"

这个问实在教尚洁不容易回答，因为她从不曾问过那受伤者的名字，也不便说他是贼。

"他……他是受伤的人……"

可望不等说完，便拉住她底手，说："你办的事，我早已知道。我这几天不回来，正要侦察你底动静，今天可给我撞见了。我何尝辜负你呢？……一同上去罢，我们可以慢慢地谈。"不由分说，拉着她就往上跑。

妥娘在旁边，看得情急，就大声嚷着："他是贼！"

"我是贼，我是贼！"那可怜的人也嚷了两声。可望只对着他冷笑，说："我明知道你是贼。不必报名，你且歇一歇罢。"

一到卧房里，可望就说："我且问你，我有什么对你不起的地方？你要入学堂，我便立刻送你去；要到礼拜堂听道，我便特地为你预备车马。现在你有学问了，也入教了；我且问你，学堂教你这样做，教堂教你这样做么？"

他底话意是要诘问她为什么变心，因为他许久就听见人说尚洁嫌他鄙陋不文，要离弃他去嫁给一个姓谭的。夜间的事，他一概不知，他进门一看尚洁底神色，老以为她所做的是一段爱情把戏。在尚洁方面，以为他是不喜欢她这样待遇窃贼。她底慈悲性情是上天所赋的，她也觉得这样办，于自己底信仰和所受的教育没有冲突，就回答说："是的，学堂教我这样做，教会也教我这样做。你敢是……"

"是吗？"可望喝了一声，猛将怀中小刀取出来向尚洁底肩膀上一击。这不幸的妇人立时倒在地上，那玉白的面庞已像渍在胭脂膏里一样。

她不说什么，但用一种沉静的和无抵抗的态度，就足以感动那愚顽的凶手。可望当此情景，心中恐怖的情绪已把凶猛的怒气克服了。他不再有什么动作，只站在一边出神。他看尚洁动也不动一下，估量她是死了；那时，他觉得自己底罪恶压住他，不许再逗留在那里，便溜烟似的望外跑。

妥娘见他跑了，知道楼上必有事故，就赶紧上来。她看尚洁那样子，不由得"啊，天公！"喊了一声，一面上去，要把她搀扶起来。尚洁这时，眼睛略略睁开，像要对她说什么，只是说不出。她指着肩膀示意，妥娘才看见一把小刀插在她肩上。妥娘底手便即酥软，周身发抖，待要扶她，也没有气力了。她含泪对着主妇说："容我去请医生罢。"

"史……史……"妥娘知道她是要请史夫人来，便回答说："好，我也去请史夫人来。"她教团哥看门，自己雇一辆车找救星去了。

医生把尚洁扶到床上，慢慢施行手术；赶到史夫人来时，所有的事情都弄清楚啦。医生对史夫人说："长孙夫人底伤不甚要紧，保养一两个星期便可复元。幸而那刀从肩胛骨外面脱出来，没有伤到肺叶——那两个创口是不要紧的。"

医生辞去以后，史夫人便坐在床沿用法子安慰她。这时，尚洁底精神稍微恢复，就对她底知交说："我不能多说话，只求你把底下那个受伤的人先送到公医院去；其余的，待我好了再给你说。……唉，我底嫂子，我现在不能离开你，你这几天得和我同在一块儿住。"

史夫人一进门就不明白底下为什么躺着一个受伤的男子。妥娘去时，也没有对她详细地说。她看见尚洁这个样子，又不便往下问。但尚洁底颖悟性从不会被刀所伤，她早明白史夫人猜不透这个闷葫芦，就说："我现在没有气力给你细说，你可以向妥娘打听去。就要速速去办，若是他回来，便要害了他底性命。"

史夫人照她所吩咐的去做；回来，就陪着她在房里，没有回家。那四岁的女孩佩荷更不知道这是怎么一回事，还是啼啼笑笑，过她底平安日子。

一个星期，两个星期，在她病中嘿嘿地过去。她也渐次复元了。她想许久没有到园里去，就央求史夫人扶着她慢慢走出来。她们穿过那晚上谈话的柳荫，来到园边一个小亭下，就歇在那里。她们坐的地方满开了玫瑰，那清静温香的景色委实可以消灭一切忧闷和病害。

"我已忘了我们这里有这么些好花，待一会，可以摘几枝带回屋里。"

"你且歇歇，我为你选择几枝罢。"史夫人说时，便起来摘花。尚洁见她脚下有一朵很大的花，就指着说："你看，你脚下有一朵很大、很好看的，为什么不把它摘下?"

史夫人低头一看，用手把花提起来，便叹了一口气。

"怎么啦?"

史夫人说："这花不好。"因为那花只剩地上那一半，还有一边是被虫伤了。她怕说出伤字，要伤尚洁底心，所以这样回答。但尚洁看的明明是一朵好花，直教递过来给她看。

"夺魁嫂，你说它不好么? 我在此中找出道理咧! 这花虽然被虫伤了一半，还开得这么好看，可见人底命运也是如此——若不把他底生命完全夺去，虽然不完全，也可以得着生活上一部分的美满，你以为如何呢?"

史夫人知道她联想到自己底事情上头，只回答说："那是当然的，命运底偃蹇和亨通，于我们底生活没有多大关系。"

谈话之间，妥娘领着史夺魁先生进来。他向尚洁和他底妻子问过好，便坐在她们对面一张凳上。史夫人不管她丈夫要说什么，头一句就问："事情怎样解决呢?"

史先生说："我正是为这事情来给长孙夫人一个信。昨天在会堂里有一个很激烈的纷争，因为有些人说可望底举动是长孙夫人迫他做成的，应当剥夺她赴圣筵的权利。我和我奉真牧师在席间极力申辩，终归无效。"他望着尚洁说："圣筵赴与不赴也不要紧。因为我们底信仰决不能为仪式所束缚;我们底行为，只求对得起良心就算了。"

"因为我没有把那可怜的人交给警察，便责罚我么?"

史先生摇头说："不，不，现在的问题不在那事上头。前天可望寄一封长信到会里，说到你怎样对他不住，怎样想弃绝他去嫁给别人。他对于你和某人、某人往来的地点、时间都说出来。且说，他不愿意再见你底面；若不与你离婚，他永不回家。信他所说的人很多，我们怎样申辩也挽不过来。我们虽然知道事实不是如此，可是不能找出什么凭据来证明。我现在正要告诉你，若是要到法庭去的话，我可以帮你底忙。这里不像我们祖国，公庭上没有女人说话的地位。况且他底买卖起先都是你拿资本出来；要离异时，照法律，最少总得把财产分一半给你。……像这样的男子，不要他也罢了。"

尚洁说："那事实现在不必分辨，我早已对嫂子说明了。会里因为信条底缘故，说我底行为不合道理，便禁止我赴圣筵——这是他们所信的，我有什么可说的呢！"她说到末一句，声音便低下了。她底颜色很像为同会底人误解她和误解道理惋惜。

"唉，同一样道理，为何信仰的人会不一样?"

她听了史先生这话，便兴奋起来，说："这何必问？你不常听见人说：'水是一样，牛喝了便成乳汁，蛇喝了便成毒液'吗？我管保我所得能化为乳汁，哪能干涉人家所得的变成毒液呢？若是到法庭去的话，倒也不必。我本没有正式和他行过婚礼，自无须乎在法庭上公布离婚。若说他不愿意再见我底面，我尽可以搬出去。财产是生活的赘瘤，不要也罢，和他争什么？……他赐给我的恩惠已是不少，留着给他……"

"可是你一把财产全部让给他，你立刻就不能生活。还有佩荷呢?"

尚洁沉吟半晌便说："不妨，我私下也曾积聚些少，只不能支持到一年罢了。但不论如何，我总得自己挣扎。至于佩荷……"她又沉思了一会，才续下去说："好罢，看他底意思怎样，若是他愿意把那孩子留住，我也不和他争。我自己一个人离开这里就是。"

他们夫妇二人深知道尚洁底性情，知道她很有主意，用不着别人指导。并且她在无论什么事情上头都用一种宗教底精神去安排。她底

态度常显出十分冷静和沉毅，做出来的事。有时超乎常人意料。

　　史先生深信她能够解决自己将来的生活，一听了她底话，便不再说什么，只略略把眉头皱了一下而已。史夫人在这两三个星期间，也很为她费了些筹划。他们有一所别业在土华地方，早就想教尚洁到那里去养病；到现在她才开口说："尚洁妹子，我知道你一定有更好的主意，不过你底身体还不甚复原，不能立刻出去做什么事情，何不到我们底别庄里静养一下，过几个月再行打算？"史先生接着对他妻子说："这也好。只怕路途远一点，由海船去，最快也得两天才可以到。但我们都是惯于出门的人，海涛底颠簸当然不能制服我们。若是要去的话，你可以陪着去，省得寂寞了长孙夫人。"

　　尚洁也想找一个静养的地方，不意他们夫妇那么仗义，所以不待踌躇便应许了。她不愿意为自己底缘故教别人麻烦，因此不让史夫人跟着前去。她说："寂寞的生活是我尝惯的。史嫂子在家里也有许多当办的事情，哪里能够和我同行？还是我自己去好一点。我很感谢你们二位底高谊，要怎样表示我底谢忱，我却不懂得；就是懂，也不能表示得万分之一。我只说一声'感激莫名'便了。史先生，烦你再去问他要怎样处置佩荷，等这事弄清楚，我便要动身。"她说着，就从方才摘下的玫瑰中间选出一朵好看的递给史先生，教他插在胸前底钮门上。不久，史先生也就起立告辞，替她办交涉去了。

　　土华在马来半岛底西岸，地方虽然不大，风景倒还幽致。那海里出的珠宝不少，所以住在那里的多半是搜宝之客。尚洁住的地方就在海边一丛棕林里。在她底门外，不时看见采珠底船往来于金的塔尖和银的浪头之间。这采珠底功夫赐给她许多教训。因为她这几个月来常想着人生就同入海采珠一样；整天冒险入海里去，要得着多少，得着什么，采珠者一点把握也没有。但是这个感想决不会妨害她底生命。她见那些人每天迷蒙蒙地搜求，不久就理会她在世间的历程也和采珠底工作一样。要得着多少，得着什么，虽然不在她底权能之下，可是她每天总得入海一遭，因为她底本分就是如此。

她对于前途不但没有一点灰心，且要更加奋勉。可望虽是剥夺她们母女的关系，不许佩荷跟着她，然而她仍不忍弃掉她底责任，每月要托人暗地里把吃的用的送到故家去给她女儿。

她现在已变主妇底地位为一个珠商底记室了。住在那里的人，都说她是人家底弃妇，就看轻她，所以她所交游的都是珠船里的工人。那班没有思想的男子在休息的时候，便因着她底姿色争来找她开心。但她底威仪常是调伏这班人的邪念，教他们转过心来承认她是他们底师保。

她一连三年，除干她底正事以外，就是教她那班朋友说几句英吉利语，念些少经文，知道些少常识。在她底团体里，使令、供养，无不如意。若说过快活日子，能像她这样，也就不劣了。

虽然如此，她还是有缺陷的。社会地位，没有她底份；家庭生活，也没有她底份；我们想想，她心里到底有什么感觉？前一项，于她是不甚重要的；后一项，可就缭乱她底衷肠了！史夫人虽常寄信给她，然而她不见信则已，一见了信，那种说不出来的伤感就加增千百倍。

她一想起她底家庭，每要在树林里徘徊，树上底蛃蟧常要幻成她女儿底声音对她说："母思儿耶？母思儿耶？"这本不是奇迹，因为发声者无情，听音者有意；她不但对于那些小虫底声音是这样，即如一切的声音和颜色，偶一触着她底感官，便幻成她底家庭了。

她坐在林下，遥望着无涯的波浪，一度一度地掀到岸边，常觉得她底女儿踏着浪花踊跃而来，这也不止一次了。那天，她又坐在那里，手拿着一张佩荷底小照，那是史夫人最近给她寄来的。她翻来翻去地看，看得眼昏了。她猛一抬头，又得着常时所现的异象。她看见一个人携着她底女儿从海边上来，穿过林樾，一直走到跟前。那人说："长孙夫人，许久不见，贵体康健啊！领你底女儿来找你哪。"

尚洁此时，展一展眼睛，才理会果然是史先生携着佩荷找她来。她不等回答史先生底话，便上前用力搂住佩荷；她底哭声从她爱心的深密处殷雷似的震发出来。佩荷因为不认得她，害怕起来，也放声哭了一场。史先生不知道感触了什么，也在旁边只尽管擦眼泪。

　　这三种不同情绪的哭泣止了以后，尚洁就呜咽地问史先生说："我实在喜欢。想不到你会来探望我，更想不到佩荷也能来！……"她要问的话很多，一时摸不着头绪。只搂定佩荷，眼看着史先生出神。

　　史先生很庄重地说："夫人，我给你报好消息来了。"

　　"好消息？"

　　"你且镇定一下，等我细细地告诉你。我们一得着这消息，我底妻子就叫我和佩荷一同来找你。这奇事，我们以前都不知道，到前十几天才听见我奉真牧师说的。我牧师自那年为你底事卸职后，他底生活，你已经知道了。"

　　"是，我知道。他不是白天做裁缝匠，晚间还做制饼师吗？我信得过，神必要帮助他，因为神底儿子说：'为义受逼迫的人是有福的。'他底事业还顺利吗？"

　　"倒没有什么过不去的地方。他不但日夜劳动，在合宜的时候，还到处去传福音哪。他现在不用这样地吃苦，因为他底老教会看他底行为，请他回国仍旧当牧师去，在前一个星期已经动身了。"

　　"是吗！谢谢神！他必不能长久地受苦。"

　　"就是因为我牧师回国的事，我才能到这里来。你知道长孙先生也受了他底感化么，这事详细地说起来，倒是一种神迹。我现在来，也是为告诉你这件事。

　　"前几天，长孙先生忽然到我家里找我。他一向就和我们很生疏，好几年也不过访一次，所以这次来，教我们很诧异。他第一句就问你底近况如何，且诉说他底懊悔。他说这反悔是忽然的，是我牧师警醒他的。现在我就将他底话，照样地说一遍给你听——

　　"'在这两三年间，我牧师常来找我谈话，有时也请我到他底面包房里去听他讲道。我和他来往那么些次，就觉得他是我底好师傅。我每有难决的事情或疑虑的问题，都去请教他。我自前年生事，二人分离以后，每疑惑尚洁底操守，又常听见家里用人思念她的话，心里就十分懊悔。但我总想着，男人说话将军箭，事已做出，哪里还有脸皮收回来？本是打算给它一个错到底的。然而日子越久，我就越觉得不对。到我牧师要走，最末次命我去领教训的时候，讲了一章经，教我很受感动。散会后，他对我说，他盼望我做的是请尚洁回来。他又念《马可福音》十章给我听，我自得着那教训以后，越觉得我很卑鄙、凶残、淫秽，很对不住她。现在要求你先把佩荷带去见她，盼望她为女儿的缘故赦免我。你们可以先走，我随后也要亲自前往.'

"他说懊悔的话很多，我也不能细说了。等他来时，容他自己对你细说罢。我很奇怪我牧师对于这事，以前一点也没有对我说过，到要走时，才略提一提；反教他来到我那里去，这不是神迹吗?"

尚洁听了这一席话，却没有显出特别愉悦的神色，只说："我底行为本不求人知道，也不是为要得人家的怜恤和赞美；人家怎样待我，我就怎样受，从来是不计较的。别人伤害我，我还饶恕，何况是他呢？他知道自己底卤莽，是一件极可喜的事。——你愿意到我屋里去看一看吗？我们一同走走罢。"

他们一面走，一面谈。史先生问起她在这里的事业如何，她不愿意把所经历的种种苦处尽说出来，只说："我来这里，几年的工夫也不算浪费，因为我已找着了许多失掉的珠子了！那些灵性的珠子，自然不如入海去探求那么容易，然而我竟能得着二三十颗。此外，没有什么可以告诉你。"

尚洁把她底事情结束停当，等可望不来，打算要和史先生一同回去。正要到珠船里和她底朋友们告辞，在路上就遇见可望跟着一个本地人从对面来。她认得是可望，就堆着笑容，抢前几步去迎他，说："可望君，平安哪!"可望一见她，也就深深地行了一个敬礼，说："可敬的妇人，我所做的一切事都是伤害我底身体，和你我二人底感情，此后我再不敢了。我知道我多多地得罪你，实在不配再见你底面，盼望你不要把我底过失记在心中。今天来到这里，为的是要表明我悔改底行为；还要请你回去管理一切所有的。你现在要到哪里去呢？我想你可以和史先生先行动身，我随后回来。"

尚洁见他那番诚恳的态度，比起从前，简直是两个人，心里自然满是愉快，且暗自谢她底神在他身上所显的奇迹。她说："呀！往事

如梦中之烟，早已在虚幻里消散了，何必重行提起呢？凡人都不可积聚日间的怨恨、怒气和一切伤心的事到夜里，何况是隔了好几年的事？请你把那些事情搁在脑后罢。我本想到船里去，向我那班同工底人辞行。你怎样不和我们一起回去，还有别的事情要办么？史先生现时在他底别业——就是我住的地方——我们一同到那里去罢，待一会，再出来辞行。"

"不必，不必。你可以去你的，我自己去找他就可以。因为我还有些正当的事情要办。恐怕不能和你们一同回去；什么事，以后我才教你知道。"

"那么，你教这土人领你去罢，从这里走不远就是。我先到船里，回头再和你细谈。再见哪！"

她从土华回来，先住在史先生家里，意思是要等可望来到，一同搬回她底旧房子去。谁知等了好几天，也不见他底影。她才知道可望在土华所说的话意有所含蓄。可是他到哪里去呢？去干什么呢？她正想着，史先生拿了一封信进来对她说："夫人，你不必等可望了，明后天就搬回去罢。他寄给我这一封信说，他有许多对不起你的地方，都是激烈的爱情所致，因他爱你的缘故，所以伤了你。现在他要把从前邪恶的行为和暴躁的脾气改过来，且要偿还你这几年来所受的苦楚，故不得不暂时离开你。他已经到槟榔屿了。他不直接写信给你的缘故，是怕你伤心，故此写给我，教我好安慰你；他还说从前一切的产业都是你的，他不应独自霸占了许久，要求你尽量地享用，直等到他回来。

"这样看来，不如你先搬回去，我这里派人去找他回来如何？唉，想不到他一会儿就能悔改到这步田地！"

她遇事本来很沉静，史先生说时，她底颜色从不曾显出什么变态，只说："为爱情么？为爱而离开我么？这是当然的，爱情本如极利的斧子，用来剥削命运常比用来整理命运的时候多一些。他既然规定他自己底行程，又何必费工夫去寻找他呢？我是没有成见的，事情怎样来，我怎样对付就是。"

尚洁搬回来那天，可巧下了一点雨，好像上天使园里的花木特地沐浴得很妍净来迎接它们底旧主人一样。她进门时，妥娘正在整理厅堂，一见她来，便嚷着："奶奶，你回来了！我们很想念你哪！你底房间乱得很，等我把各样东西安排好再上去。先到花园去看看罢，你手植各样的花木都长大了。后面那棵释迦头长得像罗伞一样，结果也不少，去看看罢。史夫人早和佩荷姑娘来了，他们现时也在园里。"

她和妥娘说了几句话，便到园里。一拐弯，就看见史夫人和佩荷坐在树荫底下一张凳上——那就是几年前，她要被刺那夜，和史夫人坐着谈话的地方。她走来，又和史夫人并肩坐在那里。史夫人说来说去，无非是安慰她的话。她像不信自己这样的命运不甚好，也不信史夫人用定命论底解释来安慰她，就可以使她满足。然而她一时不能说出合宜的话，教史夫人明白她心中毫无忧郁在内。她无意中一抬头，看见佩荷拿着树枝把结在玫瑰花上一个蜘蛛网撩破了一大部分。她注神许久，就想出一个意思来。

她说："呀，我给这个比喻，你就明白我底意思。

"我像蜘蛛，命运就是我底网。蜘蛛把一切有毒无毒的昆虫吃入肚里，回头把网组织起来。它第一次放出来的游丝，不晓得要被风吹到多么远；可是等到粘着别的东西的时候，它底网便成了。

"它不晓得那网什么时候会破，和怎样破法。一旦破了，它还暂时安安然然地藏起来；等有机会再结一个好的。

"它底破网留在树梢上，还不失为一个网。太阳从上头照下来，把各条细丝映成七色；有时粘上些少水珠，更显得灿烂可爱。

"人和他底命运，又何尝不是这样？所有的网都是自己组织得来，或完或缺，只能听其自然罢了。"

史夫人还要说时，妥娘来说屋子已收拾好了，请她们进去看看。于是，她们一面谈，一面离开那里。

园里没人，寂静了许久。方才那只蜘蛛悄悄地从叶底出来，向着网底破裂处，一步一步，慢慢补缀。它补这个干什么？因为它是蜘蛛，不得不如此！

（原载 1922 年 2 月《小说月报》13 卷 2 号）

海角底孤星

　　一走近舷边看浪花怒放底时候，便想起我有一个朋友曾从这样的花丛中隐藏他底形骸。这个印象，就是到世界底末日，我也忘不掉。

　　这桩事情离现在已经十年了。然而他在我底记忆里却不像那么久远。他是和我一同出海底。新婚的妻子和他同行，他很穷，自己买不起头等舱位。但因新人不惯行旅底缘故，他乐意把平生的蓄积尽量地倾泻出来，为他妻子定了一间头等舱。他在那头等船票底用人格上填了自己底名字，为底要省些资财。

　　他在船上哪里像个新郎，简直是妻底奴隶！旁人底议论，他总是不理会底。他没有什么朋友，也不愿意在船上认识什么朋友，因为他觉得同舟中只有一个人配和他说话。这冷僻的情形，凡是带着妻子出门底人都是如此，何况他是个新婚者？

　　船向着赤道走，他们底热爱，也随着增长了。东方人底恋爱本带着几分爆发性，纵然遇着冷气，也不容易收缩。他们要去底地方是槟榔屿附近一个新辟的小埠。下了海船，改乘小舟进去。小河边满是椰子、棕枣和树胶林。轻舟载着一对新人在这神秘的绿阴底下经过，赤道下底阳光又送了他们许多热情、热觉、热血汗。他们更觉得身外无人。

　　他对新人说："这样深茂的林中，正合我们幸运的居处。我愿意和你永远住在这里。"

　　新人说："这绿得不见天日的林中，只作浪人底坟墓罢了……"

　　他赶快截住说："你老是要说不吉利的话！然而在新婚期间，所有不吉利的语言都要变成吉利的。你没念过书，哪里知道这林中底树

66

木所代表的意思。书里说：'椰子是得子息底徽识树，'因为椰子就是'伢子'。棕枣是表明爱与和平。树胶要把我们的身体黏得非常牢固，至于分不开。你看我们在这林中，好像双星悬在鸿蒙的穹苍下一般。双星有时被雷电吓得躲藏起来，而我们常要闻见许多歌禽底妙音和无量野花的香味。算来我们比双星还快活多了。"

新人笑说："你们念书人底能干只会在女人面前搬唇弄舌罢。好听极了！听你的话语，也可以不用那发妙音底鸟儿了。有了别的声音，倒嫌噪杂咧！……可是，我的人哪，设使我一旦死掉，你要怎办呢？"

这一问，真个是平地起雷咧！但不晓得新婚的人何以常要发出这样的问？不错底，死底恐怖，本是和快乐底愿望一齐来底呀。他底眉不由得不皱起来了，酸楚的心却拥出一副笑脸说："那么，我也可以做个孤星。"

"咦，恐怕孤不了罢。"

"那么，我随着你去，如何？"他不忍看着他底新人，掉头出去向着流水，两行热泪滴下来，正和船头激成底水珠结合起来。新人见他如此，自然要后悔，但也不能对她丈夫忏悔，因为这种悲哀底霉菌，众生都曾由母亲底胎里传染下来，谁也没法医治底。她只能说："得啦，又伤心什么？你不是说我们在这时间里，凡有不吉利的话语，都是吉利的么？你何不当作一种吉利话听？"她笑着，举起丈夫底手，用他底袖口，帮助他擦眼泪。

他急得把妻子底手捽开说："我自己会擦。我底悲哀不是你所能擦，更不是你用我底手所能灭掉底，你容我哭一会罢。我自己知道很穷，将要养不起你，所以你……"

妻子忙杀了，急掩着他底口说："你又来了。谁有这样的心思？你要哭，哭你底，不许再往下说了。"

这对相对无言底新夫妇，在沉默中，随着流水湾行，一直驶入林荫深处。自然他们此后定要享受些安泰的生活。然而在那邮件难通的林中，我们何从知道他们底光景？

三年底工夫，一点消息也没有！我以为他们已在林中做了人外的

人，也就渐渐把他们忘了。这时，我底旅期已到，买舟从槟榔屿回来。在二等舱上，我遇见一位很熟的旅客。我左右思量，总想不起他底名姓，幸而他还认识我，他一见我便叫我说："落君，我又和你同船回国了！你还记得我吗？我想我病得这样难看，你决不能想起我是谁。"他说我想不起，我倒想起来了。

我很惊讶，因为他实在是病得很厉害了。我看见他妻子不在身边，只有一个咿哑学舌的小婴孩躺在床上。不用问，也可断定那是他底子息。

他倒把别来底情形给我说了。他说："自从我们到那里，她就病起来。第二年，她生下这个女孩，就病得更厉害了。唉，幸运只许你空想底！你看她没有和我一同回来，就知道我现在确是成为孤星了。"

我看他憔悴的病容。委实不敢往下动问，但他好像很有精神，愿意把一切的情节都说给我听似的。他说话时，小孩子老不容他畅快地说。没有母亲的孩子，格外爱哭，他又不得不抚慰她。因此，我也不愿意扰他，只说："另日你精神清爽底时候，我再来和你谈罢。"我说完，就走出来。

那晚上，经过马来海峡，船震荡得很。满船底人，多犯了"海病"。第二天，浪平了。我见管舱底侍者，手忙脚乱地拿着一个麻袋，往他底舱里进去。一问，才知道他已经死了。侍者把他底尸洗净，用细台布裹好，拿了些废铁，几块煤炭，一同放入袋里，缝起来。他底小女儿还不知这是怎么一回事，只咿哑地说了一两句不相干的话。她会叫"爸爸""我要你抱""我要那个"等等简单的话。在这时，人们也没工夫理会她、调戏她了，她只独自说自己底。

黄昏一到，他底丧礼，也要预备举行了。侍者把麻袋拿到船后底舷边。烧了些纸钱，口中不晓得念了些什么，念完就把麻袋推入水里。那时船底推进机停了一会，隆隆之声一时也静默了。船中知道这事底人都远远站着看，虽和他没有什么情谊，然而在那时候却不免起敬底。这不是从友谊来底恭敬，本是非常难得，他竟然承受了！

他底海葬礼行过以后，就有许多人谈到他生平的历史和境遇。我也钻入队里去听人家怎样说他。有些人说他妻子怎样好，怎样可爱。他底病完全是因为他妻子底死，积哀所致底。照他底话，他妻子葬在万绿丛中，他却葬在不可测量的碧晶岩里了。

旁边有个印度人，捻着他那一大缕红胡子，笑着说："女人就是悲哀底萌蘖，谁叫他如此？我们要避掉悲哀，非先避掉女人底纠缠不可。我们常要把小女儿献给那迦河神，一来可以得着神惠，二来省得她长大了，又成为一个使人悲哀底恶魔。"

我摇头说："这只有你们印度人办得到罢了。我们可不愿意这样办。诚然，女人是悲哀底萌蘖，可是我们宁愿悲哀和她同来，也不能不要她。我们宁愿她嫁了才死，虽然使她丈夫悲哀至于死亡，也是好的。要知道丧妻底悲哀是极神圣的悲哀。"

日落了，蔚蓝的天多半被淡薄的晚云涂成灰白色。在云缝中，隐约露出一两颗星星。金星从东边底海涯升起来，由薄云里射出它底光辉。小女孩还和平时一样，不懂得什么是可悲的事。她只顾抱住一个客人底腿，绵软的小手指着空外底金星，说："星！我要那个！"她那副嬉笑的面庞，迥不像个孤儿。

（原载 1923 年 11 月《小说月报》14 卷 11 号）

枯杨生花

秒，分，年月，
是用机械算底时间。
白头，皱皮，
是时间栽培底肉身。
谁曾见过心生白发？
起了皱纹？

心花无时不开放，
虽寄在愁病身、老死身中，
也不减他底辉光。
那么，谁说枯杨生花不久长？

"身不过是粪土"，
是栽培心花底粪土。
污秽的土能养美丽的花朵，
所以老死的身能结长寿的心果。

　　在这渔村里，人人都是惯于海上生活底。就是女人们有时也能和她们底男子出海打鱼，一同在那漂荡的浮屋过日子。但住在村里，还有许多愿意和她们底男子过这样危险生活也不能底女子们；因为她们底男子都是去国底旅客，许久许久才随着海燕一度归来，不到几个月又转回去了。可羡燕子底归来都是成双的；而背离乡井底旅人，除了他们底行李以外，往往还还，终是非常孤另。

小港里，榕荫深处，那家姓金底，住着一个老婆子云姑和她底媳妇。她底儿子是个远道的旅人，已经许久没有消息了。年月不歇地奔流，使云姑和她媳妇底身心满了烦闷、苦恼，好像溪边底岩石，一方面被这时间底水冲刷了她们外表的光辉，一方面又从上流带了许多垢秽来停滞在她们身边。这两位忧郁的女人，为她们底男子不晓得费了许多无用的希望和探求。

这村，人烟不甚稠密，生活也很相同，所以测验命运底瞎先生很不轻易来到。老婆子一听见"报君知"底声音，没一次不赶快出来候着，要问行人底气运。她心里底想念比媳妇还切。这缘故，除非自己说出来，外人是难以知道底。每次来，都是这位瞎先生。每回底卦，都是平安、吉利；所短底只是时运来到。

那天，瞎先生又敲着他底报君知来了。老婆子早在门前等候。瞎先生是惯在这家测算底，一到，便问："云姑，今天还问行人么？"

"他一天不回来，终是要烦你底。不过我很思疑你底占法有点不灵验。这么些年，你总是说我们能够会面，可是现在连书信底影儿也没有了。你最好就是把小钲给了我，去干别的营生罢。你这不灵验的先生！"

瞎先生赔笑说："哈哈，云姑又和我闹玩笑了。你儿子底时运就是这样，——好的要等着；坏的……"

"坏的怎样？"

"坏的立刻验。你底卦既是好的，就得等着。纵然把我底小钲摔破了也不能教他底好运早进一步底。我告诉你，若要相见，倒用不着什么时运，只要你肯去找他就可以，你不是去过好几次了。"

"若去找他，自然能够相见，何用你说？啐！"

"因为你心急，所以我又提醒你，我想你还是走一趟好。今天你也不要我算了。你到那里，若见不着他，回来再把我底小钲取去也不迟。那时我也要承认我底占法不灵，不配干这营生了。"

瞎先生这一番话虽然带着搭讪的意味，可把云姑远行寻子底念头

提醒了。她说："好罢，过一两个月再没有消息，我一定要去走一遭。你且候着，若再找不着他，提防我摔碎你底小钲。"

瞎先生连声说："不至于，不至于。"扶起他底竹杖，顺着池边走。报君知底声音渐渐地响到榕荫不到底地方。

一个月，一个月，又很快地过去了。云姑见他老没消息，径同着媳妇从乡间来。路上底风波，不用说，是受够了。老婆子从前是来过三两次底，所以很明白往儿子家里要望那方前进。前度曾来底门墙依然映入云姑底瞳子，她觉得今番的颜色比前辉煌得多。眼中底瞳子好像对她说："你看儿子发财了！"

她早就疑心儿子发了财，不顾母亲，一触这鲜艳的光景，就带着呵责对媳妇说："你每用话替他粉饰，现在可给你亲眼看见了。"她见大门虚掩，顺手推开，也不打听，就望里迈步。

媳妇说："这怕是别人底住家；娘敢是走错了。"

她索性拉着媳妇底手，回答说："那会走错？我是来过好几次底。"媳妇才不作声，随着她走进去。

嫣媚的花草各立定在门内底小园，向着这两个村婆装腔作势。路边两行千心妓女从大门达到堂前，剪得齐齐地。媳妇从不曾见过这生命底扶槛，一面走着，一面用手在上头捋来捋去。云姑说："小奴才，很会享福呀！怎么从前一片瓦砾场，今儿能长出这般烂漫的花草？你看这奴才又为他自己花了多少钱。他总不想他娘底田产，都是为他念书用完底。念了十几二十年书，还不会剩钱；刚会剩钱，又想自己花了。哼！"

说话间，已到了堂前。正中那幅拟南田底花卉仍然挂在壁上。媳妇认得那是家里带来底，越发安心坐定。云姑只管望里面探望，望来望去，总不见儿子底影儿。她急得嚷道："谁在里头？我来了大半天，怎么没有半个人影儿出来接应？"这声浪拥出一个小厮来。

"你们要找谁？"

老妇人很气地说："我要找谁！难道我来了，你还装作不认识么？

快请你主人出来。"

小厮看见老婆子生气，很不好惹，遂恭恭敬敬地说："老太太敢是大人底亲眷？"

"什么大人？在他娘面前也要排这样的臭架。"这小厮很诧异，因为他主人底母亲就住在楼上，哪里又来了这位母亲。他说："老太太莫不是我家萧大人底……"

"什么萧大人？我儿子是金大人。"

"也许是老太太走错门了。我家主人并不姓金。"

她和小厮一句来，一句去，说底怎么是，怎么不是——闹了一阵还分辨不清。闹得里面又跑出一个人来。这个人却认得她，一见便说："老太太好呀！"她见是儿子成仁底厨子，就对他说："老宋你还在这里。你听那可恶的小厮硬说他家主人不姓金，难道我底儿子改了姓不成？"

厨子说："老太太哪里知道？少爷自去年年头就不在这里住了。这里的东西都是他卖给人底。我也许久不吃他底饭了。现在这家是姓萧底。"

成仁在这里原有一条谋生底道路，不提防年来光景变迁，弄得他朝暖不保夕寒；有时两三天才见得一点炊烟从屋角冒上来。这样生活既然活不下去，又不好坦白地告诉家人。他只得把房子交回东主，一切家私能变卖底也都变卖了。云姑当时听见厨子所说，便问他现在的住址。厨子说："一年多没见金少爷了，我实在不知道他现在在哪里。我记得他对我说过要到别的地方去。"

厨子送了她们二人出来，还给她们指点道途。走不远，她们也就没有主意了。媳妇含泪低声地自问："我们现在要往哪里去？"但神经过敏的老婆子以为媳妇奚落她，便使气说："望去处去！"媳妇不敢再作声，只默默地扶着她走。

这两个村婆从这条街走到那条街，亲人既找不着，道途又不熟悉，各人提着一个小包袱，在街上只是来往地踱。老人家走到极疲乏的时候，才对媳妇说道："我们先找一家客店住下罢。"可是……店在那

里，我也不熟悉。"

"那怎么办呢？"

她们俩站在街心商量，可巧一辆摩托车从前面慢慢地驶来。因着警号底声音，使她们靠里走，且注意那坐在车上底人物。云姑不看则已，一看便呆了大半天。媳妇也是如此，可惜那车不等她们嚷出来，已直驶过去了。

"方才在车上底，岂不是你底丈夫成仁？怎么你这样呆头呆脑，也不会叫他底车停一会？"

"呀，我实在看呆了！……但我怎好意思在街上随便叫人？"

"哼！你不叫，看你今晚上往那里住去。"

自从那摩托车过去以后，她们心里各自怀着一个意思。做母亲底想她底儿子在此地享福，不顾她，教人瞒着她说他穷。做媳妇底以为丈夫是另娶城市底美妇人，不要她那样的村婆了。所以她暗地也埋怨自己底命运。

前后无尽的道路，真不是容人想念或埋怨底地方呀。她们俩，无论如何，总得找个住宿底所在；眼看太阳快要平西，若还犹豫，便要露宿了。在她们心绪紊乱中，一个巡捕弄着手里底大黑棍子，撮起嘴唇，悠悠地吹着些很鄙俗的歌调走过来。他看见这两个妇人，形迹异常，就向前盘问。巡捕知道她们是要找客店底旅人，就遥指着远处一所栈房说："那间就是客店。"她们也不能再走，只得听人指点。

她们以为大城里底道路也和村庄一样简单，人人每天都是走着一样的路程。所以第二天早晨，老婆子顾不得梳洗，便跑到昨天她们与摩托车相遇底街上。她又不大认得道，好容易才给她找着了。站了大半天，虽有许多摩托车从她面前经过，然而她心意中底儿子老不在各辆车上坐着。她站了一会，再等一会，巡捕当然又要上来盘问。她指手画脚，尽力形容，大半天巡捕还不明白她说底是什么意思。巡捕只好教她走；劝她不要在人马扰攘底街心站着。她沉吟了半晌，才一步一步地踱回店里。

媳妇挨在门框旁边也盼望许久了。她热望着婆婆给她好消息来，故也不歇地望着街心。从早晨到晌午，总没离开大门，等她看见云姑还是独自回来，她底双眼早就嵌上一层玻璃罩子。这样的失望并不稀奇，我们在每日生活中有时也是如此。

云姑进门，坐下，喘了几分钟，也不说话，只是摇头。许久才说："无论如何，我总得把他找着。可恨底是人一发达就把家忘了，我非得把他找来清算不可。"媳妇虽是伤心，还得挣扎着安慰别人。她说："我们至终要找着他。但每日在街上候着，也不是个办法，不如雇人到处打听去更妥当。"婆婆动怒了，说："你有钱，你雇人打听去。"静了一会，婆婆又说："反正那条路我是认得底，明天我还得到那里候着。前天我们是黄昏时节遇着他底，若是晚半天去，就能遇得着。"媳妇说："不如我去。我健壮一点，可以多站一会。"婆婆摇头回答："不成，不成。这里人心极坏，年青的妇女少出去一些为是。"媳妇很失望，低声自说："那天呵责我不拦车叫人，现在又不许人去。"云姑翻起脸来说："又和你娘拌嘴了。这是什么时候？"媳妇不敢再作声了。

当下她们说了些找寻底方法。但云姑是非常固执的，她非得自己每天站在路旁等候不可。

老妇人天天在路边候着，总不见从前那辆摩托车经过。候忽的光阴已过了一个月有余，看来在店里住着是支持不住了。她想先回到村里，往后再作计较。媳妇又不大愿意快走，争奈婆婆底性子，做什么事都如箭在弦上，发出底多，挽回底少，她底话虽在喉头，也得从容地再吞下去。

她们下船了。舱边一间小舱就是她们底住处。船开不久，浪花已顺着风势频频地打击圆窗。船身又来回簸荡，把她们都荡晕了。第二晚，在眠梦中，忽然"哗啦"一声，船面随着起一阵恐怖的呼号。媳妇忙挣扎起来，开门一看，已见客人拥挤着，窜来窜去，好像老鼠入了吊笼一样。媳妇忙退回舱里，摇醒婆婆说："阿娘，快出去罢！"老婆子忙爬起来，紧拉着媳妇望外就跑。但船上底人你挤我，我挤你；

船板又湿又滑；恶风怒涛又不稍减；所以搭客因摔倒而滚入海底很多。她们二人出来时，也摔了一跤；婆婆一撒手，媳妇不晓得又被人挤到什么地方去了。云姑被一个青年人扶起来，就紧揪住一条桅索，再也不敢动一动。她在那里只高声呼唤媳妇，但在那时，不要说千呼万唤，就是雷音狮吼也不中用。

天明了，可幸船还没沉，只搁在一块大礁石上，后半截完全泡在水里。在船上一部分人因为慌张拥挤底缘故，反比船身沉没得快。云姑走来走去，怎也找不着她媳妇。其实夜间不晓得丢了多少人，正不止她媳妇一个。她哭得死去活来，也没人来劝慰。那时节谁也有悲伤，哀哭并非稀奇难遇的事。

船搁在礁石上好几天，风浪也渐渐平复了。船上死剩底人都引领盼顾，希望有船只经过，好救度他们。希望有时也可以实现底，看天涯一缕黑烟越来越近，云姑也忘了她底悲哀，随着众人呐喊起来。

云姑随众人上了那只船以后，她又想念起媳妇来了。无知的人在平安时底回忆总是这样。她知道这船是向着来处走，并不是望去处去底，于是她底心绪更乱。前几天因为到无可奈何的时候才离开那城，现在又要折回去，她一想起来，更不能制止泪珠底乱坠。

现在船中只有她是悲哀的。客人中，很有几个走来安慰她，其中一位朱老先生更是殷勤。他问了云姑一席话，很怜悯她，教她上岸后就在自己家里歇息，慢慢地寻找她底儿子。

慈善事业只合淡泊的老人家来办底；年少的人办这事，多是为自己的愉快，或是为人间的名誉恭敬。朱老先生很诚恳地带着老婆子回到家中，见了妻子，把情由说了一番。妻子也仁惠，忙给她安排屋子，凡生活上一切的供养都为她预备了。

朱老先生用尽方法替她找儿子，总是没有消息。云姑觉得住在别人家里有点不好意思。但现在她又回去不成了。一个老妇人，怎样营独立的生活！从前还有一个媳妇将养她，现在媳妇也没有了。晚景朦胧，的确可怕、可伤。她青年时又很要强、很独断，不肯依赖人，可是现在老了。两位老主人也乐得她住在家里，故多用方法使她不想。

人生总有多少难言之隐，而老年的人更甚。她虽不惯居住城市，而心常在城市。她想到城市来见见她儿子底面是她生活中最要紧的事体。这缘故，不说她媳妇不知道，连她儿子也不知道。她隐秘这事，似乎比什么事都严密。流离的人既不能满足外面的生活，而内心的隐情又时时如毒蛇围绕着她。老人底心还和青年人一样，不是离死境不远底。她被思维底毒蛇咬伤了。

朱老先生对于道旁人都是一样爱惜，自然给她张罗医药，但世间还没有药能够医治想病。他没有法子，只求云姑把心事说出，或者能得一点医治底把握。女人有话总不轻易说出来底。她知道说出来未必有益，至终不肯吐露丝毫。

一天，一天，很容易过，急他人之急底朱老先生也急得一天厉害过一天。还是朱老太太聪明，把老先生提醒了说："你不是说她从沧海来底呢？四妹夫也是沧海姓金底，也许他们是同族，怎不向他打听一下？"

老先生说："据你四妹夫说沧海全村都是姓金底，而且出门底很多，未必他们就是近亲；若是远族，那又有什么用处？我也曾问过她认识思敬不认识，她说村里并没有这个人。思敬在此地四十多年，总没回去过；在理，他也未必认识她。"

老太太说："女人要记男子底名字是很难的。在村里叫底都是什么'牛哥、猪郎'，一出来，把名字改了，叫人怎能认得？女人底名字在男子心中总好记一点，若是沧海不大，四妹夫不能不认识她。看她现在也六十多岁了；在四妹夫来时，她至少也在二十五六岁左右。你说是不是？不如你试到他那里打听一下。"

他们商量妥当，要到思敬那里去打听这老妇人底来历。思敬与朱老先生虽是连襟，却很少往来。因为朱老太太底四妹很早死，只留下一个儿子砺生。亲戚家中既没有女人，除年节底遗赠以外，是不常往来底。思敬底心情很坦荡，有时也很诙谐，自妻死后，便将事业交给那年青的儿子，自己在市外盖了一所别庄，名做沧海小浪仙馆；在那里已经住过十四五年了。白手起家底人，像他这样知足，会享清福底

很少。

小浪仙馆是藏在万竹参差里。一湾流水围绕林外，俨然是个小洲，需过小桥方能达到馆里。朱老先生顺着小桥过去。小林中养着三四只鹿，看见人在道上走，都抢着跑来。深秋的昆虫，在竹林里也不少，所以这小浪仙馆都满了虫声、鹿迹。朱老先生不常来，一见这所好园林，就和拜见了主人一样，在那里盘桓了多时。

思敬底别庄并非金碧辉煌底高楼大厦，只是几间覆茅底小屋。屋里也没有什么稀世的珍宝，只是几架破书，几卷残画。老先生进来时，精神怡悦底思敬已笑着出来迎接。

"襟兄少会呀！你在城市总不轻易到来，今日是什么兴头使你老人家光临？"

朱老先生说："自然，'没事就不登三宝殿'，我来特要向你打听一件事。但是你在这里很久没回去，不一定就能知道。"

思敬问："是我家乡底事么？"

"是，我总没告诉你我这夏天从香港回来，我们底船在水程上救济了几十个人。"

"我已知道了，因为砺生告诉我。我还教他到府上请安去。"

老先生诧异说："但是砺生不曾到我那里。"

"他一向就没去请安么？这孩子越学越不懂事了！"

"不，他是很忙的，不要怪他。我要给你说一件事：我在船上带了一个老婆子。……"

诙谐的思敬狂笑，拦着说："想不到你老人家底心总不会老！"

老先生也笑了说："你还没听我说完哪。这老婆子已六十多岁了，她是为找儿子来底；不幸找不着，带着媳妇要回去。风浪把船打破，连她底媳妇也打丢了。我见她很伶仃，就带她回家里暂住。她自己说是从沧海来底。这几个月中，我们夫妇为她很担心，想她自己一个人再去又没依靠底人；在这里，又找不着儿子；自己也急出病来了。问她底家世，她总说得含含糊糊，所以特地来请教。"

"我又不是沧海底乡正，不一定就能认识她。但六十左右底人，多少我还认识几个。她叫什么名字？"

"她叫作云姑。"

思敬注意起来了。他问："是嫁给日腾底云姑么？我认得一位日腾嫂小名叫云姑。但她不致有个儿子到这里来，使我不知道。"

"她一向就没说起她是日腾嫂，但她儿子名叫成仁，是她亲自对我说底。"

"是呀，日腾嫂底儿子叫阿仁是不错的。这，我得去见见她才能知道。"

这回思敬倒比朱老先生忙起来了。谈不到十分钟，他便催着老先生一同进城去。

一到门，朱老先生对他说："你且在书房候着，待我先进去告诉她。"他跑进去，老太太正陪着云姑在床沿坐着。老先生对她说："你底妹夫来了。这是很凑巧的，他说认识她。"他又向云姑说："你说不认得思敬，思敬倒认得你呢。他已经来了，待一会，就要进来看你。"

老婆子始终还是说不认识思敬。等他进来，问她："你可是日腾嫂？"她才惊讶起来，怔怔地望着这位灰白眉发底老人，半晌才问："你是不是日辉叔？"

"可不是!"老人家底白眉望上动了几下。

云姑底精神这回好像比没病时还健壮。她坐起来，两只眼睛凝望着老人，摇摇头叹说："呀，老了!"

思敬笑说："老么？我还想活三十年哪。没想到此生还能在这里见你!"

云姑底老泪流下来，说："谁想得到？你出门后总没有信。若是我知道你在这里，仁儿就不至于丢了。"

朱老先生夫妇们眼对眼在那里猜哑谜，正不晓得他们是怎么一回事。思敬坐下，对他们说："想你们二位要很诧异我们底事。我们都是亲戚，年纪都不小了，少年时事，说说也无妨。云姑是我一生最喜欢、最敬重的。她底丈夫是我同族的哥哥，可是她比我少五岁。她嫁后不过一年，就守了寡——守着一个遗腹子。我于她未嫁时就认得她

底，我们常在一处。自她嫁后，我也常到她家里。"

"我们住底地方只隔一条小巷，我出入总要由她门口经过。自她寡后，心性变得很浮躁，喜怒又无常，我就不常去了。"

"世间凑巧的事很多！阿仁长了五六岁，偏是很像我。"

朱老先生截住说："那么，她说在此地见过成仁，在摩托车上底定是砺生了。"

"你见过砺生么？砺生不认识你，见着也未必理会。"他向着云姑说了这话，又转过来对着老先生，"我且说村里底人很没知识，又很爱说人闲话；我又是弱房底孤儿，族中人总想找机会来欺负我。因为阿仁，几个坏子弟常来勒索我，一不依，就要我见官去，说我'盗嫂'，破寡妇底贞节。我为两方的安全，带了些少金钱，就跑到这里来。其实我并不是个商人，赶巧又能在这里成家立业。但我终不敢回去，恐怕人家又来欺负我。"

"好了，你既然来到，也可以不用回去。我先给你预备住处，再想法子找成仁。"

思敬并不多谈什么话，只让云姑歇下，同着朱老先生出外厅去了。

当下思敬要把云姑接到别庄里，朱老先生因为他们是同族的嫂叔，当然不敢强留。云姑虽很喜欢，可躺病在床，一时不能移动，只得暂时留在朱家。

在床上底老病人，忽然给她见着少年时所恋、心中常想而不能说底爱人，已是无上的药饵足能治好她。此刻她底眉也不皱了。旁边人总不知她心里有多少愉快，只能从她面部底变动测验一点。

她躺着翻开她心史最有趣的一页。

记得她丈夫死时，她不过是二十岁；虽有了孩子，也是难以守得住；何况她心里又另有所恋。日日和所恋底人相见，实在教她忍不得去过那孤寡的生活。

邻村底天后宫，每年都要演酬神戏。村人借着这机会可以消消闲，所以一演剧时，全村和附近的男女都来聚在台下，从日中看到第二天早晨。那夜底戏目是《杀子报》，云姑也在台下坐着看。不到夜半，她已看不入眼，至终给心中底烦闷催她回去。

回到家里，小婴儿还是静静地睡着；屋里很热，她就依习惯端一张小凳子到偏门外去乘凉。这时巷中一个人也没有。近处只有印在小池中底月影伴着她。远地底锣鼓声、人声，又时时送来搅扰她底心怀。她在那里，对着小池暗哭。

巷口，脚步底回声令她转过头来视望。一个人吸着旱烟筒从那边走来。她认得是日辉，心里顿然安慰。日辉那时是个斯文的学生，所住底是在村尾，这巷是他往来必经之路。他走近前，看见云姑独自一人在那里，从月下映出她双颊上几行泪光。寡妇底哭本来就很难劝。他把旱烟吸得嗅嗅有声，站住说："还不睡去，又伤心什么？"

她也不回答，一手就把日辉底手揸住。没经验的日辉这时手忙脚乱，不晓得要怎样才好。许久，他才说："你把我揸住，就能使你不哭么？"

"今晚上，我可不让你回去了。"

日辉心里非常害怕，血脉动得比常时快，烟筒也揸得不牢，落在地上。他很郑重地对云姑说："谅是今晚上底戏使你苦恼起来。我不是不依你，不过这村里只有我一个是'读书人'，若有三分不是，人家总要加上七分谴谪。你我底名分已是被定到这步田地，族人对你又怀着很大的希望，我心里即如火焚烧着，也不能用你这点清凉水来解救。你知道若是有父母替我做主，你早是我底人，我们就不用各受各的苦了。不用心急，我总得想方法安慰你。我不是怕破坏你底贞节，也不怕人家骂我乱伦，因为我们从少时就在一处长大底，我们底心肠比那些还要紧。我怕底是你那儿子还小，若是什么风波，岂不白害了他？不如再等几年，我有多少长进底时候？再……"

屋里底小孩子醒了，云姑不得不松了手，跑进去招呼他。日辉乘隙走了。妇人出来，看不见日辉，正在怅望，忽然有人拦腰抱住她。她一看，却是本村底坏子弟臭狗。

"臭狗，为什么把人抱住？"

"你们底话，我都听见了。你已经留了他，何妨再留我？"

妇人急起来，要嚷。臭狗说："你一嚷，我就去把日辉揪来对质，一同上祠堂去，又告诉禀保，不保他赴府考，叫他秀才也做不成。"他嘴里说，一只手在女人头面身上自由摩挲，好像乩在沙盘上乱动一般。

妇人嚷不得，只能用最后的手段，用极甜软的话向着他："你要，总得人家愿意；人家若不愿意，就许你抱到明天，那有什么用处？你放我下来，等我进去把孩子挪过一边……"

性急的臭狗还不等她说完，就把她放下来。一副谄媚如小鬼底脸向着妇人说："这回可愿意了。"妇人送他一次媚视，转身把门急掩起来。臭狗见她要逃脱，赶紧插一只脚进门限里。这偏门是独扇的，妇人手快，已把他底脚夹住，又用全身底力量顶着。外头，臭狗求饶底声，叫不绝口。

"臭狗，臭狗，谁是你占便宜底，臭蛤蟆。臭蛤蟆要吃肉也得想想自己没翅膀！何况你这臭狗，还要跟着凤凰飞，有本领，你就进来罢。不要脸！你这臭鬼，真臭得比死狗还臭。"

外头直告饶，里边直詈骂，直堵。妇人力尽底时候才把他放了。那夜底好教训是她应受底。此后她总不敢于夜中在门外乘凉了。臭狗吃不着"天鹅"，只是要找机会复仇。

过几年，成仁已四五岁了。他长得实在像日辉，村中多事的人——无疑臭狗也在内——硬说他底来历不明。日辉本是很顾体面底；他禁不起千口同声硬把事情搁在他身，使他清白的名字被涂得漆黑。

那晚上，雷雨交集。妇人怕雷，早把窗门关得很严，同那孩子伏在床上。子刻已过，当巷底小方窗忽然霍覆地响。妇人害怕不敢问。后来外头叫了一声"腾嫂"，她认得这又斯文又惊惶的声音，才把窗门开了。

"原来是你呀！我以为是谁。且等一会，我把灯点好，给你开门。"

"不，夜深了，我不进去，你也不要点灯了，我就站在这里给你说几句话罢。我明天一早就要走了。"这时电光一闪，妇人看见日辉脸上、身上满都湿了。她还没工夫辨别那是雨、是泪，日辉又接着往下说："因为你，我不能再在这村里住，反正我底前程是无望的了。"

妇人默默地望着他，他从袖里掏出一卷地契出来，由小窗送进去。说："嫂子，这是我现在所能给你底。我将契写成卖给成仁底字样，也给县里底房吏说好了。你可以收下，将来给成仁做书金。"

他将契交给妇人，便要把手缩回。妇人不顾接契，忙把他底手揸住。契落在地上，妇人好像不理会，双手捧着日辉底手往复地摩挲，也不言语。

"你忘了我站在深夜底雨中么？该放我回去啦，待一会有人来，又不好了。"

妇人仍是不放，停了许久，才说："方才我想问你什么来，可又忘了。……不错，你还没告诉我你要到哪里去咧。"

"我实在不能告诉你，因为我要先到厦门去打听一下再定规。我从前想去底是长崎，或是上海，现在我又想向南洋去，所以去处还没一定。"

妇人很伤悲地说："我现在把你底手一撒，就像把风筝底线放了一般，不知此后要到什么地方找你去。"

她把手撒了，男子仍是呆呆地站着。他又像要说话底样子，妇人也默默地望着。雨水欺负着外头的行人，闪电专要吓里头的寡妇，可是他们都不介意。在黑暗里，妇人只听得一声："成仁大了，务必叫他到书房去。好好地栽培他，将来给你道封诰。"

他没容妇人回答什么，担着破伞走了。

这一别四十多年，一点音信也没有。女人底心现在如失宝重还，什么音信、消息、儿子、媳妇，都不能动她底心了。她底愉快足能使她不病。

思敬于云姑能起床时，就为她预备车辆，接她到别庄去。在那虫声高低、鹿迹零乱底竹林里，这对老人起首过他们曾希望过底生活。云姑

呵责思敬说他总没音信。思敬说："我并非不愿给你知道我离乡后底光景；不过那时，纵然给你知道了，也未必是你我两人底利益。我想你有成仁，别后已是闲话满嘴了；若是我回去，料想你必不轻易放我再出来。那时，若要进前，便得吃官司；要退后，那就不可设想了。

"自娶妻后，就把你忘了，我并不是真忘了你，为常记念你只能增我底忧闷，不如权当你不在了。又因我已娶妻。所以越不敢回去见你。"

说话时，遥见他儿子砺生底摩托车停在林外。他说："你从前遇见底'成仁'来了。"

砺生进来，思敬命他叫云姑为母亲。又对云姑说："他不像你底成仁么？"

"是呀，像得很！怪不得我看错了。不过细看起来，成仁比他老得多。"

"那是自然的，成仁长他十岁有余咧。他现在不过三十四岁。"

现在一提起成仁，她底心又不安了。她两只眼睛望空不歇地转。思敬劝说："反正我底儿子就是你底。成仁终归是要找着底，这事交给砺生办去，我们且宽怀过我们底老日子罢。"

和他们同在底朱老先生听了这话，在一边狂笑，说："'想不到你老人家底心还不会老！'现在是谁老了！"

思敬也笑说："我还是小叔呀。小叔和寡嫂同过日子也是应该的。难道还送她到老人院去不成了？"

三个老人在那里卖老，砺生不好意思，借故说要给他们办筵席，乘着车进城去了。

壁上自鸣钟叮当响了几下，云姑像感得是沧海瞎先生敲着报君知来告诉她说："现在你可什么都找着了！这行人卦得赏双倍，我底小钲还可以保全哪。"

那晚上底筵席，当然不是平常的筵席。

（原载 1924 年 3 月《小说月报》15 卷 3 号）

读《芝兰与茉莉》 因而想及我底祖母

正要到哥仑比亚底检讨室里校阅梵籍，和死和尚争虚实，经过我底邮筒，明知每次都是空开底，还要带着希望姑且开来看看。这次可得着一卷东西，知道不是一分钟可以念完底，遂插在口袋里，带到检讨室去。

我正研究唐代佛教在西域衰灭底原因，翻起史太因在和阗所得底唐代文契，一读马令痣同母党二娘向护国寺僧虎英借钱底私契，妇人许十四典首饰契，失名人底典婢契等等，虽很有趣，但掩卷一想，恨当时的和尚只会营利，不顾转法轮，无怪回纥一入，便尔扫灭无余。

为释迦文担忧，本是大愚：曾不知成、住、坏、空，是一切法性？不看了，掏出口袋里底邮件，看看是什么罢。

《芝兰与茉莉》

这名字很香呀！我把纸笔都放在一边，一气地读了半天工夫——从头至尾，一句一字细细地读。这自然比看唐代死和尚底文契有趣。读后底余韵，常绕缭于我心中；像这样的文艺很合我情绪底胃口似的。

读中国底文艺和读中国底绘画一样。试拿山水——西洋画家叫作"风景画"——来做个例：我们打稿（Composition）是鸟瞰的、纵的，所以从近处底溪桥，而山前底村落，而山后底帆影，而远地底云山；西洋风景画是水平的、横的，除水平线上下左右之外，理会不出幽深的、绵远的兴致。所以中国画宜于纵的长方，西洋画宜于横的长方。文艺也是如此：西洋人底取材多以"我"和"我底女人或男子"为主，故属于横的、夫妇的；中华人底取材多以"我"和"我底父母或子女"为主，故属于纵的、亲子的。描写亲子之爱应当是中华人底特

长，看近来底作品，究其文心，都函这惟一义谛。

爱亲底特性是中国文化底细胞核，除了它，我们早就要断发短服了！我们将这种特性来和西洋的对比起来，可以说中华民族是爱父母的民族；那边欧西是爱夫妇的民族。因为是"爱父母的"，故叙事直贯，有始有终，原原本本，自自然然地说下来。这"说来话长"底特性——很和拔丝山药一样地甜热而黏——可以在一切作品里找出来。无论写什么，总有从盘古以来说到而今底倾向。写孙悟空总得从猴子成精说起；写贾宝玉总得从顽石变灵说起；这写生生因果底好尚是中华文学底文心，是纵的，是亲子的，所以最易抽出我们底情绪。

八岁时，谈《诗经·凯风》和《陟岵》，不晓得怎样，眼泪没得我底同意就流下来。九岁读《檀弓》到"今丘也，东西南北之人也"一段，伏案大哭。先生问我，"今天底书并没给你多上，也没生字，为何委曲？"我说，"我并不是委曲，我只伤心这'东西南北'四字。"第二天，接着念"晋献公将杀其世子申生"一段，到"天下岂有无父之国哉？"又哭。直到于今，这"东西南北"四个字还能使我一念便伤怀。我尝反省这事，要求其使我哭泣底缘故。不错，爱父母的民族底理想生活便是在这里生、在这里长、在这里聚族、在这里埋葬，东西南北地跑当然是一种可悲的事了。因为离家、离父母、离国是可悲的，所以能和父母、乡党过活底人是可羡的。无论什么也都以这事为准绳：做文章为这一件大事做，讲爱情为这一件大事讲，我才理会我底"上坟瘾"不是我自己所特有，是我所属底民族自盘古以来遗传给我底。你如自己念一念"可爱的家乡啊！我睡眼蒙眬里，不由得不乐意接受你欢迎的诚意"，和"明儿……你真要离开我了么"应作如何感想？

爱夫妇的民族正和我们相反。夫妇本是人为，不是一生下来就注定了彼此的关系。相逢尽可以不相识，只要各人带着，或有了各人底男女欲，就可以。你到什么地方，这欲跟到什么地方；它可以在一切空间显其功用，所以在文心上无须溯其本源，究其终局，干干脆脆，just a word，也可以自成段落。爱夫妇的心境本含有一种舒展性和侵略性，所以乐得东西南北，到处地跑。夫妇关系可以随地随时发生，又可以强侵软夺，在文心上当有一种"霸道""喜新""乐得""为我自己享受"底倾向。

总而言之，爱父母的民族底心地是"生"；爱夫妇的民族底心地是"取"。生是相续的，取是广延的。我们不是爱夫妇的民族，故描写夫妇，并不为夫妇而描写夫妇，是为父母而描写夫妇。我很少见——当然是我少见——中国文人描写夫妇时不带着"父母的"底色彩，很少见单独描写夫妇而描写得很自然的。这并不是我们不愿描写，是我们不惯描写广延性的文字底缘故。从对面看，纵然我们描写了，人也理会不出来。

《芝兰与茉莉》开宗第一句便是"祖母真爱我！"这已把我底心牵引住了。"祖母爱我"，当然不是爱夫妇的民族所能深味，但它能感我和《檀弓》差不了多少。"垂老的祖母，等得小孩子奉甘旨么？"子女生活是为父母底将来，父母底生活也是为着子女，这永远解不开底结，结在我们各人心中。触机便发表于文字上。谁没有祖父母、父母呢？他们底折磨、担心，都是像夫妇一样有个我性底么？丈夫可以对妻子说，"我爱你，故我要和你同住"或"我不爱你，你离开我罢"。妻子也可以说，"人尽可夫，何必你？"但子女对于父母总不能有这样的天性。所以做父母底自自然然要为子女担忧受苦，做子女底也为父母之所爱而爱，为父母而爱为第一件事。爱既不为我专有，"事之不能尽如人意"便为此说出来了。从爱父母的民族眼中看夫妇底爱是为三件事而起，一是继续这生生底线；二是往溯先人底旧典；三是承纳长幼底情谊。

说起书中人底祖母，又想起我底祖母来了。"事之不能尽如人意者，夫复何言！"我底祖母也有这相同的境遇呀！我底祖母，不说我没见过，连我父亲也不曾见过，因为她在我父亲未生以前就去世了。这岂不是很奇怪的么？不如意的事多着呢！爱祖母底明官，你也愿意听听我说我祖母底失意事么？

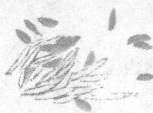

八十年前，台湾府——现在的台南——城里武馆街有一家，八个兄弟同一个老父亲同住着，除了第六、七、八底弟弟还没娶以外，前头五个都成家了。兄弟们有做武官底，有做小乡绅底，有做买卖底。那位老四，又不做武官又不做绅士，更不会做买卖。他只喜欢念书，自己在城南立了一所小书塾名叫窥园，在那里一面读，一面教几个小学生。他底清闲，是他兄弟们所羡慕，所嫉妒底。

这八兄弟早就没有母亲了。老父亲很老，管家底女人虽然是妯娌们轮流着当，可是实在的权柄是在一位大姑手里。这位大姑早年守寡，家里没有什么人，所以常住在外家。因为许多弟弟是她帮忙抱大底，所以她对于弟弟们很具足母亲底威仪。

那年夏天，老父亲去世了。大姑当然是"阃内之长"，要督责一切应办事宜底。早晚供灵底事体，照规矩是媳妇们轮着办底。那天早晨该轮到四弟妇上供了。四弟妇和四弟是不上三年底夫妇，同是二十多岁，情爱之浓是不消说底。

大姑在厅上嚷："素官，今早该你上供了。怎么这时候还不出来？"

居丧不用粉饰面，把头发理好，也无须盘得整齐，所以晨妆很省事。她坐在妆台前，嚼槟榔，还吸一管旱烟。这是台湾女人们最普遍的嗜好。有些女人喜欢学土人把牙齿染黑了，她们以为牙齿白得像狗底一样不好看，将槟榔和着荖叶、熟灰嚼，日子一久，就可以使很白的牙齿变为漆黑。但有些女人是喜欢白牙底，她们也嚼槟榔，不过把灰减去就可以。她起床，漱口后第一件事是嚼槟榔，为底是使牙齿白而坚固。外面大姑底叫唤，她都听不见，只是嚼着，还吸着烟在那里出神。

四弟也在房里，听见姊姊叫着妻子，便对她说："快出去罢。姊姊要生气了。"

"等我嚼完这口槟榔，吸完这口烟才出去。时候还早咧。"

"怎么你不听姊姊底话？"

"为什么要听你姊姊底话？你为什么不听我底话？"

"姊姊就像母亲一样。丈夫为什么要听妻子底话？"

"'人未娶妻是母亲养底，娶了妻就是妻子养底。'你不听妻子底话，妻子可要打你好像打小孩子一样。"

"不要脸，哪里来得这么大的孩子！我试先打你一下，看你打得过我不。"老四带着嬉笑的样子，拿着拓扇向妻子底头上要打下去。妻子放下烟管，一手抢了扇子，向着丈夫底额头轻打了一下，"这是谁打谁了！"

夫妇们在殡前是要在孝堂前后底地上睡底，好容易到早晨同进屋里略略梳洗一下，借这时间谈谈。他对于享尽天年底老父亲底悲哀，自然盖不过对于婚媾不久的夫妇底欢愉。所以，外头虽然尽其孝思，里面底"琴瑟"还是一样地和鸣。中国底天地好像不许夫妇们在丧期里有谈笑底权利似的。他们在闹玩时，门帘被风一吹，可巧被姊姊看见了。姊姊见她还没出来，正要来叫她，从布帘飞处看见四弟妇拿着拓扇打四弟，那无明火早就高起了一万八千丈。

"哪里来底泼妇，敢打她底丈夫！"姊姊生气嚷着。

老四慌起来了。他挨着门框向姊姊说："我们闹玩，没有什么事。"

"这是闹玩底时候么？怎么这样懦弱，教女人打了你，还替她说话？我非问她外家，看看这是什么家教不可。"

他退回屋里，向妻子伸伸舌头。妻子也伸着舌头回答他。但外面越呵责越厉害了。越呵责，四弟妇越不好意思出去上供，越不敢出去，越要挨骂，妻子哭了。他在旁边站着，劝也不是，慰也不是。

她有一个随嫁底丫头，听得姑太越骂越有劲，心里非常害怕。十三四岁底女孩，哪里会想事情底关系如何？她私自开了后门，一直跑回外家，气喘喘地说："不好了！我们姑娘被他家姑太骂得很厉害，说要赶她回来咧！"

亲家爷是个商人，头脑也很率直，一听就有了气，说："怎样说得这样容易——要就取去，不要就扛回来？谁家养女儿是要受别人底女儿欺负底？"他是个杂货行主，手下有许多工人，一号召，都来聚

在他面前。他又不打听到底是怎么一回事，对着工人们一气地说："我家姑娘受人欺负了。你们替我到许家去出出气。"工人一轰。就到了那有丧事底亲家门前，大兴问罪之师。

里面底人个个面对面显出惊惶的状态。老四和妻子也相对无言，不晓得要怎办才好。外面底人们来得非常横逆，经兄弟们许多解释然后回去。姊姊更气得凶，跑到屋里，指着四弟妇大骂特骂起来。

"你这泼妇，怎么这一点点事情，也值得教外家底人来干涉？你敢是依仗你家里多养了几个粗人，就来欺负我们不成？难道你不晓得我们诗礼之家在丧期里要守制底么？你不孝的贱人，难道丈夫叫你出来上供是不对的，你就敢用扇头打他？你已犯七出之条了，还敢起外家来闹？好，要吃官司，你们可以一同上堂去，请官评评。弟弟是我抱大底，我总可以做抱告。"

妻子才理会丫头不在身边。但事情已是闹大了，自己不好再辩，因为她知道大姑底脾气，越辩越惹气。

第二天早晨，姊姊召集弟弟们在灵前，对他们说："像这样的媳妇还要得么？我想待一会就扛她回去。"这大题目一出来，几个弟弟都没有话说，最苦的就是四弟了。他知道"扛回去"就是犯"七出之条"时"先斩后奏"底办法，就颤声地向姊姊求情。姊姊鄙夷他说："没志气的懦夫，还敢要这样的妇人么？她昨日所说底话我都听见了。女子多着呢，日后我再给你挑个好的。我们已预备和她家打官司，看看是礼教有势，还是她家工人底力量大。"

当事的四弟那时实在是成了懦夫了！他一点勇气也没有，因为这"不守制""不敬夫"底罪名太大了，他自己一时也找不出什么话来证明妻子底无罪，有赦免底余地。他跑进房里，妻子哭得眼都肿了。他也哭着向妻子说："都是你不好！"

"是，……是……我我……我不好，我对对……不起你！"妻子抽噎着说。丈夫也没有什么话可安慰她，只挨着她坐下，用手抚着她底脖项。

果然姊姊命人雇了一顶轿子，跑进房里，硬把她扶出来，把她头上的白麻硬换上一缕红丝，送她上轿去了。这意思就是说她此后就不是许家底人，可以不必穿孝。

"我有什么感想呢？我该有怎样的感想呢？懦夫呵！你不配觍颜在人世，就这样算了么？自私的我，却因为不贯彻无勇气而陷到这种地步，夫复何言！"当时他心里也未必没有这样的语言。他为什么懦弱到这步田地？要知道他原不是生在为夫妇的爱而生活底地方呀！

王亲家看见平地里把女儿扛回来，气得在堂上发抖。女儿也不能说什么，只跪在父亲面前大哭。老亲家口口声声说要打官司，女儿直劝不需要如此，是她底命该受这样折磨底，若动官司只能使她和丈夫吃亏，而且把两家底仇恨结得越深。

老四在守制期内是不能出来底。他整天守着灵想妻子。姊姊知道他底心事，多方地劝慰他。姊姊并不是深恨四弟妇，不过她很固执，以为一事不对就事事不对，一时不对就永远不对。她看"礼"比夫妇底爱要紧。礼是古圣人定下来，历代的圣贤亲自奉行底。妇人呢？这个不好，可以挑那个。所以夫妇底配合只要有德有貌，像那不德、无礼的妇人，尽可以不要。

出殡后，四弟仍到他底书塾去。从前，他每夜都要回武馆街去底，自妻去后，就常住在窥园。他觉得一到妻子房里冷清清地，一点意思也没有，不如在书房伴着书眠还可以忘其愁苦。唉，情爱被压底人都是要伴书眠底呀！

天色晚，学也散了。他独在园里一棵芒果树下坐着发闷。妻子底随嫁丫头蓝从园门直走进来，他虽熟视着，可像不理会一样。等到丫头叫了他一声"姑爷"，他才把着她底手臂如见了妻子一般。他说，"你怎么敢来？……姑娘好么？"

"姑娘命我来请你去一趟。她这两天不舒服，躺在床上哪，她吩咐掌灯后才去，恐怕人家看见你，要笑话你。"

她说完，东张西望，也像怕人看见她来，不一会就走了。那几点钟底黄昏偏又延长了，他好容易等到掌灯时分！他到妻子家里，丫头一直就把他带到楼上，也不敢教老亲家知道。妻子底面比前几个月消

瘦了，他说："我底……，"他说不下去了，只改过来说："你怎么瘦得这个样子！"

妻子躺在床上也没起来，看见他还站着出神，就说："为什么不坐，难道你立刻要走么？"她把丈夫揪近床沿坐下，眼对眼地看着。丈夫也想不出什么话来说，想分离后第一次相见底话是很难起首底。

"你是什么病？"

"前两天小产了一个男孩子！"

丈夫听这话，直像喝了麻醉药一般。

"反正是我底罪过大，不配有福分，连从你得来底孩子也不许我有了。"

"不要紧的，日后我们还可以有五六个。你要保养保养才是。"

妻子笑中带着很悲哀的神采，说："痴男子，既休的妻还能有生子女底荣耀么？"说时，丫头递了一盏龙眼干甜茶来。这是台湾人待生客和新年用底礼茶。

"怎么给我这茶喝，我们还讲礼么？"

"你以后再娶，总要和我生疏底。"

"我并没休你。我们的婚书，我还留着呢。我，无论如何，总要想法子请你回去底；除了你，我还有谁？"

丫头在旁边插嘴说："等姑娘好了，立刻就请她回去罢。"

他对着丫头说："说得很快，你总不晓得姑太和你家主人都是非常固执，非常喜欢赌气，很难使人进退底。这都是你弄出来底。事已如此，夫复何言！"

小丫头原是不懂事，事后才理会她跑回来报信底关系重大。她一听"这都是你弄出来底"，不由得站在一边哭起来。妻子哭，丈夫也哭。

一个男子底心志必得听那寡后回家当姑太底姊姊使令么？当时他若硬把妻子留住，姊姊也没奈他何，最多不过用"礼教底棒"来打他而已。但"礼教之棒"又真可以打破人底命运么？那时候，他并不是没有反抗礼教底勇气，是他还没得着反抗礼教底启示。他心底深密处也会像吴明远那样说："该死该死！我既爱妹妹，而不知护妹妹，我既爱我自己而不知为我自己着想，我负了妹妹，我误了自己！事原来可以如人意，而我使之不能，我之罪恶岂能磨灭于万一，然而赴汤蹈火，又何足偿过失于万一呢？你还敢说：'事已如此，夫复何言'么？"

四弟私会出妻底事，教姊姊知道，大加申斥，说他没志气。不过这样的言语和爱情没有关系。男女相待遇本如大人和小孩一样。若是男子爱他底女人，他对于她底态度、语言、动作，都有父亲对女儿底倾向；反过来说，女人对于她所爱底男子也具足母亲对儿子底倾向。若两方都是爱者，他们同时就是被爱者。那是说他们都自视为小孩子，故彼此间能吐露出真性情来。小孩们很愿替他们底好朋友担忧、受苦、用力；有情的男女也是如此。所以姊姊底申斥不能隔断他们底私会。

妻子自回外家后，很悔她不该贪嚼一口槟榔，贪吸一管旱烟，致误了灵前底大事。此后，槟榔不再入她底口，烟也不吸了。她要为自己底罪过忏悔，就吃起长斋来。就是她亲爱底丈夫有时来到，很难得的相见时，也不使他挨近一步，恐怕玷了她底清心。她只以念经绣佛为她此生唯一的本分，夫妇的爱不由得不压在心意底崖石底下。

十几年中，他只是希望他岳丈和他姊姊底意思可以挽回于万一。自己底事要仰望人家，本是很可怜的。亲家们一个是执拗，一个是赌气，因之光天化日底时候难以再得。

那晚上，他正陪姊姊在厅上坐着，王家底人来叫他。姊姊不许，说："四弟，不许你去。"

"姊姊，容我去看她一下罢。听说她这两天病得很厉害，人来叫我，当然是很要紧的，我得去看看。"

"反正你一天不另娶，是一天忘不了那泼妇底，城外那门亲给你讲了好几年，你总是不介意。她比那不知礼的妇人好得多——又美，又有德。"

这一次，他觉得姊姊底命令也可以反抗了。他不听这一套，径自跑进屋里，把长褂子一披，匆匆地出门。姊姊虽然不高兴，也没法揪他回来。

到妻子家，上楼去。她躺在床上，眼睛半闭着，病状已很凶恶。他哭不出来，走近前，摇了她一下。

"我底夫婿，你来了！好容易盼得你来！我是不久的人了，你总要为你自己的事情打算；不要像这十几年，空守着我，于你也没有益处。我不孝已够了，还能使你再犯不孝之条么？——'不孝有三，无后为大'。"

"孝不孝是我底事；娶不娶也是我底事。除了你，我还有谁？"

这时丫头也站在床沿。她已二十多岁，长得越妩媚、越懂事了。她底反省，常使她起一种不可言喻的伤心，使她觉得她永远对不起面前这位垂死的姑娘和旁边那位姑爷。

垂死的妻子说："好罢，我们底恩义是生生世世的。你看她，"她撮嘴指着丫头，用力往下说，"她长大了。事情既是她弄出来底，她得替我偿还。"她对着丫头说："你愿意么？"丫头红了脸，不晓得要怎样回答。她又对丈夫说："我死后，她就是我了。你如纪念我们旧时的恩义，就请带她回去，将来好替我……"

她把丈夫底手拉去，使他揸住丫头底手，随说："唉，子女是要紧的，她将来若能替我为你养几个子女，我就把她从前的过失都宽恕了。"

妻子死后好几个月，他总不敢向姊姊提起要那丫头回来。他实在是很懦弱的，不晓怎样怕姊姊会怕到这地步！

离王亲家不远住着一位老妗婆。她虽没为这事担心，但她对于事情底原委是很明了底。正要出门，在路上遇见丫头，穿起一身素服，手挽着一竹篮东西。她问："蓝，你要到哪里去？"

"我正要上我们姑娘底坟去。今天是她底百日。"

老妗婆一手扶着杖，一手捏着丫头底嘴巴，说："你长得这么大了，还不回武馆街去么？"丫头低了头，没回答她。她又问："许家没意思要你回去么？"

从前的风俗对于随嫁底丫头多是预备给姑爷收起来做二房底，所以妗婆问得很自然。丫头听见"回去"两字，本就不好意思，她双眼望着地上，摇摇头，静默地走了。

妗婆本不是要到武馆街去底，自遇见丫头以后，就想她是个长辈之一，总得赞成这事。她一直来投她底甥女，也叫四外甥来告诉他应当办底事体。姊姊被妗母一说，觉得再没有可固执底了，说："好罢，明后天预备一顶轿子去扛她回来就是。"

四弟说："说得那么容易？要总得照着娶继室底礼节办，她底神主还得请回来。"

姊姊说："笑话，她已经和她底姑娘一同行过礼了，还行什么礼？神主也不能同日请回来底。"

老妗母说："扛回来时，请请客，当作一桩正事办也是应该底。"

他们商量好了，兄弟也都赞成这样办。"这种事情，老人家最喜欢不过"，老妗母在办事底时候当然是一早就过来了。

这位再回来底丫头就是我底祖母了。所以我有两个祖母，一个是生身祖母，一个是常住在外家底"吃斋祖母"——这名字是母亲给我们讲祖母底故事时所用底题目。又"丫头"这两个字是我家底"圣讳"，平常是不许说底。

我又讲回来了。这种父母的爱底经验，是我们最能理会底。人人经验中都有多少"祖母的心""母亲""祖父""爱儿"等等事迹，偶一感触便如悬崖泻水，从盘古以来直说到于今。我们底头脑是历史的，所以善用这种才能来描写一切的事故。又因这爱父母底特性，故在作品中，任你说到什么程度，这一点总抹杀不掉。我爱读《芝兰与茉莉》，因为它是原原本本地说，用我们经验中极普遍的事实触动我。我想凡是有祖母底人，一读这书，至少也会起一种回想底。

书看完了，回想也写完了，上课底钟直催着。现在的事好像比往事要紧，故要用工夫来想一想祖母底经历也不能了！大概她以后底境遇也和书里底祖母有一两点相同罢。

写于哥仑比亚图书馆四一三号，检讨室，十三年，二月，十日。

（原载 1924 年 5 月《小说月报》15 卷 5 号）

人非人

离电话机不远底廊子底下坐着几个听差，有说有笑，但不晓得到底是谈些什么。忽然电话机响起来了，其中一个急忙走过去摘下耳机，问："喂，这是社会局，您找谁？"

"………………"

"唔，您是陈先生，局长还没来。"

"………………"

"科长？也没来。还早呢。"

"………………"

"请胡先生说话。是咯，请您候一候。"

听差放下耳机径自走进去，开了第二科底门，说："胡先生，电话。请到外头听去吧。屋里底话机坏了。"

屋里有三个科员，除了看报抽烟以外，个个都像没事情可办。靠近窗边坐着底那位胡先生出去以后，剩下底两位起首谈论起来。

"子清，你猜是谁来底电话？"

"没错，一定是那位。"他说时努嘴向着靠近窗边底另一个座位。

"我想也是她。只有可为这傻瓜才会被她利用。大概今天又要告假，请可为替她办桌上放着底那几宗案卷。"

"哼，可为这大头！"子清说着摇摇头，还看他底报。一会他忽跳起来说："老严，你瞧，定是为这事。"一面拿着报纸到前头底桌上，铺着大家看。

可为推门进来。两人都昂头瞧着他。严庄问："是不是陈情又要搓你大头？"

可为一对忠诚的眼望着他，微微地笑，说："这算什么大头小头！大家同事，彼此帮忙……"

严庄没等他说完，截着说："同事！你别侮辱了这两个字罢。她是缘着什么关系进来底？你晓得么？"

"老严，您老信一些闲话，别胡批评人。"

"我倒不胡批评人，你才是糊涂人哪。你想陈情真是属意于你？"

"我倒不敢想。不过是同事，……"

"又是'同事'，'同事'，你说局长底候选姨太好不好？"

"老严，您这态度，我可不敢佩服，怎么信口便说些伤人格底话？"

"我说底是真话，社会局同人早就该鸣鼓而攻之，还留她在同人当中出丑。"

子清也像帮着严庄，说："老胡是着了迷，真是要变成老糊涂了。老严说底对不对，有报为证。"说着又递方才看底那张报纸给可为，指着其中一段说："你看！"

可为不再作声，拿着报纸坐下了。

看过一遍，便把报纸扔在一边，摇摇头说："谣言，我不信。大概又是记者访员们底影射行为。"

"嗤！"严庄和子清都笑出来了。

"好个忠实信徒！"严庄说。

可为皱一皱眉头，望着他们两个，待要用话来反驳，忽又低下头，撇一下嘴，声音又吞回去了。他把案卷解开，拿起笔来批改。

十二点到了。严庄和子清都下了班。严庄临出门，对可为说："有一个叶老太太请求送到老人院去。下午就请您去调查一下罢。事由和请求书都在这里。"他把文件放在可为桌上便出去了。可为到陈情底位上捡捡那些该发出底公文。他想反正下午她便销假了，只捡些待发出去底文书替她签押，其余留着给她自己办。

他把公事办完，顺将身子望后一靠，双手交抱在胸前，眼望着从窗户射来底阳光，凝视着微尘纷乱地盲动。

他开始了他底玄想。

陈情这女子到底是个什么人呢？他心里没有一刻不悬念着这问题。他认得她底时间虽不很长，心里不一定是爱她，只觉得她很可以交往，性格也很奇怪，但至终不晓得她一离开公事房以后干底什么营生。有一晚上偶然看见一个艳妆女子，看来很像她，从他面前掠过，同一个男子进万国酒店去。他好奇地问酒店前底车夫，车夫告诉他那便是有名的"陈皮梅"。但她在公事房里不但粉没有擦，连雪花膏一类保护皮肤底香料都不用。穿底也不好，时兴底阴丹士林外国布也不用，只用本地织底粗棉布。那天晚上看见底只短了一副眼镜，她日常戴着深紫色底克罗克斯。局长也常对别的女职员赞美她。但他信得过他们没有什么关系，像严庄所胡猜底。她哪里会做像给人做姨太太那样下流的事？不过，看早晨底报，说她前天晚上在板桥街底秘密窟被警察拿去，她立刻请出某局长去把她领出来。这样她或者也是一个不正当的女人。每常到肉市她家里，总见不着她。她到哪里去了呢？她家里没有什么人，只有一个老妈子，按理每月几十块薪水准可以够她用了。她何必出来干那非人的事？想来想去，想不出一个恰当的理由。

钟已敲一下了，他还叉着手坐在陈情底位上，双眼凝视着。心里想或者是这个原因罢，或者是那个原因罢？

他想她也是一个北伐进行中底革命女同志，虽然没有何等的资格和学识，却也当过好几个月战地委员会底什么秘书长一类底职务。现在这个职位，看来倒有些屈了她，月薪三十元，真不如其他办革命底同志们。她有一位同志，在共同秘密工作的时候，刚在大学一年级，幸而被捕下狱。坐了三年监，出来，北伐已经成功了。她便仗着三年间底铁牢生活，请党部移文给大学，说她有功党国，准予毕业。果然，不用上课，也不用考试，一张毕业文凭便到了手。另外还安置她一个肥缺。陈情呢？白做走狗了！几年来，出生入死，据她说，她亲自收掩过几次被枪决底同志。现在还有几个同志家属，是要仰给于她底。若然，三十元真是不够。然而，她为什么不去找别的事情做呢？也许严庄说底对。他说陈在外间，声名狼藉，若不是局长维持她，她给局长一点便宜，恐怕连这小小差事也要掉了。

　　这样没系统和没伦理底推想，足把可为底光阴消磨了一点多钟。他饿了，下午又有一件事情要出去调查，不由得伸伸懒腰，抽出一个抽屉，要拿糨糊把批条糊在卷上。无意中看见抽屉里放着一个巴黎拉色克香粉小红盒。那种香气，直如那晚上在万国酒店门前闻见底一样。她用这东西么？他自己问。把小盒子拿起来，打开，原来已经用完了。盒底有一行用铅笔写底小字，字迹已经模糊了，但从铅笔底浅痕，还可以约略看出是"北下洼八号"。唔，这是她常去底一个地方罢？每常到她家去找她，总找不着，有时下班以后自请送她回家时，她总有话推辞。有时晚间想去找她出来走走，十次总有九次没人应门，间或一次有一个老太太出来说，"陈小姐出门啦。"也许她是一只夜蛾，要到北下洼八号才可以找到她，也许那是她底朋友家，是她常到底一个地方。不，若是常到底地方，又何必写下来呢？想来想去总想不透。他只得皱皱眉头，叹了一口气，把东西放回原地，关好抽屉，回到自己座位。他看看时间快到一点半，想着不如把下午底公事交代清楚，吃过午饭不用回来，一直便去访问那个叶姓老婆子。一切都弄停妥以后，他戴着帽子，径自出了房门。

　　一路上他想着那一晚上在万国酒店看见底那个，若是陈修饰起来，可不就是那样。他闻闻方才拿过粉盒底指头，一面走，一面玄想。

　　在饭馆随便吃了些东西，老胡便依着地址去找那叶老太太。原来叶老太太住在宝积寺后底破屋里。外墙是前几个月下大雨塌掉底，破门里放着一个小炉子，大概那便是她底移动厨房了。老太太在屋里听见有人，便出来迎客，可为进屋里只站着，因为除了一张破炕以外，椅桌都没有。老太太直让他坐在炕上，他又怕臭虫，不敢径自坐下。老太太也只得陪着站在一边。她知道一定是社会局长派来底人，开口便问："先生，我求社会局把我送到老人院底事，到底成不成呢？"那种轻浮的气度，谁都能够理会她是一个不问是非，想什么便说什么底女人。

　　"成倒是成，不过得看看你底光景怎样。你有没有亲人在这里

呢?"可为问。

"没有。"

"那么，你从前靠谁养活呢?"

"不用提啦。"老太太摇摇头，等耳上那对古式耳环略为摆定了，才继续说，"我原先是一个儿子养我。哪想前几年他忽然入了什么要命党，——或是敢死党，我记不清楚了，——可真要了他底命。他被人逮了以后，我带些吃底穿底去探了好几次，总没得见面。到巡警局，说是在侦缉队；到侦缉队，又说在司令部；到司令部，又说在军法处。等我到军法处，一个大兵指着门前底大牌楼，说在那里。我一看可吓坏了！他底脑袋就挂在那里！我昏过去大半天，后来觉得有人把我扶起来，大概也灌了我一些姜汤，好容易把我救活了，我睁眼一瞧已是躺在屋里底炕上。在我身边底是一个我没见过底姑娘。问起来，才知道是我儿子的朋友陈姑娘。那陈姑娘答允每月暂且供给我十块钱，说以后成了事，官家一定有年俸给我养老。她说入革命党也是做官，被人砍头或枪毙也算功劳。我儿子底名字，一定会记在功劳簿上底。唉，现在的世界到底是怎么一回事，我也糊涂了。陈姑娘养活了我，又把我底侄孙，他也是没爹娘底，带到她家，给他进学堂。现在还是她养着。"

老太太正要说下去，可为忽截着问："你说这位陈姑娘，叫什么名字?"

"名字?"她想了很久，才说，"我可说不清，我只叫她陈姑娘，我侄孙也叫她陈姑娘。她就住在肉市大街，谁都认识她。"

"是不是带着一副紫色眼镜底那位陈姑娘?"

老太太听了他底问，像很兴奋地带着笑容望着他连连点头说："不错，不错，她带底是紫色眼镜。原来先生也认识她，陈姑娘。"她又低下头去，接着说补充的话，"不过，她晚上常不带镜子。她说她眼睛并没毛病，只怕白天太亮了，戴着挡挡太阳，一到晚上，她便除下了。我见她底时候，还是不带镜子底多。"

"她是不是就在社会局做事?"

"社会局？我不知道。她好像也入了什么会似的。她告诉我从会里得底钱除分给我以外，还有两三个人也是用她底钱。大概她一个月底入款最少总有二百多，不然，不能供给那么些人。"

"她还做别的事吗？"

"说不清。我也没问过她。不过她一个礼拜总要到我这里来三两次。来底时候多半在夜里。我看她穿得顶讲究底。坐不一会，每有人来找她出去。她每告诉我，她夜里有时比日里还要忙。她说，出去做事，得应酬，没法子。我想她做底事情一定很多。"

可为越听越起劲，像那老婆子底话句句都与他有关系似的。他不由得问："那么，她到底住在什么地方呢？"

"我也不大清楚，有一次她没来，人来我这里找她。那人说，若是她来，就说北下洼八号有人找，她就知道了。"

"北下洼八号，这是什么地方？"

"我不知道。"老太太看他问得很急，很诧异地望着他。

可为愣了大半天，再也想不出什么话问下去。

老太太也莫名其妙，不觉问此一声："怎么，先生只打听陈姑娘？难道她闹出事来了么？"

"不，不，我打听她，就是因为你底事。你不说从前都是她供给你么？现在怎么又不供给了呢？"

"嗐！"老太太摇着头，揸着拳头向下一顿，接着说："她前几天来，偶然谈起我儿子。她说我儿子底功劳，都叫人给上在别人底功劳簿上了。她自己底事情也是飘飘摇摇，说不定那一天就要下来。她教我到老人院去挂个号，万一她底事情不妥，我也有个退步，我到老人院去，院长说现在人满了，可是还有几个社会局底额，教我立刻找人写禀递到局里去。我本想等陈姑娘来。请她替我办。因为那晚上我们有点拌嘴，把她气走了。她这几天都没来，教我很着急，昨天早晨，我就在局前底写字摊花了两毛钱，请那先生给写了一张请求书递进去。"

"看来，你说底那位陈姑娘我也许认识。她也许就在我们局里

做事。"

"是么？我一点也不知道。她怎么今日不同您来呢？"

"她有三天不上衙门了。她说今儿下午去，我没等她便出来啦。若是她知道，也省得我来。"

老太太不等更真切的证明，已认定那陈姑娘就是在社会局底那一位。她用很诚恳的眼光射在可为脸上问："我说，陈姑娘底事情是不稳么？"

"没听说，怕不至于罢。"

"她一个月支多少薪水？"

可为不愿意把实情告诉她，只说："我也弄不清，大概不少罢。"

老太太忽然沉下脸去发出失望带着埋怨的声音说："这姑娘也许嫌我累了她，不愿意再供给我了。好好的事情在做着，平白地瞒我干什么！"

"也许她别的用费大了，支不开。"

"支不开？从前她有丈夫底时候也天天嚷穷。可是没有一天不见她穿缎戴翠。穷就穷到连一个月给我几块钱用也没有，我不信。也许这几年所给我底，都是我儿子底功劳钱，瞒着我，说是她拿出来底。不然，我同她既不是亲，又不是戚，她凭什么养我一家？"

可为见老太太说上火了，忙着安慰她说："我想陈姑娘不是这样人。现在在衙门里做事，就是做一天算一天，谁也保不定能做多久，你还是不要多心罢。"

老太太走前两步，低声地说："我何尝多心？她若是一个正经女人，她男人何致不要她。听说她男人现时在南京或是上海当委员，不要她啦。他逃后，她底肚子渐渐大起来，花了好些钱到日本医院去，才取下来。后来我才听见人家说，他们并没穿过礼服，连酒都没请人喝过，怨不得拆得那么容易。"

可为看老太太一双小脚站得进一步退半步底，忽觉他也站了大半天，脚步未免也移动一下。老太太说："先生，您若不嫌脏就请坐坐，我去沏一点水您喝，再把那陈姑娘底事细细地说给您听。"可为对于陈底事情本来知道一二，又见老太太对于她底事业底不明了和怀疑，料想说不出什么好话。即如到医院堕胎，陈自己对他说是因为身体软弱，医生说非取出不可。关于她男人遗弃她底事，全局底人都知道。除他以外多数是不同情于她底。他不愿意再听她说下去，一心要去访北下洼八号，看到底是个什么人家。于是对老太太说："不用张罗了，您底事情，我明天问问陈姑娘，一定可以给你办妥。我还有事，要到别处去，你请歇着罢。"一面说，一面踏出院子。

老太太在后面跟着，叮咛可为切莫向陈姑娘打听，恐怕她说坏话。可为说："断不会。陈姑娘既然教你到老人院，她总有苦衷，会说给我知道，你放心罢。"出了门，可为又把方才拿粉盒底手指举到鼻端，且走且闻，两眼像看见陈情就在他前头走，仿佛是领他到北下洼去。

北下洼本不是热闹街市，站岗底巡警很优游地在街心踱来踱去。可为一进街口，不费力便看见八号底门牌。他站在门口，心里想："找谁呢？"他想去问岗警，又怕万一问出了差，可了不得。他正在踌躇，当头来了一个人，手里一碗酱，一把葱，指头还吊着几两肉，到八号底门口，大嚷："开门。"他便向着那人抢前一步，话也在急忙中想出来。

"那位常到这里底陈姑娘来了么？"

那人把他上下估量了一会，便问"哪一位陈姑娘？您来这里找过她么？"

"我……"他待要说没有时，恐怕那人也要说没有一位陈姑娘。许久才接着说："我跟人家来过。我们来找过那位陈姑娘。她一头底刘海发不像别人烫得像石狮子一样，说话像南方人。"

那人连声说："唔，唔，她不一定来这里。要来，也得七八点以后。您贵姓？有什么话请您留下，她来了我可以告诉她。"

"我姓胡。只想找她谈谈。她今晚上来不来？"

"没准，胡先生今晚若是来，我替您找去。"

"你到哪里找她去呢？"

"哼，哼！！"那人笑着，说，"到她家里。她家就离这里不远。"

"她不是住在肉市吗？"

"肉市？不，她不住在肉市。"

"那么她住在什么地方？"

"她们这路人没有一定的住所。"

"你们不是常到宝积寺去找她么？"

"看来您都知道，是她告诉您她住在那里么？"

可为不由得又要扯谎，说："是的，她告诉过我。不过方才我到宝积寺。那老太太说到这里来找。"

"现在还没黑，"那人说时仰头看看天，又对着可为说，"请您上市场去绕个弯再回来，我替您叫她去。不然请进来歇一歇，我叫点东西您用，等我吃过饭，马上去找她。"

"不用，不用，我回头来罢。"可为果然走出胡同口，雇了一辆车上公园去，找一个僻静的茶店坐下。

茶已沏过好几次，点心也吃过，好容易等到天黑了。十一月底黝云埋没了无数的明星。悬在园里底灯也被风吹得摇动不停，游人早已绝迹了，可为直坐到听见街上底更夫敲着二更，然后踱出园门，直奔北下洼而去。

门口仍是静悄悄的，路上底人除了巡警，一个也没有。他急进前去拍门。里面大声问："谁？"

"我姓胡。"

门开了一条小缝，一个人露出半脸，问："您找谁？"

"我找陈姑娘。"可为低声说。

"来过么？"那人问。

可为在微光里虽然看不出那人底面目，从声音听来，知道他并不是下午在门口同他问答底那一个。他一手急推着门，脚先已踏进去，随着说："我约过来底。"

那人让他进了门口。再端详了一会，没领他望那里走。可为也不敢走了。他看见院子里底屋子都像有人在里面谈话，不晓得进那间合适。那人见他不像是来过底，便对他说："先生，您跟我走。"

这是无上的命令。教可为没法子不跟随他。那人领他到后院去穿过两重天井，过一个穿堂，才到一个小屋子，可为进去四围一望，在灯光下只见铁床一张，小梳妆桌一台放在窗下，桌边放着两张方木椅。房当中安着一个发不出多大暖气底火炉。门边还放着一个脸盆架。墙上只有两三只冻死了底蝈蝈，还囚在笼里像妆饰品一般。

"先生请坐，人一会就来。"那人说完便把门反掩着。可为这时心里不觉害怕起来。他一向没到过这样的地方，如今只为要知道陈姑娘底秘密生活，冒险而来，一会她来了，见面时要说呢，若是把她羞得无地可容，那便造孽了。一会，他又望望那扇关着底门，自己又安慰自己说："不妨，如果她来，最多是向她求婚罢了。……她若问我怎样知道时，我必不能说看见她底旧粉盒子。不过，既是求爱，当然得说真话，我必得告诉她我底不该，先求她饶恕……"

门开了。喜惧交迫底可为，急急把视线连在门上，但进来底还是方才那人。他走到可为跟前，说："先生，这里底规矩是先赏钱。"

"你要多少？"

"十块，不多罢。"

可为随即从皮包里取出十元票子送给他。

那人接过去，又说："还请您打赏我们几块。"

可为有点为难了。他不愿意多纳，只从袋里掏出一块，说："算了罢。"

"先生，损一点，我们还没把茶钱和洗褥子底钱算上哪。多花您几块罢。"

可为说："人还没来，我知道你把钱拿走，去叫不去叫？"

"您这一点钱，还想叫什么人？我不要啦，您带着。"说着真个把钱都交回可为。可为果然接过来。一把就往口袋里塞。那人见是如此，又抢进前揸住他底手，说："先生，您这算什么？"

"我要走。你不是不替我把陈姑娘找来吗？"

"你瞧。你们有钱的人拿我们穷人开玩笑来啦？我们这里有白进来，没有白出去底。你要走也得，把钱留下。"

"什么，你这不是抢人么？"

"抢人？你平白进良民家里，非奸即盗，你打什么主意？"那人翻出一副凶怪的脸，两手把可为拿定，又嚷一声，推门进来两个大汉，把可为团团围住，问他："你想怎样？"可为忽然看见那么些人进来，心里早已着了慌，简直闹得话也说不出来。一会他才鼓着气说："你们真是要抢人么？"

那三人动手掏他底皮包了。他推开了他们，直奔到门边，要开门。不料那门是望里开底，门里底钮也没有了。手滑，拧不动。三个人已追上来了。他们把他拖回去，说："你跑不了。给钱罢。舒服要钱买，不舒服也得用钱买。你来找我们开心，不给钱，成么？"

可为果真有气了。他端起门边底脸盆向他们扔过去。脸盆掉在地上，砰嘣一声，又进来两个好汉。现在屋里是五个打一个。

"反啦？"刚进来底那两个同声问。

可为气得鼻息也粗了。

"动手罢。"说时迟，那时快，五个人把可为底长褂子剥下来，取了他一个大银表，一支墨水笔，一个银包，还送他两拳，加两个耳光。

他们抢完东西，把可为推出房门，用手巾包着他底眼和塞着他底口，两个揸着他底手，从一扇小门把他推出去。

可为心里想："糟了！他们一定下毒手要把我害死了！"手虽然放了，却不晓得抵抗，停一回，见没有什么动静，才把嘴里手巾拿出来，把绑眼底手巾打开，四围一望原来是一片大空地，不但巡警找不着，连灯也没有。他心里懊悔极了，到这时才疑信参半，自己又问："到底她是那天酒店前底车夫所说底陈皮梅不是？"慢慢地踱了许久才到大街，要报警自己又害羞，只得急急雇了一辆车回公寓。

他在车上，又把午间拿粉盒底手指举到鼻端闻，忽而觉得两颊和身上底余痛还在，不免又去摩挲摩挲。在道上，一连打了几个喷嚏，才记得他底大衣也没有了。回到公寓，立即把衣服穿上，精神兴奋异常，自在厅上踱来踱去，直到极疲乏底程度才躺在床上。合眼不到两个时辰，睁开眼时，已是早晨九点。他忙爬起来坐在床上，觉得鼻子有点不透气，于是急急下床教伙计提热水来。过一会，又匆匆地穿上厚衣服，上衙门去。

他到办公室，严庄和子清早已各在座上。

"可为，怎么今天晚到啦？"子清问。

"伤风啦，本想不来底。"

"可为，新闻又出来了！"严庄递给可为一封信，这样说，"这是陈情辞职底信，方才一个孩子交进来底。"

"什么？她辞职！"可为诧异了。

"大概是昨天下午同局长闹翻了。"子清用报告底口吻接着说，"昨天我上局长办公室去回话，她已先在里头，我坐在室外候着她出来。局长照例是在公事以外要对她说些'私事'。我说底'私事'你明白。"他笑向着可为，"但是这次不晓得为什么闹翻了。我只听见她带着气说：'局长，请不要动手动脚，在别的夜间你可以当我是非人，但在日间我是个人，我要在社会做事，请您用人底态度来对待我。'我正注神听着，她已大踏步走近门前，接着说：'撤我底差罢，我底名誉与生活再也用不着您来维持了。'我停了大半天，至终不敢进去回话，也回到这屋里。我进来，她已走了。老严，你看见她走时底神气么？"

"我没留神。昨天她进来。像没坐下，把东西捡一捡便走了，那时还不到三点。"严庄这样回答。

"那么，她真是走了。你们说她是局长底候补姨太，也许永不能证实了。"可为一面接过信来打开看，信中无非说些官话。他看完又摺起来，纳在信封里，按铃叫人送到局长室。他心里想陈情总会有信给他，便注目在他底桌上。明漆底桌面只有昨夜底宿尘，连纸条都没有。他坐在自己底位上，回想昨夜底事情，同事们以为他在为陈情辞职出神，调笑着说："可为，别再想了。找苦恼受干什么？方才那送信底孩子说，她已于昨天下午五点钟搭火车走了，你还想什么？"

说者无心，听者有意，可为只回答："我不想什么，只估量她到底是人还是非人。"说着，自己摸自己底嘴巴。这又引他想起在屋里

那五个人待遇他底手段。他以为自己很笨，为什么当时不说是社会局人员，至少也可以免打。不，假若我说是社会局底人，他们也许会把我打死咧。……无论如何，那班人都可恶，得通知公安局去逮捕，房子得封，家具得充公。他想有理，立即打开墨盒，铺上纸，预备起信稿，写到"北下洼八号"，忽而记起陈情那个空粉盒，急急过去，抽开屉子，见原物仍在。他取出来，正要望袋里藏，可巧被子清看见。

"可为，到她屉里拿什么？"

"没什么！昨天我在她座位上办公，忘掉把我一盒日快丸拿去，现在才记起。"他一面把手插在袋里，低着头，回来本位，取出小手巾来擤鼻子。

（原载 1934 年 7 月《文学》2 卷 1 号）

在费总理底客厅里

费总理底会客厅里面底陈设都能表示他是一个办慈善事业具有热心和经验的人。梁上悬着两块"急公好义"和"善与人同"的匾额，自然是第一和第二任大总统颁赐的，我们看当中盖着一方"荣典之玺"的印文便可以知道。在两块匾当中悬着一块"敦诗说礼之堂"的题额，听说是花了几百元的润笔费请求康老先生写的。因为总理要康老先生多写几个字，所以他底堂名会那么长。四围墙上底装饰品无非是褒奖状、格言联对、天官赐福图、大镜之类。厅里底镜框很多，最大的是对着当街底窗户那面西洋大镜。厅里底家私都是用上等楠木制成。几桌之上杂陈些新旧真假的古董和东西洋大小自鸣钟。厅角底书架上除了几本《孝经》《治家格言注》《理学大全》和些日报以外，其余的都是募捐册和几册名人底介绍字迹。

当差的引了一位穿洋服、留小胡子的客人进来，说："请坐一会儿，总理就出来。"客人坐下了。当差的进里面去，好像对着一个丫头说："去请大爷，外头有位黄先生要见他。"里面隐约听见一个女人底声音说："翠花，爷在五太房间哪。"我们从这句话可以断定费总理底家庭是公鸡式的，他至少有五位太太，丫头还不算在内。其实这也算不了怎么一回事，在这个礼教之邦，又值一般大人物及当代政府提倡"旧道德"的时候，多纳几位"小星"，既足以增门第底光荣，又可以为敦伦之一助，有些少身家的人不娶姨太都要被人笑话，何况时时垫款出来办慈善事业的费总理呢！

已经过一刻钟了，客人正在左观右望的时候，主人费总理一面整理他底长褂，一面踏进客厅，连连作揖，说："失迎了，对不住，对

名家作品精选

不住!"黄先生自然要赶快答礼说:"岂敢,岂敢。"宾主叙过寒暄,客人便言归正传,向总理说:"鄙人在本乡也办了一个妇女慈善工厂,每听见人家称赞您老先生所办的民生妇女慈善习艺工厂成绩很好,所以今早特意来到,请老先生给介绍到贵工厂参观参观,其中一定有许多可以为敝厂模范的地方。"

总理底身材长短正合乎"读书人"底度数,体质底柔弱也很相称。他那副玄黄相杂的牙齿,很能表现他是个阔人。若不是一天抽了不少的鸦片,决不能使他底牙齿染出天地的正色来!他现出很谦虚的态度,对客人详述他创办民生女工厂的宗旨和最近发展的情形。从他底话里我们知道工厂底经费是向各地捐来的。女工们尽是乡间妇女。她们学的手艺都很平常,多半是织袜、花边、裁缝,那等轻巧的工艺。工厂底出品虽然很多,销路也很好,依理说应当赚钱,可是从总理底叙述上,他每年总要赔垫一万几千块钱!

总理命人打电话到工厂去通知说黄先生要去参观,又亲自写了几个字在他自己底名片上作为介绍他的证据。黄先生现出感谢的神气,站起来向主人鞠躬告辞,主人约他晚间回来吃便饭。

主人送客出门时,顺手把电扇底制钮转了,微细的风还可以使书架上那几本《孝经》之类一页一页地被吹起来,还落下去。主人大概又回到第几姨太房里抽鸦片去。客厅里顿然寂静了。不过上房里好像有女人哭骂的声音,隐约听见"我是有夫之妇……你有钱也不成……",其余的就听不清了。午饭刚完,当差的又引导了一位客人进来,递过茶,又到上房去回报说:"二爷来了。"

二爷与费总理是交换兰谱的兄弟。实际上他比总理大三四岁,可是他自己一定要说少三两岁,情愿列在老弟底地位。这也许是因为他本来排行第二的缘故。他底脸上现出很焦急的样子,恨不能立时就见着总理。

这次总理却不教客人等那么久。他也没穿长褂,手捧着水烟筒,一面吹着纸捻,进到客厅里来。他说:"二弟吃过饭没有?怎么这样着急?"

"大哥，咱们底工厂这一次恐怕免不了又有麻烦。不晓得谁到南方去报告说咱们都是土豪劣绅，听说他们来到就要查办咧。我早晨为这事奔走了大半天，到现在还没吃中饭哪。假使他们发现了咱们用民生工厂底捐款去办兴华公司，大哥，你有什么办法对付？若是教他们查出来，咱们不挨枪毙也得担个无期徒刑！"

总理像很有把握的神气，从容地说："二弟，别着急，先叫人开饭给你吃，咱们再商量。"他按电铃，叫人预备饭菜，接着对二爷说，"你到底是胆量不大，些小事情还值得这么惊惶！'土豪劣绅'的名词难道还会加在慈善家底头上不成？假使人来查办，一领他们到这敦诗说礼之堂来看看，捐册、账本、褒奖状，件件都是来路分明，去路清楚，他们还能指摘什么？咱们当然不要承认兴华公司底资本就是民生工厂底捐款。世间没有不许办慈善事业的人兼办公司的道理，法律上也没有讲不过去的地方。"

"怕的是人家一查，查出咱们底款项来路分明，去路不清。我跟着你大哥办慈善事业，倒办出一身罪过来了，怎办，怎办？"二爷说得非常焦急。

"你别慌张，我对于这事早已有了对付的方法。咱们并没有直接地提民生工厂底款项到兴华公司去用。民生底款项本来是慈善性质，消耗了是当然的事体，只要咱们多划几笔账便可以敷衍过去。其实捐钱的人，谁来考查咱们底账目？捐一千几百块的，本来就冲着咱们底面子，不好意思不捐，实在他们也不是为要办慈善事业而捐钱。他们底钱一拿出来，早就存着输了几台麻雀的心思，捐出去就算了。只要他们来到厂里看见他们底名牌高高地悬挂在会堂上头，他们就心满意足了。还有捐一百几十的'无名氏'，我们也可以从中想法子。在四五十个捐一百元的'无名氏'当中，我们可以只报出三四个，那捐款的人个个便会想着报告书上所记的便是他。这里岂不又可以挖出好些钱来？至于那班捐一块几毛钱的，他们要查账，咱们也得问问他们配不配。"

"然则工厂基金捐款的问题呢？"二爷又问。

"工厂底基金捐款也可以归在去年证券交易失败的账里。若是查到那一笔，至多是派咱们'付托失当，经营不善'这几个字，也担不上什么处分，更挂不上何等罪名。再进一步说，咱们底兴华公司，表面上岂不能说是为工厂销货和其他利益而设的？又公司底股东，自来就没有咱姓费的名字，也没你二爷底名字，咱底姨太开公司难道是犯罪行为？总而言之，咱们是名正言顺，请你不要慌张害怕。"他一面说，一面把水烟筒吸得哔罗哔罗地响。

二爷听他所说，也连连点头说："有理有理！工厂底事，咱们可以说对得起人家，就是查办，也管教他查出功劳来。……然而，大哥，咱们还有一桩案未了。你记得去年学生们到咱们公司去检货，被咱们底伙计打死了他们两个人，这桩案件，他们来到，一定要办的。昨天我就听见人家说，学生会已宣布了你我底罪状，又要把什么标语、口号贴在街上。不但如此，他们又要把咱们伙计冒充日籍的事实揭露出来。我想这事比工厂底问题还要重大。这真是要咱们底身家、性命、道德、名誉咧。"

总理虽然心里不安，但仍镇静地说："那件事情，我已经拜托国仁向那边接洽去了，结果如何，虽不敢说定；但据我看来，也不至于有什么危险。国仁在南方很有点势力，只要他向那边底当局为咱们说一句好话，咱们再用些钱，那就没有事了。"

"这一次恐怕钱有点使不上罢？他们以廉洁相号召，难道还能受贿赂？"

"咳！二弟你真是个老实人！世间事都是说的容易做的难。何况他们只是提倡廉洁政府，并没明说廉洁个人。政府当然是不会受贿赂的，历来的政府哪一个受过贿呢？反正都是和咱们一类的人，谁不爱钱？只要咱们送得有名目，人家就可以要。你如心里不安，就可以立刻到国仁那里去打听一下，看看事情进行到什么程度。"

"那么，我就去罢。我想这一次用钱有点靠不住。"

总理自然愿意他立刻到国仁那里去打听。他不但可以省一顿客饭，并且可以得着那桩案件底最近消息。他说："要去还得快些去，饭后他是常出门的。你就在外头随便吃些东西罢。可恶的厨子，教他做一顿饭到大半天还没做出来！"他故意叫人来骂了几句，又吩咐给二爷雇车。不一会，车雇得了，二爷站起来顺便问总理说："芙蓉底事情和谐罢？恭喜你又添了一位小星。"总理听见他这话，脸上便现出不安的状态。他回答说："现在没有工夫和你细谈那事，回头再给你说罢。"他又对二爷说，"你快去快回来，今晚上在我这里吃晚饭罢。我请了一位黄先生，正要你来陪。国仁有工夫，也请他来。"

二爷坐上车，匆匆地到国仁那里去了。总理没有送客出门，自己吸着水烟，回到上房。当差的进客厅里来，把桌上茶杯里底剩茶倒了，然后把它们搁在架上。客厅里现在又寂静了。我们只能从壁上底镜子里看见街上行人底反影；其中看见时髦的女人开着汽车从窗外经过，车上只坐着她底爱犬。很可怪的就是坐在汽车上那只畜生不时伸出头来向路人狂吠，表示它是阔人底狗！它底吠声在费总理底客厅里也可以听见。

时辰钟刚敲过三下，客厅里又热闹起来了。民生工厂底庶务长魏先生领着一对乡下夫妇进来，指示他们总理客厅里底陈设。乡下人看见当中二块匾就联想到他们底大宗祠里也悬着像旁边两块一样的东西，听说是皇帝赐给他们第几代的祖先的。总理客厅里底大小自鸣钟、新旧古董和一切的陈设，教他们心里想着就是皇帝底金銮殿也不过是这般布置而已。

他们都坐下，老婆子不歇地摩挲放在身边的东西，心里有的是赞羡。

魏先生对他们说："我对你们说，你们不信，现在理会了。我们底总理是个有身家有名誉的财主，他看中了芙蓉，就算你们两人底造化。她若嫁给总理做姨太，你们不但不愁没得吃的、穿的、住的，就是将来你们那个小狗儿要做一任县知事也不难。"

老头子说："好倒很好，不过芙蓉是从小养来给小狗儿做媳妇，若是把她嫁了，我们不免要吃她外家的官司。"

老婆子说："我们送她到工厂去也是为要使她学些手艺，好教我

们多收些钱财；现在既然是总理财主要她，我们只得怨小狗儿没福气。总理财主如能吃得起官司，又保得我们底小狗儿做个营长、旅长，那我们就可以要一点财礼为他另娶一个回来。我说魏老爷呀，营长是不是管得着县知事？您方才说总理财主可以给小狗儿一个县知事做，我想还不如做个营长、旅长更好。现在做县知事的都要受气，听说营长还可以升到督办哪。"

魏先生说："只要你们答应，天大的官司，咱们总理都吃得起。你看咱们总理几位姨太底亲戚没有一个不是当阔差事的。小狗儿如肯把芙蓉让给总理，那愁他不得着好差事！不说是营长、旅长，他要什么就得什么。"

老头子是个明理知礼的人，他虽然不大愿意，却也不敢违忤魏先生底意思。他说："无论如何，咱们两个老伙计是不能完全做主的。这个还得问问芙蓉，看她自己愿意不愿意。"

魏先生立时回答他说："芙蓉一定愿意。只要你们两个人答应，一切的都好办了。她昨晚已在这里上房住一宿，若不愿意，她肯么？"

老头子听见芙蓉在上房住一宿就很不高兴。魏先生知道他底神气不对，赶快对他说明工厂里底习惯，女工可以被雇到厂外做活去。总理也有权柄调女工到家里当差，譬如翠花、菱花们，都是常在家里做工的。昨晚上刚巧总理太太有点活要芙蓉来做，所以住了一宿，并没有别的缘故。

芙蓉底公姑请求叫她出来把事由说个明白，问她到底愿意不愿意。不一会，翠花领着芙蓉进到客厅里。她一见着两位老人家，便长跪在地上哭个不休。她嚷着说："我底爹妈，快带我回家去罢，我不能在这里受人家欺侮。……我是有夫之妇。我决不能依从他。他有钱也不能买我底志向。……"

她底声音可以从窗户传达到街上，所以魏先生一直劝她不要放声哭，有话好好地说。老婆子把她扶起来，她咒骂了一场，气泄过了，声音也渐渐低下去。

老婆子到底是个贪求富贵的人，她把芙蓉拉到身边，细声对她劝说，说她若是嫁给总理财主，家里就有这样好处，那样好处。但她至终抱定不肯改嫁，更不肯嫁给人做姨太的主意。她宁愿回家跟着小狗儿过日子。

魏先生虽然把她劝不过来，心里却很佩服她，老少喧嚷过一会，芙蓉便随着她底公姑回到乡间去。魏先生把总理请出来，对他说那孩子很刁，不要也罢，反正厂里短不了比她好看的女人。总理也骂她是个不识抬举的贱人，说她昨夜和早晨怎样在上房吵闹。早晨他送完客，回到上房的时候，从她面前经过，又被她侮辱了一顿。若不是他一意要她做姨太，早就把她一脚踢死。他教魏先生回到工厂去，把芙蓉底名字开除，还教他从工厂底临时费支出几十块钱送给她家人，教他们不要播扬这事。

五点钟过了。几个警察来到费总理家底门房，费家底人个个都捏着一把汗，心里以为是芙蓉同着她底公姑到警察厅去上诉，现在来传人了。警察们倒不像来传人的样子。他们只报告说："上头有话，明天欢迎总司令、总指挥，各家各户都得挂旗。"费家底大小这才放了心。

当差的说："前几天欢送大帅，你们要人挂旗；明天欢迎总司令，又要挂旗，整天挂旗，有什么意思？"

"这是上头底命令，我们只得照传。不过明天千万别挂五色国旗，现在改用海军旗做国旗。"

"哪里找海军旗去？这都是你们警厅底主意，一会要人挂这样的旗，一会又要人挂那样的旗。"

"我们也管不了。上头说挂龙旗，我们便教挂龙旗；上头说挂红旗，我们也得照传，教挂红旗。"

警察叮咛了一会，又往别家通告去了。客厅底大镜里已经映着街上一家新开张的男女理发所门口挂着两面二丈四长、垂到地上的党国大旗。那旗比新华门平时所用的还要大，从远地看来，几乎令人以为是一所很重要的行政机关。

掌灯的时候到了。费总理底客厅里安排着一席酒，是为日间参观

工厂的黄先生预备的。还是庶务长魏先生先到。他把方才总理吩咐他去办的事情都办妥了。他又对总理说他已买了两面新的国旗。总理说他不该买新的，费那么些钱，他说应当到估衣铺去搜罗。原来总理以为新的国旗可以到估衣铺去买。

二爷也到了。从他眉目的舒展可以知道他所得的消息是不坏的。他从袖里掏出几本书来，对费总理说："国仁今晚要搭专车到保定去接司令，不能来了。他教我把这几本书带来给你看。他说此后要在社会上做事，非能背诵这里头底字句不成。这是新颁的《圣经》，一点一画也不许人改易的。"

他虽然说得如此郑重，总理却慢慢地取过来翻了几遍。他在无意中翻出"民生主义"几个字，不觉狂喜起来，对二爷说："咱们底民生工厂不就是民生主义么？"

"有理有理。咱们底见解原先就和中山先生一致呵！"二爷又对总理说国仁已把事情办妥，前途大概没有什么危险。

总理把几本书也放在《孝经》《治家格言》等书上头。也许客厅底那一个犄角就是他底图书馆！他没有别的地方藏书。

黄先生也到了，他对于总理所办的工厂十分赞美，总理也谦让了几句，还对他说他底工厂与民生主义的关系。黄先生越发佩服他是个当代的社会改良家兼大慈善家，更是总理底同志。他想他能与总理同席，是一桩非常荣幸可以记在参观日记上头、将来出版公布的事体。他自然也很羡慕总理底阔绰。心里想着，若不是财主，也做不了像他那样的慈善家。他心中最后的结论以为若不是财主，就没有做慈善家的资格。可不是！

宾主入席，畅快地吃喝了一顿，到十点左右，各自散去。客厅里现在只剩下几个当差的在那里收拾杯盘。器具摩荡的声音与从窗外送来那家新开张的男女理发所底留声机唱片底声音混在一起。

（原载 1928 年 11 月《小说月报》19 卷 11 号）

三博士

　　窄窄的店门外，贴着"承写履历""代印名片""当日取件""承印讣闻"等等广告。店内几个小徒弟正在忙着，踩得机轮轧轧地响。推门进来两个少年，吴芬和他底朋友穆君，到柜台上。

　　吴先生说："我们要印名片，请你拿样本来看看。"

　　一个小徒弟从机器那边走过来，拿了一本样本递给他，说："样子都在里头啦。请您挑罢。"

　　他和他的朋友接过样本来，约略翻了一遍。

　　穆君问："印一百张，一会儿能得吗？"

　　小徒弟说："得今晚来。一会儿赶不出来。"

　　吴先生说："那可不成，我今晚七点就要用。"

　　穆君说："不成，我们今晚要去赴会，过了六点，就用不着了。"

　　小徒弟说："怎么今晚那么些赴会底？"他说着，顺手从柜台上拿出几匣印得的名片，告诉他们："这几位定底名片都是今晚赴会用底，敢请您两位也是要赴那会去底吧。"

　　穆君同吴先生说："也许是吧。我们要到北京饭店去赴留美同学化装跳舞会。"

　　穆君问吴先生说："今晚上还有大艺术家枚宛君博士吗？"

　　吴先生说："有他吧。"

　　穆君转过脸来对小徒弟说："那么，我们一人先印五十张，多给你些钱，马上就上版，我们在这里等一等。现在已经四点半了，半点钟一定可以得。"

　　小徒弟因为掌柜底不在家，踌躇了一会，至终答应了他们。他们

于是坐在柜台旁底长凳上等着。吴先生拿着样本在那里有意无意地翻。穆君一会儿拿起白话小报看看，一会又到机器旁边看看小徒弟底工作。小徒弟正在撒版，要把他底名字安上去，一见穆君来到，便说："这也是今晚上要赴会用底，您看漂亮不漂亮？"他拿着一张名片递给穆君看。他看见名片上写底是"前清监生，民国特科俊士，美国鸟约克柯蓝阜阿大学特赠博士，前北京政府特派调查欧美实业专使随员，甄辅仁"。后面还印上本人底铜版造像，一顶外国博士帽正正地戴着，金穗子垂在两个大眼镜正中间，脸模倒长得不错，看来像三十多岁的样子。他把名片拿到吴先生跟前，说："你看这人你认识吗？头衔倒不寒碜。"

吴先生接过来一看，笑说："这人我知道，却没见过。他那里是博士，那年他当随员到过美国，在纽约住了些日子，学校自然没进，他本来不是念书底。但是回来以后，满处告诉人说凭着他在前清捐过功名，美国特赠他一名博士。我知道他这身博士衣服也是跟人借底。你看他连帽子都不会戴，把穗子放在中间，这是那一国底礼帽呢？"

穆君说："方才那徒弟说他今晚也去赴会呢。我们在那时候一定可以看见他。这人现在干什么。"

吴先生说："没有什么事吧。听说他急于找事，不晓得现在有了没有。这种人有官做就去做，没官做就想办教育，听说他现在想当教员哪。"

两个人在店里足有三刻钟，等到小徒弟把名片焙干了，拿出来交给他们。他们付了钱，推门出来。

在街上走着，吴先生对他底朋友说："你先去办你底事，我有一点事要去同一个朋友商量，今晚上北京饭店见吧。"

穆君笑说："你又胡说了，明明为去找何小姐，偏要撒谎。"

吴先生笑说："难道何小姐就不是朋友吗？她约我到她家去一趟，有事情要同我商量。"

穆君说："不是订婚吧。"

"不，绝对不。"

"那么，一定是你约她今晚上同到北京饭店去，人家不去，你定要去求她，是不是？"

"不，不。我倒是约她来底，她也答应同我去。不过她还有话要同我商量，大概是属于事务底，与爱情毫无关系吧。"

"好吧，你们商量去，我们今晚上见。"

穆君自己上了电车，往南去了。

吴先生雇了洋车，穿过几条胡同，来到何宅。门役出来，吴先生给他一张名片，说："要找大小姐。"

仆人把他底名片送到上房去。何小姐正和她底女朋友黄小姐在妆台前谈话，便对当差底说："请到客厅坐吧，告诉吴先生说小姐正会着女客，请他候一候。"仆人答应着出去了。

何小姐对她朋友说："你瞧，我一说他，他就来了。我希望你喜欢他。我先下去，待一回再来请你。"她一面说，一面烫着她底头发。

她底朋友笑说："你别给我瞎介绍啦。你准知道他一见便倾心么？"

"留学生回国，有些是先找事情后找太太底，有些是先找太太后谋差事底。有些找太太不找事，有些找事不找太太，有些什么都不找。像我底表哥辅仁他就是第一类底留学生。这位吴先生可是第二类底留学生。所以我把他请来，一来托他给辅仁表哥找一个地位，二来想把你介绍给他。这不是一举两得吗？他急于成家，自然不会很挑眼。"

女朋友不好意思搭腔，便换个题目问她说："你那位情人，近来有信吗？"

"常有信，他也快回来了。你说多快呀，他前年秋天才去底，今年便得博士了。"何小姐很得意地说。

"你真有眼，从前他与你同在大学念书底时候，他是多么奉承你呢。若他不是你底情人，我一定要爱上他。"

"那时候你为什么不爱他呢。若不是他出洋留学，我也没有爱他底可能。那时他多么穷呢，一件好衣服也舍不得穿，一顿饭也舍不得请人吃，同他做朋友面子上真是有点不好过。我对于他底爱情是这两

年来才发生底。"

"他倒是装成底一个穷孩子。但他有特别的聪明，样子也很漂亮，这会回来，自然是格外不同了。我最近才听见人说他祖上好几代都是读书人，不晓得他告诉你没有。"

何小姐听了，喜欢得眼眉直动，把烫钳放在酒精灯上，对着镜子调理她底两鬓。她说："他一向就没告诉过我他底家世。我问他，他也不说。这也是我从前不敢同他交朋友底一个原因。"

她底朋友用手捋捋她脑后底头发，向着镜里底何小姐说："听说他家里也很有钱，不过他喜欢装穷罢了。你当他真是一个穷鬼吗？"

"可不是，他当出国的时候，还说他底路费和学费都是别人底呢。"

"用他父母底钱也可以说是别人底。"她底朋友这样说。

"也许他故意这样说吧。"她越发高兴了。

黄小姐催她说："头发烫好了，你快下去吧。关于他底话还多着呢。回头我再慢慢地告诉你。教客厅里那个人等久了，不好意思。"

"你瞧，未曾相识先有情。多停一会儿就把人等死了！"她奚落着她底女朋友，便起身要到客厅去。走到房门口正与表哥辅仁撞个满怀。表妹问："你急什么？险些儿把人撞倒！"

"我今晚上要化装做交际明星，借了这套衣服，请妹妹先给我打扮起来，看看时样不时样。"

"你到妈屋里去，教丫头们给你打扮吧，我屋里有客，不方便。你打扮好就到那边给我去瞧瞧。瞧你净以为自己很美，净想扮女人。"

"这年头扮女人到外洋也是博士待遇，为什么扮不得？"

"怕底是你扮女人，会受'游街示众'底待遇咧。"

她到客厅，便说："吴博士，久候了，对不起。"

"没有什么。今晚上你一定能赏脸吧。"

"岂敢。我一定奉陪。您瞧我都打扮好了。"

主客坐了，叙了些闲话。何小姐才说她有一位表哥甄辅仁现在没有事情，好歹在教育界给他安置一个地位。在何小姐方面，本不晓得她表哥在外洋到底进了学校没有。她只知道他是借着当随员底名义出国底。她以为一留洋回来，假如倒霉也可以当一个大学教授，吴先生在教育界很认识些可以为力底人，所以非请求他不可。在吴先生方面，本知道这位甄博士底来历，不过不知道他就是何小姐底表兄。这一来，他也不好推辞，因为他也有求于她。何小姐知道他有几分爱她，也不好明明地拒绝，当他说出情话底时候，只是笑而不答。她用别的话来支开。

她问吴博士说："在美国得博士不容易吧？"

"极难啦。一篇论文那么厚。"他比仿着，接下去说："还要考英、俄、德、法几国文字，好些老教授围着你，好像审犯人一样。稍微差了一点，就通不过。"

何小姐心里暗喜，喜底是她底情人在美国用很短的时间，能够考上那么难的博士。

她又问："您写底论文是什么题目？"

"凡是博士论文都是很高深很专门的。太普通和太浅近的，不说写，把题目一提出来，就通不过。近年来关于中国文化底论文很时兴，西方人厌弃他们底文化，想得些中国文化去调和调和。我写底是一篇《麻雀牌与中国文化》。这题目重要极了。我要把麻雀牌在中国文化和世界文化的地位介绍出来。我从中国经书里引出很多的证明，如《诗经》里'谁谓雀无角，何以穿我屋'底'雀'便是麻雀牌底'雀'。为什么呢？真的雀哪里会有角呢？一定是麻雀牌才有八只角呀。'穿我屋'表示当时麻雀很流行，几乎家家都穿到底意思。可见那时候底生活很丰裕，像现在的美国一样。这个铁证，无论那一个学者都不能推翻。又如'索子'本是'竹子'，宁波音读'竹'为'索'，也是我考证出来底。还有一个理论是麻雀牌底名字是从'一竹'得来底。做牌底人把'一竹'雕成一只鸟底样子，没有学问底人便叫它做'麻雀'，其实是一只凤，取'鸣凤在竹'底意思。这个理论与我刚才说底雀也不冲突，因为凤凰是贵族的，到了做那首诗底时代，已经民众化了，变为小家雀了。此外还有许多别人没曾考证过底理论，我都写

在论文里。您若喜欢念，我明天就送一本过来献献丑，请您指教指教。我写底可是英文。我为那论文花了一千多块美金。您看要在外国得个博士多难呀，又得花时间，又得花精神，又得花很多的金钱。"

何小姐听他说得天花乱坠，也不能评判他说底到底是对不对，只一味底称赞他有学问。她站起来，说："时候快到了，请你且等一等，我到屋里装饰一下就与你一同去。我还要介绍一位甜人给你。我想你一定会很喜欢她。"她说着便自出去了。吴博士心里直盼着要认识那人。

她回到自己屋里，见黄小姐张皇地从她底床边走近前来。

"你放什么在我床里啦？"何小姐问。

"没什么。"

"我不信。"何小姐一面说一面走近床边去翻她底枕头。她搜出一卷筒底邮件，指着黄小姐说："你还捣鬼！"

黄小姐笑说："这是刚才外头送进来底。所以把它藏在你底枕底，等你今晚上回来，可以得到意外底喜欢。我想那一定是你底甜心寄来底。"

"也许是他寄来底吧。"她说着，一面打开那卷子，原来是一张文凭。她非常地喜欢，对着她底朋友说："你瞧，他底博士文凭都寄来给我了！多么好看底一张文凭呀，羊皮做底咧！"

她们一同看着上面底文字和金印。她底朋友拿起空筒子在那里摩挲着，显出是好羡慕底样子。

何小姐说："那边那个人也是一个博士呀，你何必那么羡慕我底呢？"

她底朋友不好意思，低着头尽管看那空筒子。

黄小姐忽然说："你瞧，还有一封信呢！"她把信取出来，递给何小姐。

何小姐把信拆开，念着：

最亲爱底何小姐：

　　我底目的达到，你底目的也达到了。现在我把这一张博士文凭寄给你，我底论文是《油炸脍与烧饼底成分》。这题目本来不难，然而在这学校里前几年有一位中国学生写了一篇《北京松花底成分》也得着博士学位；所以外国博士到底是不难得。论文也不必选很艰难的问题。

　　我写这论文底原故都是为你，为得你底爱，现在你底爱教我在短期间得到，我底目的已达到了。你别想我是出洋念书，其实我是出洋争口气。我并不是没有本领，不出洋本来也可以，无奈迫于你底要求，若不出来，倒显得我没有本领，并且还要冒个"穷鬼"底名字。现在洋也出过了，博士也很容易地得到了，这口气也争了，我底生活也可以了结了。我不是不爱你，但我爱底是性情，你爱底是功名；我爱底是内心，你爱底是外形，对象不同，而爱则一。然而你要知道人类所以和别的动物不同底地方便是在恋爱底事情上，失恋固然可以教他自杀，得恋也可以教他自杀。禽兽会因失恋而自杀，却不会在承领得意的恋爱滋味底时候去自杀，所以和人类不同。

　　别了，这张文凭就是对于我底纪念品，请你收起来。无尽情意，笔不能宣，万祈原宥。

你所知底男子

　　"呀！他死了！"何小姐念完信，眼泪直流，她不晓得要怎办才好。

　　她底朋友拿起信来看，也不觉得伤心起来，但还勉强安慰她说："他不至于死底，这信里也没说他要自杀，不过发了一片牢骚而已。他是恐吓你底，不要紧，过几天，他一定再有信来。"

　　她还哭着，钟已经打了七下，便对她底朋友说："今晚上底跳舞会，我懒得去了。我教表哥介绍你给吴先生吧。你们三个人去得啦。"

　　她教人去请表少爷。表少爷却以为表妹要在客厅里看他所扮底时装，便摇摆着进来。

123

吴博士看见他打扮得很时髦，脸模很像何小姐。心里想这莫不是何小姐所要介绍底那一位。他不由得进前几步深深地鞠了一躬，问："这位是……?"

辅仁见表妹不在，也不好意思。但见他这样诚恳，不由得到客厅门口底长桌上取了一张名片进来递给他。

他接过去，一看是"前清监生，民国特科俊士，美国鸟约克柯蓝卑阿大学特赠博士，前北京政府特派调查欧美实业专使随员，甄辅仁"。

"久仰，久仰。"

"对不住，我是要去赴化装跳舞会底，所以扮出这个怪样来，取笑，取笑。"

"岂敢，岂敢。美得很。"

（选自《解放者》，星云堂书店 1933 年 4 月版）

街头巷尾之伦理

在这城市里，鸡声早已断绝，破晓的声音，有时是骆驼底铃铛，有时是大车底轮子。那一早晨，胡同里还没有多少行人，道上底灰土蒙着一层青霜，骡车过处，便印上蹄痕和轮迹。那车上满载着块煤，若不是加上车夫底鞭子，合着小驴和大骡底力量，也不容易拉得动。有人说，做牲口也别做北方底牲口，一年有大半年吃的是干草，没有歇的时候，有一千斤的力量，主人最少总要它拉够一千五百斤，稍一停顿，便连鞭带骂。这城底人对于牲口好像还没有想到有什么道德的关系，没有待遇牲口的法律，也没有保护牲口的会社。骡子正在一步一步使劲拉那重载的煤车，不提防踩了一蹄柿子皮，把它滑倒，车夫不问情由挥起长鞭，没头没脸地乱鞭，嘴里不断地骂它底娘，它底姊妹。在这一点上，车夫和他底牲口好像又有了人伦的关系，骡子喘了一会气，也没告饶，挣扎起来，前头那匹小驴帮着它，把那车慢慢地拉出胡同口去。

在南口那边站着一个巡警。他看是个"街知事"，然而除掉捐项，指挥汽车，和跟洋车夫捣麻烦以外，一概的事情都不知。市政府办了乞丐收容所，可是那位巡警看见叫花子也没请他到所里去住。那一头来了一个瞎子，一手扶着小木杆，一手提着破柳罐。他一步一步踱到巡警跟前，后面一辆汽车远远地响着喇叭，吓得他急要躲避，不凑巧撞在巡警身上。

巡警骂他说："你这东西又脏又瞎，汽车快来了，还不快往胡同里躲！"幸而他没把手里那根"尚方警棍"加在瞎子头上，只挥着棍子叫汽车开过去。

瞎子进了胡同口，沿着墙边慢慢地走。那边来了一群狗，大概是追母狗的。它们一面吠，一面咬，冲到瞎子这边来。他底拐棍在无意中碰着一只张牙咧嘴的公狗，被它在腿上咬了一口。他摩摩大腿，低声骂了一句，又往前走。

"你这小子，可教我找着了。"从胡同底那边迎面来了一个人，远远地向着瞎子这样说。

那人底身材虽不很魁梧，可也比得胡同口"街知事"。据说他也是个老太爷身份，在家里刨掉灶王爷，就数他大，因为他有很多下辈供养他。他住在鬼门关附近，有几个子侄，还有儿媳妇和孙子。有一个儿子专在人马杂沓的地方做扒手。有一个儿子专在娱乐场或戏院外头假装寻亲不遇，求帮于人。一个儿媳妇带着孙子在街上捡煤渣，有时也会利用孩子偷街上小摊底东西。这瞎子，他底侄儿，却用"可怜我瞎子……"这套话来生利。他们照例都得把所得的财物奉给这位家长受用；若有怠慢，他便要和别人一样，拿出一条伦常底大道理来谴责他们。

瞎子已经两天没回家了。他蓦然听见叔叔骂他的声音，早已吓得魂不附体。叔叔走过来，拉着他底胳臂，说："你这小子，往哪里跑？"瞎子还没回答，他顺手便给他一拳。

瞎子"哟"了一声，哀求他叔叔说："叔叔别打，我昨天一天还没吃的，要不着，不敢回家。"

叔叔也用了骂别人底妈妈和姊妹的话来骂他底侄子。他一面骂，一面打，把瞎子推倒，拳脚交加。瞎子正坐在方才教骡子滑倒的那几个烂柿子皮的地方。破柳罐也摔了，掉出几个铜元，和一块干面包头。

叔叔说："你还撒谎？这不是铜子？这不是馒头？你有剩下的，还说昨天一天没吃，真是该揍的东西。"他骂着，又连踢带打了一会。

瞎子想是个忠厚人，也不会抵抗，只会求饶。

路东五号底门开了。一个中年的女人拿着药罐子到街心，把药渣子倒了。她想着叫往来的人把吃那药的人底病带走，好像只要她底病人好了，叫别人病了千万个也不要紧。她提着药罐，站在街门口看那人打他底瞎眼侄儿。

路西八号底门也开了。一个十三四岁的黄脸丫头，提着脏水桶，望街上便泼。她泼完，也站在大门口瞧热闹。

路东九号出来几个人，路西七号也出来几个人，不一会，满胡同两边都站着瞧热闹的人们。大概同情心不是先天的本能，若不然，他们当中怎么没有一个人走来把那人劝开？难道看那瞎子在地上呻吟，无力抵抗，和那叔叔凶神恶煞的样子，够不上动他们底恻隐之心么？

瞎子嚷着救命，至终没人上前去救他。叔叔见有许多人在两旁看他教训着坏子弟，便乘机演说几句。这是一个演说时代，所以"诸色人等"都能演说。叔叔把他底侄儿怎样不孝顺，得到钱自己花，有好东西自己吃的罪状都布露出来。他好像理会众人以他所做的为合理，便又将侄儿恶打一顿。

瞎子底枯眼是没有泪流出来的，只能从他底号声理会他底痛楚。他一面告饶，一面伸手去摸他底拐棍。叔叔快把拐棍从地上捡起来，就用来打他。棍落在地底背上发出一种霍霍的声音，显得他全身都是骨头。叔叔说："好，你想逃？你逃到哪里去？"说完，又使劲地打。

街坊也发议论了。有些说该打，有些说该死，有些说可怜，有些说可恶。可是谁也不愿意管闲事，更不愿意管别人底家事，所以只静静地站在一边，像"观礼"一样。

叔叔打够了，把地下两个大铜子捡起来，问他："你这些子儿都是从哪里来的？还不说！"

瞎子那些铜子是刚在大街上要来的，但也不敢申辩，由着他叔叔拿走。

胡同口底大街上，忽然过了一大队军警。听说早晨司令部要枪毙匪犯。胡同里方才站着瞧热闹的人们，因此也冲到热闹的胡同去。他们看见大车上绑着的人。那人高声演说，说他是真好汉，不怕打，不怕杀，更不怕那班临阵扔枪的丘八。围观的人，也像开国民大会一样，有喝彩的，也有拍手的。那人越发高兴，唱几句《失街亭》，说东道西，一任骡子慢慢地拉着他走。车过去了，还有很多人跟着，为的是

要听些新鲜的事情。文明程度越低的社会，对于游街示众、法场处死、家小拌嘴、怨敌打架等事情，都很感得兴趣，总要在旁助威，像文明程度高的人们在戏院、讲堂、体育场里助威和喝彩一样。说"文明程度低"一定有人反对，不如说"古风淳厚"较为堂皇些。

胡同里底人，都到大街上看热闹去了。这里，瞎子从地下爬起来，全身都是伤痕。巡警走来说他一声"活该"！

他没说什么。

那边来了一个女人，戴着深蓝眼镜，穿着淡红旗袍，头发烫得像石狮子一样。从跟随在她后面那位抱着孩子的灰色衣帽人看来，知道她是个军人底眷属。抱小孩的大兵，在地下捡了一个大子。那原是方才从破柳罐里摔出来的。他看见瞎子坐在道边呻吟，就把捡得的铜子扔给他。

"您积德修好哟！我给您磕头啦！"是瞎子谢他的话。

他在这一个大子的恩惠以外，还把道上底一大块面包头踢到瞎子跟前，说："这地上有你吃的东西。"他头也不回，洋洋地随着他底女司令走了。

瞎子在那里摩着块干面包，正拿在手里，方才咬他的那只饿狗来到，又把它抢走了。

"街知事"站在他底岗位，望着他说："瞧，活该！"

（选自《危巢坠简》，商务印书馆 1947 年 4 月版）

春 桃

这年底夏天分外地热。街上底灯虽然亮了，胡同口那卖酸梅汤的还像唱梨花鼓的姑娘耍着他的铜碗。一个背着一大篓字纸的妇人从他面前走过，在破草帽底下虽看不清她底脸，当她与卖酸梅汤的打招呼时，却可以理会她有满口雪白的牙齿。她背上担负得很重，甚至不能把腰挺直，只如骆驼一样，庄严地一步一步踱到自己门口。

进门是个小院，妇人住的是塌剩下的两间厢房。院子一大部分是瓦砾。在她底门前种着一棚黄瓜，几行玉米。窗下还有十几棵晚香玉。几根朽坏的梁木横在瓜棚底下，大概是她家最高贵的坐处。她一到门前，屋里出来一个男子，忙帮着她卸下背上底重负。

"媳妇，今儿回来晚了。"

妇人望着他，像很诧异他底话。"什么意思？你想媳妇想疯啦？别叫我媳妇，我说。"她一面走进屋里，把破草帽脱下，顺手挂在门后，从水缸边取了一个小竹筒向缸里一连舀了好几次，喝得换不过气来，张了一会嘴，到瓜棚底下把篓子拖到一边，便自坐在朽梁上。

那男子名叫刘向高。妇人底年纪也和他差不多，在三十左右，娘家也姓刘。除掉向高以外，没人知道她底名字叫作春桃。街坊叫她做捡烂纸的刘大姑，因为她底职业是整天在街头巷尾垃圾堆里讨生活，有时沿途嚷着"烂字纸换取灯儿"。一天到晚在烈日冷风里吃尘土，可是生来爱干净，无论冬夏，每天回家，她总得净身洗脸。替她预备水的照例是向高。

向高是个乡间高小毕业生，四年前，乡里闹兵灾，全家逃散了，在道上遇见同是逃难的春桃，一同走了几百里，彼此又分开了。

　　她随着人到北京来，因为总布胡同里一个西洋妇人要雇一个没混过事的乡下姑娘当"阿妈"，她便被荐去上工。主妇见她长得清秀，很喜爱她。她见主人老是吃牛肉，在馒头上涂牛油，喝茶还要加牛奶，来去鼓着一阵膻味，闻不惯。有一天，主人叫她带孩子到三贝子花园去，她理会主人家底气味有点像从虎狼栏里发出来的，心里越发难过，不到两个月，便辞了工。到平常人家去，乡下人不惯当差，又挨不得骂，上工不久，又不干了。在穷途上，她自己选了这捡烂纸换取灯儿的职业，一天的生活，勉强可以维持下去。

　　向高与春桃分别后的历史倒很简单，他到涿州去，找不着亲人，有一两个世交，听他说是逃难来的，都不很愿意留他住下，不得已又流到北京来。由别人底介绍，他认识胡同口那卖酸梅汤的老吴，老吴借他现在住的破院子住，说明有人来赁，他得另找地方。他没事做，只帮着老吴算算账，卖卖货。他白住房子白做活，只赚两顿吃。春桃底捡纸生活渐次发达了，原住的地方，人家不许她堆货，她便沿着德胜门墙根来找住处。一敲门，正是认识的刘向高。她不用经过许多手续，便向老吴赁下这房子，也留向高住下，帮她底忙。这都是三年前的事了。他认得几个字，在春桃捡来和换来的字纸里，也会抽出些比较能卖钱的东西，如画片或某将军、某总长写的对联、信札之类。二人合作，事业更有进步。向高有时也教她认几个字，但没有什么功效，因为他自己认得的也不算多，解字就更难了。

　　他们同居这些年，生活状态，若不配说像鸳鸯，便说像一对小家雀罢。

　　言归正传。春桃进屋里，向高已提着一桶水在她后面跟着走。他用快活的声调说："媳妇，快洗罢，我等饿了。今晚咱们吃点好的，烙葱花饼，赞成不赞成？若赞成，我就买葱酱去。"

　　"媳妇、媳妇，别这样叫，成不成？"春桃不耐烦地说。

　　"你答应我一声，明儿到天桥给你买一顶好帽子去。你不说帽子该换了么？"向高再要求。

　　"我不爱听。"

他知道妇人有点不高兴了，便转口问："到底吃什么？说呀！"

"你爱吃什么，做什么给你吃。买去吧。"

向高买了几根葱和一碗麻酱回来，放在明间底桌上。春桃擦过澡出来，手里拿着一张红帖子。

"这又是哪一位王爷底龙凤帖！这次可别再给小市那老李了。托人拿到北京饭店去，可以多卖些钱。"

"那是咱们的。要不然，你就成了我底媳妇啦？教了你一两年的字，连自己底姓名都认不得！"

"谁认得这么些字？别媳妇媳妇的，我不爱听。这是谁写的？"

"我填的。早晨巡警来查户口，说这两天加紧戒严，哪家有多少人，都得照实报。老吴教我们把咱们写成两口子，省得麻烦。巡警也说写同居人，一男一女，不妥当。我便把上次没卖掉的那份空帖子填上了。我填的是辛未年咱们办喜事。"

"什么？辛未年？辛未年我哪儿认得你？你别捣乱啦。咱们没拜过天地，没喝过交杯酒，不算两口子。"

春桃有点不愿意，可还和平地说出来。她换了一条蓝布裤。上身是白的，脸上虽没脂粉，却呈露着天然的秀丽。若她肯嫁的话，按媒人底行情，说是二十三四的小寡妇，最少还可以值得一百八十的。

她笑着把那礼帖搓成一长条，说："别捣乱！什么龙凤帖？烙饼吃了罢。"她掀起炉盖把纸条放进火里，随即到桌边和面。

向高说："烧就烧罢，反正巡警已经记上咱们是两口子；若是官府查起来，我不会说龙凤帖在逃难时候丢掉的么？从今儿起，我可要叫你做媳妇了。老吴承认，巡警也承认，你不愿意，我也要叫。媳妇哎！媳妇哎！明天给你买帽子去，戒指我打不起。"

"你再这样叫，我可要恼了。"

"看来，你还想着那李茂。"向高底神气没像方才那么高兴。他自己说着，也不一定要春桃听见，但她已听见了。

"我想他？一夜夫妻，分散了四五年没信，可不是白想？"春桃这样说。她曾对向高说过她出阁那天底情形。花轿进了门，客人还没坐

席，前头两个村子来人说，大队兵已经到了，四处拉人挖战壕，吓得大家都逃了，新夫妇也赶紧收拾东西，随着大众望西逃。同走了一天一宿。第二宿，前面连嚷几声"胡子来了，快躲罢"，那时大家只顾躲，谁也顾不了谁。到天亮时，不见了十几个人，连她丈夫李茂也在里头。她继续方才的话说："我想他一定跟着胡子走了，也许早被人打死了。得啦，别提他啦。"

她把饼烙好了，端到桌上。向高向砂锅里舀了一碗黄瓜汤，大家没言语，吃了一顿。吃完，照例在瓜棚底下坐坐谈谈。一点点的星光在瓜叶当中闪着。凉风把萤火送到棚上，像星掉下来一般。晚香玉也渐次散出香气来，压住四围底臭味。

"好香的晚香玉！"向高摘了一朵，插在春桃底鬓上。

"别糟蹋我底晚香玉。晚上戴花，又不是窑姐儿。"她取下来，闻了一闻，便放在朽梁上头。

"怎么今儿回来晚啦？"向高问。

"吓！今儿做了一批好买卖！我下午正要回家，经过后门，瞧见清道夫推着一大车烂纸，问他从哪儿推来的，他说是从神武门甩出来的废纸。我见里面红的、黄的一大堆，便问他卖不卖。他说，你要，少算一点装去罢。你瞧！"她指着窗下那大篓，"我花了一块钱，买那一大篓！赔不赔，可不晓得，明儿检一检得啦。"

"宫里出来的东西没个错。我就怕学堂和洋行出来的东西，分量又重，气味又坏，值钱不值，一点也没准。"

"近年来，街上包东西都作兴用洋报纸。不晓得哪里来的那么些看洋报纸的人。捡起来真是分量又重，又卖不出多少钱。"

"念洋书的人越多，谁都想看看洋报，将来好混混洋事。"

"他们混洋事，咱们捡洋字纸。"

"往后恐怕什么都要带上个洋字，拉车要拉洋车，赶驴要赶洋驴，也许还有洋骆驼要来。"向高把春桃逗得笑起来了。

"你先别说别人。若是给你有钱，你也想念洋书，娶个洋媳妇。"

"老天爷知道，我绝不会发财。发财也不会娶洋婆子。若是我有钱，回乡下买几亩田，咱们两个种去。"

春桃自从逃难以来，把丈夫丢了，听见乡下两字，总没有好感想。她说："你还想回去？恐怕田还没买，连钱带人都没有了。没饭吃，我也不回去。"

"我说回我们锦县乡下。"

"这年头，哪一个乡下都是一样，不闹兵，便闹贼；不闹贼，便闹日本，谁敢回去？还是在这里捡捡烂纸罢。咱们现在只缺一个帮忙的人。若是多个人在家替你归着东西，你白天便可以出去摆地摊，省得货过别人手里，卖漏了。"

"我还得学三年徒弟才成，卖漏了，不怨别人，只怨自己不够眼光。这几个月来我可学了不少。邮票，哪种值钱，哪种不值，也差不多会瞧了。大人物底信札手笔，卖得出钱，卖不出钱，也有一点把握了。前几天在那堆字纸里捡出一张康有为底字，你说今天我卖了多少？"他很高兴地伸出拇指和食指比仿着，"八毛钱！"

"说是呢！若是每天在烂纸堆里能捡出八毛钱就算顶不错，还用回乡下种田去？那不是自找罪受么？"春桃愉悦的声音就像春深的莺啼一样。她接着说，"今天这堆准保有好的给你捡。听说明天还有好些，那人教我一早到后门等他。这两天宫里底东西都赶着装箱，往南方运，库里许多烂纸都不要。我瞧见东华门外也有许多，一口袋一口袋陆续地扔出来。明儿你也打听去。"

说了许多话，不觉二更打过。她伸伸懒腰站起来说："今天累了，歇吧！"

向高跟着她进屋里。窗户下横着土炕，够两三人睡的。在微细的灯光底下，隐约看见墙上一边贴着八仙打麻雀的谐画，一边是烟公司"还是他好"的广告画。春桃底模样，若脱去破帽子，不用说到瑞蚨祥或别的上海成衣店，只到天桥搜罗一身落伍的旗袍穿上，坐在任何草地，也与"还是他好"里那摩登女差不上下。因此，向高常对春桃说贴的是她底小照。

她上了炕，把衣服脱光了，顺手揪一张被单盖着，躺在一边。向

高照例是给她按按背，捶捶腿。她每天的疲劳就是这样含着一点微笑，在小油灯底闪烁中，渐次得着苏息。在半睡的状态中，她喃喃地说："向哥，你也睡罢，别开夜工了，明天还要早起咧。"

妇人渐次发出一点微细的鼾声，向高便把灯灭了。

一破晓，男女二人又像打食的老鸹，急飞出巢，各自办各底事情去。

刚放过午炮，什刹海底锣鼓已闹得喧天。春桃从后门出来，背着纸篓，向西不压桥这边来。在那临时市场底路口，忽然听见路边有人叫她："春桃，春桃！"

她底小名，就是向高一年之中也罕得这样叫唤她一声。自离开乡下以后，四五年来没人这样叫过她。

"春桃，春桃，你不认得我啦？"

她不由得回头一瞧，只见路边坐着一个叫花子。那乞怜的声音从他满长了胡子的嘴发出来。他站不起来。因为他两条腿已经折了。身上穿的一件灰色的破军衣，白铁纽扣都生了锈，肩膀从肩章底破缝露出，不伦不类的军帽斜戴在头上，帽章早已不见了。

春桃望着他一声也不响。

"春桃，我是李茂呀！"

她进前两步，那人底眼泪已带着灰土透入蓬乱的胡子里。她心跳得慌，半晌说不出话来，至终说："茂哥，你在这里当叫化子啦？你两条腿怎么丢啦？"

"哎，说来话长。你从多咱起在这里呢？你卖的是什么？"

"卖什么！我捡烂纸咧。……咱们回家再说罢。"

她雇了一辆洋车，把李茂扶上去，把篓子也放在车上，自己在后面推着。一直来到德胜门墙根，车夫帮着她把李茂扶下来。进了胡同口，老吴敲着小铜碗，一面问："刘大姑，今儿早回家，买卖好呀？"

"来了乡亲啦。"她应酬了一句。

李茂像只小狗熊，两只手按在地上，帮助两条断腿爬着。她从口袋里拿出钥匙，开了门，引着男子进去。她把向高底衣服取一身出来，像向高每天所做的，到井边打了两桶水倒在小澡盆里教男人洗澡。洗过以后，又倒一盆水给他洗脸。然后扶他上炕坐，自己在明间也洗一回。

"春桃，你这屋里收拾得很干净，一个人住吗？"

"还有一个伙计。"春桃不迟疑地回答他。

"做起买卖来啦？"

"不告诉你就是捡烂纸么？"

"捡烂纸？一天捡得出多少钱？"

"先别盘问我，你先说你的罢。"

春桃把水泼掉，理着头发进屋里来，坐在李茂对面。

李茂开始说他底故事：

"春桃，唉，说不尽哟！我就说个大概罢。"

"自从那晚上教胡子绑去以后，因为不见了你，我恨他们，夺了他们一杆枪，打死他们两个人，拼命地逃。逃到沈阳，正巧边防军招兵，我便应了招。在营里三年，老打听家里底消息，人来都说咱们村里都变成砖瓦地了。咱们底地契也不晓得现在落在谁手里。咱们逃出来时，偏忘了带着地契。因此这几年也没告假回乡下瞧瞧。在营里告假，怕连几块钱的饷也告丢了。

"我安分当兵，指望月月关饷，至于运到升官，本不敢盼。也是我命里合该有事：去年年头，那团长忽然下一道命令，说，若团里底兵能瞄枪连中九次靶，每月要关双饷，还升差事。一团人没有一个中过四枪；中，还是不进红心。我可连发连中，不但中了九次红心，连剩下那一颗子弹，我也放了。我要显本领，背着脸，弯着腰，脑袋向地，枪从裤裆放过去，不偏不歪，正中红心。当时我心里多么快活呢。那团长教把我带上去。我心里想着总要听几句褒奖的话。不料那畜生翻了脸，愣说我是胡子，要枪毙我！他说若不是胡子，枪法决不会那么准。我底排长、队长都替我求情，担保我不是坏人，好容易不枪毙我了，可是把我底正兵革掉，连副兵也不许我当。他说，当军官的难免不得罪弟兄们，若是上前线督战，队里有个像我瞄得那么准，从后

面来一枪，虽然也算阵亡，可值不得死在仇人手里。大家没话说，只劝我离开军队，找别的营生去。

"我被革了不久，日本人便占了沈阳；听说那狗团长领着他底军队先投降去了。我听见这事，愤不过，想法子要去找那奴才。我加入义勇军，在海城附近打了几个月，一面打，一面退到关里。前个月在平谷东北边打，我去放哨，遇见敌人，伤了我两条腿。那时还能走，躲在一块大石底下，开枪打死他几个。我实在支持不住了，把枪扔掉，向田边底小道爬，等了一天、两天，还不见有红十字会或红卍字会底人来。伤口越肿越厉害，走不动又没吃的喝的，只躺在一边等死。后来可巧有一辆大车经过，赶车的把我扶了上去，送我到一个军医底帐幕。他们又不瞧，只把我扛上汽车，往后方医院送。已经伤了三天，大夫解开一瞧，说都烂了，非用锯不可。在院里住了一个多月，好是好了，就丢了两条腿。我想在此地举目无亲，乡下又回不去；就说回去得了，没有腿怎能种田？求医院收容我，给我一点事情做，大夫说医院管治不管留，也不管找事。此地又没有残废兵留养院，迫着我不得不出来讨饭，今天刚是第三天。这两天我常想着，若是这样下去，我可受不了，非上吊不可。"

春桃注神听他说，眼眶不晓得什么时候都湿了。她还是静默着。李茂用手抹抹额上底汗，也歇了一会。

"春桃，你这几年呢？这小小地方虽不如咱们乡下那么宽敞，看来你倒不十分苦。"

"谁不受苦？苦也得想法子活。在阎罗殿前，难道就瞧不见笑脸？这几年来，我就是干这捡烂纸换取灯的生活，还有一个姓刘的同我合伙。我们两人，可以说不分彼此，勉强能度过日子。"

"你和那姓刘的同住在这屋里？"

"是，我们同住在这炕上睡。"春桃一点也不迟疑，她好像早已有了成见。

"那么，你已经嫁给他？"

"不，同住就是。"

“那么，你现在还算是我底媳妇？”

“不，谁底媳妇，我都不是。”

李茂底夫权意识被激动了。他可想不出什么话来说。两眼注视着地上，当然他不是为看什么，只为有点不敢望着他底媳妇。至终他沉吟了一句：“这样，人家会笑话我是个活王八。”

“王八？”妇人听了他底话，有点翻脸，但她底态度仍是很和平。她接着说：“有钱有势的人才怕当王八。像你，谁认得？活不留名，死不留姓，王八不王八，有什么相干？现在，我是我自己，我做的事，决不会玷着你。”

“咱们到底还是两口子，常言道，一夜夫妻百日恩——”

“百日恩不百日恩我不知道。”春桃截住他底话，“算百日恩，也过了好十几个百日恩。四五年间，彼此不知下落；我想你也想不到会在这里遇见我。我一个人在这里，得活，得人帮忙。我们同住了这些年，要说恩爱，自然是对你薄得多。今天我领你回来，是因为我爹同你爹的交情，我们还是乡亲。你若认我做媳妇，我不认你，打起官司，也未必是你赢。”

李茂掏掏他底裤带，好像要拿什么东西出来，但他底手忽然停住，眼睛望望春桃，至终把手缩回去撑着席子。

李茂没话，春桃哭。日影在这当中也静静地移了三四分。

“好罢，春桃，你做主。你瞧我已经残废了，就使你愿意跟我，我也养不活你。”李茂到底说出这英明的话。

“我不能因为你残废就不要你，不过我也舍不得丢了他。大家住着，谁也别想谁是养活着谁，好不好？”春桃也说了她心里底话。

李茂底肚子发出很微细的咕噜咕噜声音。

“噢，说了大半天，我还没问你要吃什么！你一定很饿了。”

“随便罢，有什么吃什么。我昨天晚上到现在还没吃，只喝水。”

“我买去。”春桃正踏出房门，向高从院外很高兴地走进来，两人在瓜棚底下撞了个满怀。“高兴什么？今天怎样这早就回来？”

“今天做了一批好买卖！昨天你背回的那一篓，早晨我打开一看，

里头有一包是明朝高丽王上底表章，一份至少可卖五十块钱。现在我们手里有十份！方才散了几份给行里，看看主儿出得多少，再发这几份。里头还有两张盖上端明殿御宝的纸，行家说是宋家的，一给价就是六十块，我没敢卖，怕卖漏了，先带回来给你开开眼。你瞧……"他说时，一面把手里底旧蓝布包袱打开，拿出表章和旧纸来。"这是端明殿御宝。"他指着纸上底印纹。

"若没有这个印，我真看不出有什么好处，洋宣比它还白咧。怎么宫里管事的老爷们也和我一样不懂眼？"春桃虽然看了，却不晓得那纸底值钱处在哪里。

"懂眼？若是他们懂眼，咱们还能换一块几毛么？"向高把纸接过去，仍旧和表章包在包袱里。他笑着对春桃说："我说，媳妇……"

春桃看了他一眼，说："告诉你别管我叫媳妇。"

向高没理会她，直说："可巧你也早回家。买卖想是不错。"

"早晨又买了像昨天那样的一篓。"

"你不说还有许多么？"

"都教他们送到晓市卖到乡下包落花生去了！"

"不要紧，反正咱们今天开了光，头一次做上三十块钱的买卖。我说，咱们难得下午都在家，回头咱们上什刹海逛逛，消消暑去，好不好？"

他进屋里，把包袱放在桌上。春桃也跟进来。她说："不成，今天来了人了。"说着掀开帘子，点头招向高，"你进去。"

向高进去，她也跟着。"这是我原先的男人。"她对向高说过这话，又把他介绍给李茂说，"这是我现在的伙计。"

两个男子，四只眼睛对着，若是他们眼球底距离相等，他们底视线就会平行地接连着。彼此都没话，连窗台上歇的两只苍蝇也不作声。这样又教日影静静地移一二分。

"贵姓？"向高明知道，还得照例地问。

彼此谈开了。

"我去买一点吃的。"春桃又向着向高说，"我想你也还没吃罢？

烧饼成不成？"

"我吃过了。你在家，我买去罢。"

妇人把向高拖到炕上坐下，说："你在家陪客人谈话。"给了他一副笑脸，便自出去。

屋里现在剩下两个男人，在这样情况底下，若不能一见如故，便得打个你死我活。好在他们是前者的情形。但我们别想李茂是短了两条腿，不能打。我们得记住向高是拿过三五年笔杆的，用李茂底分量满可以把他压死。若是他有枪，更省事，一动指头，向高便得过奈何桥。

李茂告诉向高，春桃底父亲是个乡下财主，有一顷田。他自己底父亲就在他家做活和赶叫驴。因为他能瞄很准的枪，她父亲怕他当兵去，便把女儿许给他，为的是要他保护庄里底人们。这些话，是春桃没向他说过的。他又把方才春桃说的话再述一遍，渐次迫到他们二人切身的问题上头。

"你们夫妇团圆，我当然得走开。"向高在不愿意的情态底下说出这话。

"不，我已经离开她很久，现在并且残废了，养不活她，也是白搭。你们同住这些年，何必拆？我可以到残废院去。听说这里有，有人情便可进去。"

这给向高很大的诧异。他想，李茂虽然是个大兵，却料不到他有这样的侠气。他心里虽然愿意，嘴上还不得不让。这是礼仪底狡猾，念过书的人们都懂得。

"那可没有这样的道理。"向高说，"教我冒一个霸占人家妻子的罪名，我可不愿意。为你想，你也不愿意你妻子跟别人住。"

"我写一张休书给她，或写一张契给你，两样都成。"李茂微笑诚意地说。

"休？她没什么错，休不得。我不愿意丢她底脸。卖？我哪儿有钱买？我底钱都是她的。"

"我不要钱。"

"那么，你要什么？"

"我什么都不要。"

"那又何必写卖契呢？"

"因为口讲无凭，日后反悔，倒不好了。咱们先小人，后君子。"

说到这里，春桃买了烧饼回来。她见二人谈得很投机，心下十分快乐。

"近来我常想着得多找一个人来帮忙，可巧茂哥来了。他不能走动，正好在家管管事，捡捡纸。你当跑外卖货。我还是当捡货的。咱们三人开公司。"春桃另有主意。

李茂让也不让，拿着烧饼望嘴送，像从饿鬼世界出来的一样，他没工夫说话了。

"两个男子，一个女人，开公司？本钱是你的？"向高发出不需要的疑问。

"你不愿意吗？"妇人问。

"不，不，不，我没有什么意思。"向高心里有话，可说不出来。

"我能做什么？整天坐在家里，干得了什么事？"李茂也有点不敢赞成。他理会向高底意思。

"你们都不用着急，我有主意。"

向高听了，伸出舌头舔舔嘴唇，还吞了一口唾沫。李茂依然吃着，他底眼睛可在望春桃，等着听她底主意。

捡烂纸大概是女性中心底一种事业。她心中已经派定李茂在家把旧邮票和纸烟盒里底画片捡出来。那事情，只要有手有眼，便可以做。她合一合，若是天天有一百几十张卷烟画片可以从烂纸堆里捡出来，李茂每月的伙食便有了门。邮票好的和罕见的，每天能捡得两三个，也就不劣。外国烟卷在这城里，一天总销售一万包左右，纸包的百分之一给她捡回来，并不算难。至于向高还是让他捡名人书札，或比较可以多卖钱的东西。他不用说已经是个行家，不必再受指导。她自己干那吃力的工作，除去下大雨以外，在狂风烈日底下，是一样地出去捡货。尤其是在天气不好的时候，她更要工作，因为同业们有些就不出去。

她从窗户望望太阳，知道还没到两点，便出到明间，把破草帽仍旧戴上，探头进房里对向高说："我还得去打听宫里还有东西出来没有。你在家招呼他。晚上回来，我们再商量。"

向高留她不住，便由她走了。

好几天的光阴都在静默中度过。但二男一女同睡一铺炕上定然不很顺心。多夫制底社会到底不能够流行得很广。其中的一个缘故是一般人还不能摆脱原始的夫权和父权思想。由这个，造成了风俗习惯和道德观念。老实说，在社会里，依赖人和掠夺人的，才会遵守所谓风俗习惯；至于依自己底能力而生活的人们，心目中并不很看重这些。像春桃，她既不是夫人，也不是小姐；她不会到外交大楼去赴跳舞会，也没有机会在隆重的典礼上当主角。她底行为，没人批评，也没人过问；纵然有，也没有切肤之痛。监督她的只有巡警，但巡警是很容易对付的。两个男人呢，向高诚然念过一点书，含糊地了解些圣人底道理，除掉些少名分底观念以外，他也和春桃一样。但他底生活，从同居以后，完全靠着春桃。春桃底话，是从他耳朵进去的维他命，他得听，因为于他有利。春桃教他不要嫉妒，他连嫉妒底种子也都毁掉。李茂呢，春桃和向高能容他住一天便住一天，他们若肯认他做亲戚，他便满足了。当兵的人照例要丢一两个妻子。但他底困难也是名分上的。

向高底嫉妒虽然没有，可是在此以外的种种不安，常往来于这两个男子当中。

暑气仍没减少，春桃和向高不是到汤山或北戴河去的人物。他们日间仍然得出去谋生活。李茂在家，对于这行事业可算刚上了道，他已能分别哪一种是要送到万柳堂或天宁寺去做糙纸的，哪一样要留起来的，还得等向高回来鉴定。

春桃回家，照例还是向高侍候她。那时已经很晚了，她在明间里闻见蚊烟底气味，便向着坐在瓜棚底下的向高说："咱们多会点过蚊烟，不留神，不把房子点着了才怪咧。"

　　向高还没回答，李茂便说："那不是熏蚊子，是熏秽气，我央刘大哥点的。我打算在外面地下睡。屋里太热，三人睡，实在不舒服。"

　　"我说，桌上这张红帖子又是谁底？"春桃拿起来看。

　　"我们今天说好了，你归刘大哥。那是我立给他的契。"声音从屋里底炕上发出来。

　　"哦，你们商量着怎样处置我来！可是我不能由你们派。"她把红帖子拿进屋里，问李茂，"这是你底主意，还是他底？"

　　"是我们俩底主意。要不然，我难过，他也难过。"

　　"说来说去，还是那话。你们都别想着咱们是丈夫和媳妇，成不成？"

　　她把红帖子撕得粉碎，气有点粗。

　　"你把我卖多少钱？"

　　"写几十块钱做个彩头。白送媳妇给人，没出息。"

　　"卖媳妇，就有出息？"她出来对向高说，"你现在有钱，可以买媳妇了。若是给你阔一点……"

　　"别这样说，别这样说。"向高拦住她底话，"春桃，你不明白。这两天，同行底人们直笑话我。……"

　　"笑你什么？"

　　"笑我……"向高又说不出来。其实他没有很大的成见，春桃要怎办，十回有九回是遵从的。他自己也不明白这是什么力量。在她背后，他想着这样该做，那样得照他底意思办；可是一见了她，就像见了西太后似的，样样都要听她底懿旨。

　　"噢，你到底是念过两天书，怕人骂，怕人笑话。"

　　自古以来，真正统治民众的并不是圣人底教训，好像只是打人的鞭子和骂人的舌头。风俗习惯是靠着打骂维持的。但在春桃心里，像已持着"人打还打，人骂还骂"的态度。她不是个弱者，不打骂人，也不受人打骂。我们听她教训向高的话，便可以知道。

　　"若是人笑话你，你不会揍他？你露什么怯？咱们底事，谁也管不了。"

向高没话。

"以后不要再提这事罢。咱们三人就这样活下去，不好吗？"

一屋里都静了。吃过晚饭，向高和春桃仍是坐在瓜棚底下，只不像往日那么爱说话。连买卖经也不念了。

李茂叫春桃到屋里，劝她归给向高。他说男人底心，她不知道，谁也不愿意当王八；占人妻子，也不是好名誉。他从腰间拿出一张已经变成暗褐色的红纸帖，交给春桃，说："这是咱们底龙凤帖。那晚上逃出来的时候，我从神龛上取下来，揣在怀里。现在你可以拿去，就算咱们不是两口子。"

春桃接过那红帖子，一言不发，只注视着炕上破席。她不由自主地坐下，挨近那残废的人，说："茂哥，我不能要这个，你收回去罢。我还是你底媳妇。一夜夫妻百日恩，我不做缺德的事。今天看你走不动，不能干大活，我就不要你，我还能算人吗？"

她把红帖也放在炕上。

李茂听了她底话，心里很受感动。他低声对春桃说："我瞧你怪喜欢他的，你还是跟他过日子好。等有点钱，可以打发我回乡下，或送我到残废院去。"

"不瞒你说，"春桃底声音低下去，"这几年我和他就同两口子一样活着，样样顺心，事事如意；要他走，也怪舍不得。不如叫他进来商量，瞧他有什么主意。"她向着窗户叫，"向哥，向哥！"可是一点回音也没有。出来一瞧，向哥已不在了。这是他第一次晚间出门。她愣一会，便向屋里说："我找他去。"

她料想向高不会到别的地方去。到胡同口，问问老吴。老吴说望大街那边去了。她到他常交易的地方去，都没找着。人很容易丢失，眼睛若见不到，就是渺渺茫茫无寻觅处。快到一点钟，她才懊丧地回家。

屋里底油灯已经灭了。

"你睡着啦？向哥回来没有？"她进屋里，掏出洋火，把灯点着，向炕上一望，只见李茂把自己挂在窗棂上，用的是他自己底裤带。她心里虽免不了存着女性底恐慌，但是还有胆量紧爬上去，把他解下来。

幸而时间不久，用不着惊动别人，轻轻地抚揉着他，他渐次苏醒回来。

杀自己底身来成就别人是侠士底精神。若是李茂底两条腿还存在，他也不必出这样的手段。两三天以来，他总觉得自己没多少希望，倒不如毁灭自己，教春桃好好地活着。春桃于他虽没有爱，却很有义。她用许多话安慰他，一直到天亮。他睡着了，春桃下炕，见地上一些纸灰，还剩下没烧完的红纸。她认得是李茂曾给她的那张龙凤帖，直望着出神。

那天她没出门，晚上还陪李茂坐在炕上。

"你哭什么？"春桃见李茂热泪滚滚地滴下来，便这样问他。

"我对不起你。我来干什么？"

"没人怨你来。"

"现在他走了，我又短了两条腿。……"

"你别这样想。我想他会回来。"

"我盼望他会回来。"

又是一天过去了。春桃起来，到瓜棚摘了两条黄瓜做菜，草草地烙了一张大饼，端到屋里，两个人同吃。

她仍旧把破帽戴着，背上篓子。

"你今天不大高兴，别出去啦！"李茂隔着窗户对她说。

"坐在家里更闷得慌。"

她慢慢地踱出门。做活是她底天性，虽在沉闷的心境中，她也要干。中国女人好像只理会生活，而不理会爱情，生活底发展是她所注意的，爱情底发展只在盲闷的心境中沸动而已。自然，爱只是感觉，而生活是实质的，整天躺在锦帐里或坐在幽林中讲爱经，也是从皇后船或总统船运来的知识。春桃既不是弄潮儿底姊妹，也不是碧眼胡底学生，她不懂得，只会莫名其妙地纳闷。

一条胡同过了又是一条胡同。无量的尘土，无尽的道路，涌着这沉闷的妇人。她有时嚷"烂纸换洋取灯儿"，有时连路边一堆不用换的旧报纸，她都不捡。有时该给人两盒取灯，她却给了五盒。胡乱地过了一天，她便随着天上那班只会嚷嚷和抢吃的黑衣党慢慢地踱回家。仰头看见新贴上的户口照，写的户主是刘向高妻刘氏，使她心里更闷得厉害。

刚踏进院子，向高从屋里赶出来。

她瞪着眼，只说："你回来……"其余的话用眼泪连续下去。

"我不能离开你，我底事情都是你成全的。我知道你要我帮忙。我不能无情无义。"其实他这两天在道上漫散地走，不晓得要往哪里去。走路的时候，直像脚上扣着一条很重的铁镣，那一面是扣在春桃手上一样。加以到处都遇见"还是他好"的广告，心情更受着不断的搅动，甚至饿了他也不知道。

"我已经同向哥说好了。他是户主，我是同居。"

向高照旧帮她卸下篓子，一面替她抹掉脸上底眼泪。他说："若是回到乡下，他是户主，我是同居。你是咱们底媳妇。"

她没有作声，直进屋里，脱下衣帽，行她每日的洗礼。

买卖经又开始在瓜棚底下念开了。他们商量把宫里那批字纸卖掉以后，向高便可以在市场里摆一个小摊，或者可以搬到一间大一点点的房子去住。

屋里，豆大的灯火，教从瓜棚飞进去的一只油葫芦扑灭了。李茂早已睡熟，因为银河已经低了。

"咱们也睡罢。"妇人说。

"你先躺去，一会我给你捶腿。"

"不用啦，今天我没走多少路。明儿早起，记得做那批买卖去，咱们有好几天不开张了。"

"方才我忘了拿给你。今天回家，见你还没回来，我特意到天桥去给你带一顶八成新的帽子回来。你瞧瞧！"他在暗里摸着那帽子，要递给她。

"现在哪里瞧得见！明天我戴上就是。"

院子都静了，只剩下晚香玉底香还在空气中游荡。屋里微微地可以听见"媳妇"和"我不爱听，我不是你底媳妇"等对答。

（原载 1934 年 7 月《文学》3 卷 1 号）

无忧花

　　加多怜新近从南方回来，因为她父亲刚去世，遗下很多财产给她几位兄妹。她分得几万元现款和一所房子。那房子很宽，是她小时跟着父亲居住过底。很多可记念的交际会，都在那里举行过，所以她宁愿少得五万元，也要向她哥哥换那房子。她底丈夫朴君，在南方一个县里底教育机关当一份小差事，所得薪俸虽不很够用，幸赖祖宗给他留下一点产业，还可以勉强度过日子。

　　自从加多怜沾着新法律底利益，得了父亲这笔遗产，她便嫌朴君所住底地方闭塞简陋，没有公园、戏院，没有舞场，也没有够得上与她交游底人物。在穷乡僻壤里，她在外洋十年间所学底种种自然没有施展底地方。她所受底教育使她要求都市底物质生活，喜欢外国器用，羡慕西洋人底性情。她底名字原来叫作黄家兰，但是偏要译成英国音义，叫加多怜伊罗。由此可知她底崇拜西方底程度。这次决心离开她丈夫，为底要恢复她底都市生活。她把那旧房子修改成中西混合的形式，想等到布置停当才为朴君在本城运动一官半职，希望能够在这里长住下去。

　　她住底正房已经布置好了。现在正计划着一个游泳池，要将西花园那五间祖祠来改造。两间暗间改作更衣室，把神龛挪进来，改作放首饰、衣服和其他细软底柜子。三间明间改作池子。瓦匠已经把所有的神主都取出来放在一边。还有许多人在那里，搬神龛底搬神龛，起砖底起砖，掘土底掘土，已经工作了好些时，她才来看看。她走到房门口，便大声嚷："李妈，来把这些神主拿走。"

　　李妈是个三十岁左右底少妇，长得还不丑，是她父亲用过底人。

146

她问加多怜要把那些神主搬到哪里去。加多怜说:"爱搬哪儿搬哪儿。现在不兴拜祖先了,那是迷信。你拿到厨房当劈柴烧了罢。"她说:"这可造孽,从来就没有人烧过神主,您还是挑一间空屋子把它们搁起来罢。或者送到大少爷那里也比烧了强。"加多怜说:"大爷也不一定要它们。他若是要,早就该搬走。反正我是不要它们了,你要送到大少爷那里就送去。若是他也不要,就随你怎样处置,烧了也成,埋了也成,卖了也成。那上头底金,还可以值几十块,你要是把它们卖了,换几件好衣服穿穿,不更好吗?"她答应着,便把十几座神主放在篮里端出去了。

加多怜把话吩咐明白,随即回到自己底正房。房间也是中西混合型。正中一间陈设底东西更是复杂,简直和博物院一样。在这边安排着几件魏、齐造像,那边又是意、法底裸体雕刻。壁上挂底,一方面是香光、石庵底字画,一方面又是什么表现派后期印象派底油彩。一边挂着先人留下来底铁笛玉笙,一边却放着皮安奥与梵欧林。这就是她底客厅。客厅底东西厢房,一边是她底卧房和装饰室,一边是客房,所有的设备都是现代化的。她从客厅到装饰室,便躺在一张软床上,看看手表已过五点,就按按电铃,顺手点着一支纸烟。一会,陈妈进来。她说:"今晚有舞局,你把我那新做的舞衣拿出来,再打电话叫裁缝立刻把那套蝉纱衣服给送来。回头来伺候洗澡。"陈妈一一答应着,便即出去。

她洗完澡出来,坐在装台前,涂脂抹粉,足够半点钟工夫。陈妈等她装饰好了,便把衣服披在她身上。她问:"我这套衣服漂亮不漂亮?"陈妈说:"这花了多少钱做的?"她说:"这双鞋合中国钱六百块,这套衣服是一千。"陈妈才显出很赞美的样子说:"那么贵,敢情漂亮啦!"加多怜笑她不会鉴赏,对她解释那双鞋和那套衣服会这么贵和怎样好看底原故,但她都不懂得。她反而说:"这件衣服就够我们穷人置一两顷地。"加多怜说:"地有什么用呢?反正有人管你吃底穿底用底就得啦。"陈妈说:"这两三年来,太太小姐们穿得越发讲究了,连那位黄老太太也穿得花花绿绿地。"加多怜说:"你们看得不顺

眼吗？这也不稀奇。你晓得现在娘们都可以跟爷们一样，在外头做买卖、做事和做官，如果打扮得不好，人家一看就讨嫌，什么事都做不成了。"她又笑着说："从前底女人，未嫁以前是一朵花，做了妈妈就成了一个大倭瓜。现在可不然，就是八十岁的老太太，也得打扮得像小姑娘一样才好。"陈妈知道她心里很高兴，不再说什么，给她披上一件外衣，便出去叫车夫伺候着。

加多怜在软床上坐着等候陈妈底回报，一面从小桌上取了一本洋文底美容杂志，有意无意地翻着。一会儿李妈进来说："真不凑巧，您刚要出门，邸先生又来了。他现时在门口等着，请进来不请呢？"加多怜说："请他这儿来罢。"李妈答应了一声，随即领着邸力里亚进来。邸力里亚是加多怜在纽约留学时所认识的西班牙朋友，现时在领事馆当差。自从加多怜回到这城以来，他几乎每个星期都要来好几次。他是一个很美丽底少年，两撇小胡映着那对像电光闪烁的眼睛。说话时那种浓烈的表情，乍一看见，几乎令人想着他是印度欲天或希拉伊罗斯底化身。他一进门，便直趋到加多怜面前，抚着她底肩膀说："达灵，你正要出门吗？我要同你出去吃晚饭，成不成？"加多怜说："对不住，今晚我得去赴林市长底宴舞会，谢谢你底好意。"她拉着邸先生底手，教他也在软椅上坐。又说："无论如何，你既然来了，谈一会再走罢。"他坐下，看见加多怜身边那本美容杂志，便说："你喜欢美国装还是法国装呢？看你底身材，若扮起西班牙装，一定很好看。不信，明天我带些我们国里底装饰月刊来给你看。"加多怜说："好极了。我知道我一定会很喜欢西班牙底装束。"

两个人坐在一起，谈了许久。陈妈推门进来，正要告诉林宅已经催请过，蓦然看见他们在椅子上搂着亲嘴。在半惊半诧异的意识中，她退出门外。加多怜把邸力里亚推开，叫："陈妈进来。有什么事？是不是林宅来催请呢？"陈妈说："催请过两次了。"那邸先生随即站起来，拉着她底手说："明天再见吧。不再耽误你底美好的时间了。"她叫陈妈领他出门，自己到装台前再匀匀粉，整理整理头面。一会陈妈进来说车已预备好，衣箱也放在车里了。加多怜对她说："你们以后该学学洋规矩才成，无论到哪个房间，在开门以前，必得敲敲门，教进来才进来。方才邸先生正和我行着洋礼，你闯进来，本来没多大关系，为什么又要缩回去？好在邸先生知道中国风俗，不见怪，不然，可就得罪客人了。"陈妈心里才明白外国风俗，亲嘴是一种礼节，她一连回答了几声"唔，唔"，随即到下房去。

加多怜来到林宅，五六十位客人已经到齐了。市长和他底夫人走到跟前同她握手。她说："对不住，来迟了。"市长连说："不迟不迟，来得正是时候。"他们与她应酬几句，又去同别的客人周旋。席间也有很多她所认识底朋友，所以和她谈笑自如，很不寂寞。席散后，麻雀党员，扑克党员，白面党员等等，各从其类，各自消遣。但大部分的男女宾都到舞厅去。她底舞艺本是冠绝一城的，所以在场上底独舞与合舞，都博得宾众底赞赏。

已经舞过很多次了。这回是市长和加多怜配舞。在进行时，市长极力赞美她身材底苗条和技术底纯熟。她越发播弄种种妩媚的姿态，把那市长底心绪搅得纷乱。这次完毕，接着又是她底独舞。市长目送着她进更衣室，静悄悄地等着她出来。众宾又舞过一回，不一会，灯光全都熄了，她底步伐随着乐音慢慢地踏出场中。她头上底纱巾和身上底纱衣，满都是萤火所发底光，身体底全部在磷光闪烁中断续地透露出来。头面四周更是明亮，直如圆光一样。这动物质底衣裳比起其余的舞衣，直像寒冰狱里底鬼皮与天宫底霓裳底相差。舞罢，市长问她这件舞衣底做法。她说用萤火缝在薄纱里，在黑暗中不用反射灯能够自己放出光来。市长赞她聪明，说会场中一定有许多人不知道，也许有人会想着天衣也不过如此。

她更衣以后，同市长到小客厅去休息。在谈话间，市长便问她说："听说您不想回南了，是不是？"她回答说："不错，我有这样打算，不过我得替外子在这里找一点事做才成。不然，他必不让我一个人在这里住着。如果他不能找着事情，我就想自己去考考文官，希望能考取了，派到这里来。"市长笑着说："像您这样漂亮，还用考什么文官武官呢！您只告诉我您愿意做什么官，我明儿就下委札。"她说："不

好吧，我不知道我能做什么官。您若肯提拔，就请派外子一点小差事，那就感激不尽了。"市长说："您底先生我没见过，不便造次。依我看来，您自己做做官，岂不更抖吗？官有什么叫作会做不会做？您若肯做就能做。回头我到公事房看看有什么缺，马上就把您补上好啦。若是目前没有缺，我就给您一个秘书底名义。"她摇头，笑着说："当秘书，可不敢奉命。女底当人家底秘书，都要给人说闲话底。"市长说："那倒没有关系，不过有点屈才而已。当然我得把比较重要的事情来叨劳。"

舞会到夜阑才散。加多怜得着市长应许给官做，回家以后，还在卧房里独自跳跃着。

从前老辈们每笑后生小子所学非所用，到近年来，学也可以不必，简直就是不学有所用。市长在舞会所许加多怜底事已经实现了。她已做了好几个月底特税局帮办，每月除到局支几百元薪水以外，其余的时间都是她自己的。督办是市长自己兼。实际办事底是局里底主任先生们。她也安置了李妈底丈夫李富在局里，为底是有事可以关照一下。每日里她只往来于饭店舞场和显官豪绅底家庭间，无忧无虑地过着太平日子。平常她起床底时间总在中午左右，午饭总要到下午三四点，饭后便出门应酬，到上午三四点才回家。若是与邸力里亚有约会或朋友们来家里玩，她就不出门，起得也早一点。

在东北事件发生后一个月底一天早晨，李妈在厨房为她底主人预备床头点心。陈妈把客厅归着好，也到厨房来找东西吃。她见李妈在那里忙着，便问："现在才七点多，太太就醒啦？"李妈说："快了罢，今天中午有饭局，十二点得出门。不是不许叫'太太'吗？你真没记性！"陈妈说："是呀，太太做了官，当然不能再叫'太太'了。可是叫她'老爷'，也不合适，回头老爷来到，又该怎样呢？一定得叫'内老爷'、'外老爷'才能够分别出来。"李妈说："那也不对，她不是说管她叫'先生'或是帮办么？"陈妈在灶头拿起一块烤面包抹抹果酱就坐在一边吃。她接着说："不错，可是昨天你们李富从局里来，问'先生在家不在'，我一时也拐不过弯来，后来他说太太，我才想起来。你说现在的新鲜事可乐不可乐?"李妈说:"这不算什么,还有更可乐的啦。"陈妈说:"可不是!那'行洋礼'底事。他们一天到晚就行着这洋礼。"她嘻笑了一阵,又说:"昨晚那邸先生闹到三点才走。送出院子,又是一回洋礼,还接着'达灵''达灵'叫了一阵。我说李姐,你想他们是怎么一回事?"李妈说:"谁知道?听说外国就是这样乱,不是两口子底男女搂在一起也没有关系。昨儿她还同邸先生一起在池子里洗澡咧。"陈妈说:"提起那池子来了。三天换一次水,水钱就是二百块,你说是不是,洗底是银子不是水?"李妈说:"反正有钱底人看钱就不当钱,又不用自己卖力气,衙门和银行里每月把钱交到手,爱怎花就怎花。象前几个月那套纱衣裳,在四郊收买了一千多只火虫,花了一百多。听说那套料子就是六百,工钱又是二百。第二天要我把那些火虫一只一只从小口袋里摘出来。光那条头纱就有五百多只,摘了一天还没摘完,真把我底胳臂累坏了。三天花二百块底水,也好过花八九百块做一件衣服穿一晚上就拆。这不但糟蹋钱并且造孽。你想,那一千多只火虫底命不是命吗?"陈妈说:"不用提那个啦。今天过午,等她出门,咱们也下池子去试一试,好不好?"李妈说:"你又来了,上次你偷穿她底衣服,险些闯出事来。现在你又忘了!我可不敢。那个神堂,不晓得还有没有神,若是有咱们光着身子下去,怕亵渎了受责罚。"陈妈说:"人家都不会出毛病,咱们还怕什么?"她站起来,顺手带了些吃底到自己屋里去了。

李妈把早点端到卧房,加多怜已经靠着床背,手拿一本杂志在那里翻着。她问李妈:"有信没信?"李妈答应了一声:"有。"随把盘子放在床上,问过要穿什么衣服以后便出去了。她从盘子里拿起信来,一封一封看过。其中有一封是朴君底,说他在年底要来。她看过以后,把信放下,并没显出喜悦的神气,皱着眉头,拿起面包来吃。

中午是市长请吃饭,座中只有宾主二人。饭后,市长领她到一间密室去。坐定后,市长便笑着说:"今天请您来,是为商量一件事情。您如同意,我便往下说。"加多怜说:"只要我底能力办得到,岂敢不与督办同意?"

市长说："我知道只要您愿意，就没有办不到底事。我给您说，现在局里存着一大宗缉获底私货和违禁品，价值在一百万以上。我觉得把它们都归了公，怪可惜的，不如想一个化公为私底方法，把它们弄一部分出来。若能到手，我留三十万，您留二十五万，局里底人员分二万，再提一万出来做参与这事底人们底应酬费。如果要这事办得没有痕迹，最好找一个外国人来认领。您不是认识一位领事馆底朋友吗？若是他肯帮忙，我们就在应酬费里提出四五千送他。您想这事可以办吗？"加多怜很踌躇，摇着头说："这宗款太大了，恐怕办得不妥，风声泄漏出去，您我都要担干系。"市长大笑说："您到底是个新官僚！赚几十万算什么？别人从飞机、军舰、军用汽车装运烟土白面，几千万、几百万就那么容易到手，从来也没曾听见有人质问过。我们赚一百几十万，岂不是小事吗？您请放心，有福大家享，有罪鄙人当。您待一会去找那位邸先生商量一下得啦。"她也没主意了，听市长所说，世间简直好像是没有不可做底事情。她站起来，笑着说："好吧，去试试看。"

加多怜来到邸力里亚这里，如此如彼地说了一遍。这邸先生对于她底要求从没拒绝过，但这次他要同她交换条件才肯办。他要求加多怜同他结婚，因为她在热爱底时候曾对他说过她与朴君离异了。加多怜说："时候还没到，我与他底关系还未完全脱离。此外，我还怕社会底批评。"他说："时候没到，时候没到，到什么时候才算呢？至于社会那有什么可怕底？社会很有力量，像一个勇士一样。可是这勇士是瞎的，只要你不走到他跟前，使他摩着你，他不看见你，也不会伤害你。我们离开中国就是了。我们有了这么些钱，随便到阿根廷住也好，到意大利住也好，就是到我底故乡巴悉罗那住也无不可。我们就这样办吧。我知道你一定要喜欢巴悉罗那底蔚蓝天空，那是没有一个地方能够比得上底。我们可以买一只游艇，天天在地中海遨游，再没有比这事快乐了。"

邸力里亚底话把加多怜说得心动了。她想着和朴君离婚倒是不难，不过这几个月底官做得实在有瘾，若是嫁给外国人，国籍便发生问题，以后能不能回来，更是一个疑问。她说："何必做夫妇呢？我们这样天天在一块玩，不比夫妇更强吗？一做了你底妻子，许多困难底问题都要发生出来。若是要到巴悉罗那去，等事情弄好了，就拿那笔款去花一两年也无妨。我也想到欧洲去玩玩。……"她正说着，小使进来说帮办宅里来电话，请帮办就回去，说老妈子洗澡，给水淹坏了。加多怜立刻起身告辞。邸先生说："我跟你去罢，也许用得着我。"于是二人坐上汽车飞驶到家。

加多怜和邸先生一直来到游泳池边，陈妈和李妈已经被捞起来，一个没死，一个还躺着。她们本要试试水里底滋味，走到跳板上，看见水并不很深，陈妈好玩，把李妈推下去，哪里知道跳板底弹性很强，同时又把她弹下去。李妈在水里翻了一个身，冲到池边，一手把绳揪着，可是左臂已擦伤了。陈妈浮起来两三次，一沉到底。李妈大声嚷救命，园里底花匠听见，才赶紧进来，把她们捞起来。邸先生给陈妈施行人工呼吸法，好容易把她救活了。加多怜叫邸先生把她们送到医院去。

邸力里亚从医院回来，加多怜继续与他谈那件事情，他至终应许去找一个外商来承认那宗私货，并且发出一封领事馆底证明书。她随即用电话通知督办。督办在电话里一连对她说了许多夸奖底话，其喜欢可知。

两三个月底国难期间，加多怜仍是无忧无虑能乐且乐地过她底生活。那笔大款她早已拿到手，那邸先生又催着她一同到巴悉罗那去。她到市长那里，偶然提起她要出洋底事，并且说明这是当时底一个条件。市长说："这事容易办，就请朴君代理您底事情，您要多咱回任都可以。"加多怜说："很好，外子过几天就可以到。我原先叫他过年二三月才来，但他说一定要在年底来。现在给他这差事，真是再好不过了。"

朴君到了，加多怜递给他一张委任状。她对丈夫说，政府派她到欧洲考查税务，急要动身，教他先代理帮办，等她回来再谋别的事情做。朴君是个老实人，太太怎么说，他就怎么答应，心里并且赞赏她

底本领。

过几天，加多怜要动身了。她和邸力里亚同行，朴君当然不晓得他们底关系，把他们送到上海候船，便赶快回来。刚一到家，陈妈底丈夫和李富都在那里等候着。陈妈底丈夫说他妻子自从出院以后，在家里病得不得劲，眼看不能再出来做事了，要求帮办赏一点医药费。李富因局里底人不肯分给他那笔款，教他问帮办要。这事迟延很久，加多怜也曾应许教那班人分些给他，但她没办妥就走了。朴君把原委问明，才知道他妻子自离开他以后底做官生活底大概情形。但她已走了，他既不便用书信去问她，又不愿意拿出钱来给他们。说了很久，不得要领，他们都怅怅地走了。

一星期后，特税局底大侵吞案被告发了。告发人便是李富和几个分不着款底局员。市长把事情都推在加多怜身上。把朴君请来，说了许多官话，又把上级机关底公文拿出来。朴君看得眼呆呆地，说不出半句话来。市长假装好意说："不要紧，我一定要办到不把阁下看管起来。这事情本不难办，外商来领那宗货物，也是有凭有据，最多也不过是办过失罪，只把尊寓交出来当作赔偿，变卖得多少便算多少，敷衍得过便算了事。我与尊夫人底交情很深，这事本可以不必推究，不过事情已经闹到上头，要不办也不成。我知道尊夫人一定也不在乎那所房子，她身边至少也有三十万呢。"

第二天，撤职查办底公文送到，警察也到了。朴君气得把那张委任状撕得粉碎。他底神气直像发狂，要到游泳池投水，幸而那里已有警察，把他看住了。

房子被没收底时候，正是加多怜同邸力里亚离开中国底那天。他在敌人底炮火底下，和平日一样，无忧无虑地来了吴淞口。邸先生望着岸上底大火，对加多怜说："这正是我们避乱底机会，我看这仗一时是打不完底，过几年，我们再回来吧！"

（选自《解放者》，星云堂书店 1933 年 4 月版）

154

危巢坠简

一　给少华

近来青年人新兴了一种崇拜英雄的习气，表现底方法是跋涉千百里去向他们献剑献旗。我觉得这种举动不但是孩子气，而且是毫无意义。我们底领袖镇日在戎马倥偬、羽檄纷沓里过生活，论理就不应当为献给他们一把废铁镀银的、中看不中用的剑，或一面铜线盘字的幡不像幡、旗不像旗的东西，来耽误他们宝贵的时间。一个青年国民固然要崇敬他底领袖，但也不必当他们是菩萨，非去朝山进香不可。表示他底诚敬的不是剑，也不是旗，乃是把他全副身心献给国家。要达到这个目的，必要先知道怎样崇敬自己。不会崇敬自己的，决不能真心崇拜他人。崇敬自己不是骄慢的表现，乃是觉得自己也有成为一个有为有用的人物的可能与希望，时时刻刻地、兢兢业业地鼓励自己，使他不会丢失掉这可能与希望。

在这里，有个青年团体最近又举代表去献剑，可是一到越南，交通已经断绝了。剑当然还存在他们底行囊里，而大众所捐的路费，据说已在异国的舞娘身上花完了。这样的青年，你说配去献什么？害中国的，就是这类不知自爱的人们哪。可怜，可怜！

二　给槭人

每日都听见你在说某某是民族英雄，某某也有资格做民族英雄，

好像这是一个官衔，凡曾与外人打过一两场仗，或有过一二分勋劳的都有资格受这个徽号。我想你对于"民族英雄"底观念是错误的。曾被人一度称为民族英雄的某某，现在在此地拥着做"英雄"的时期所榨取于民众和兵士的钱财，做了资本家，开了一间工厂，驱使着许多为他底享乐而流汗的工奴。曾自诩为民族英雄的某某，在此地吸鸦片，赌轮盘，玩舞女，和做种种堕落的勾当。此外，在你所推许的人物中间，还有许多是平时趾高气扬、临事一筹莫展的"民族英雄"。所以说，苍蝇也具有蜜蜂底模样，不仔细分辨不成。

魏冰叔先生说："以天地生民为心，而济以刚明通达沉深之才，方算得第一流人物。"凡是够得上做英雄的，必是第一流人物。试问亘古以来这第一流人物究竟有多少？我以为近几百年来差可配得被称为民族英雄的，只有郑成功一个人。他对刚明敏达四德具备，只惜沉深之才差一点。他底早死，或者是这个原因。其他人物最多只够得上被称为"烈士""伟人""名人"罢了。《文子》《微明篇》所列的二十五等人中，连上上等的神人还够不上做民族英雄，何况其余的？我希望你先把做成英雄的条件认识明白，然后分析民族对他的需要和他对于民族所成就的勋绩，才将这"民族英雄"底徽号赠给他。

三 复成仁

来信说在变乱的世界里，人是会变畜生的。这话我可以给你一个事实的证明。小汕在乡下种地的那个哥哥，在三个月前已经变了马啦。你听见这新闻也许会骂我荒唐，以为在科学昌明的时代还有这样的怪事。但我请你忍耐看下去就明白了。

岭东底沦陷区里，许多农民都缺乏粮食，是你所知道的。即如没沦陷的地带也一样地闹起米荒来。当局整天说办平粜，向南洋华侨捐款，说起来，米也有，钱也充足，而实际上还不能解决这严重的问题，不晓得真是运输不便呢，还是另有原由呢？一般率直的农民受饥饿底迫胁总是向阻力最小、资粮最易得的地方奔投。小汕底哥哥也带了充足的盘缠，随着大众去到韩江下游底一个沦陷口岸，在一家小旅馆投宿，房钱是一天一毛，便宜得非常。可是第二天早晨，他和同行的旅客都失了踪！旅馆主人一早就提了些包袱到当铺去。回店之后，他又把自己幽闭在账房里数什么军用票。店后面，一股一股的卤肉香喷放出来。原来那里开着一家卤味铺，卖的很香的卤肉、灌肠、熏鱼之类。肉是三毛一斤，说是从营盘批出来的老马，所以便宜得特别。这样便宜的食品不久就被吃过真正马肉的顾客发现了它底气味与肉里都有点不对路，大家才同调地怀疑说：大概是来路的马罢。可不是！小汕底哥哥也到了这类的马群里去了！变乱的世界，人真是会变畜生的。

这里，我不由得有更深的感想。那使同伴在物质上变牛变马，是由于不知爱人如己，虽然可恨可怜，还不如那使自己在精神上变猪变狗的人们。他们是不知爱己如人，是最可伤可悲的。如果这样的畜人比那些被食的人畜多，那还有什么希望呢？

(选自《危巢坠简》，商务印书馆 1947 年 4 月版)

铁鱼底鳃

那天下午警报底解除信号已经响过了。华南一个大城市底一条热闹马路上排满了两行人，都在肃立着，望着那预备保卫国土的壮丁队游行。他们队里，说来很奇怪，没有一个是扛枪的。戴的是平常的竹笠，穿的是灰色衣服，不像兵士，也不像农人。巡行自然是为耀武扬威给自家人看，其他有什么目的，就不得而知了。

大队过去之后，路边闪出一个老头，头发蓬松得像戴着一顶皮帽子，穿的虽然是西服，可是缝补得走了样了。他手里抱着一卷东西。匆忙地越过巷口，不提防撞到一个人。

"雷先生，这么忙！"

老头抬头，认得是他底一个不很熟悉的朋友。事实上雷先生并没有至交。这位朋友也是方才被游行队阻挠一会，赶着要回家去的。雷见他打招呼，不由得站住对他说："唔，原来是黄先生。黄先生一向少见了。你也是从避弹室出来的罢？他们演习抗战，我们这班没用的人，可跟着在演习逃难哪！"

"可不是！"黄笑着回答他。

两人不由得站住，谈了些闲话。直到黄问起他手里抱着的是什么东西，他才说："这是我底心血所在，说来话长，你如有兴致，可以请到舍下，我打开给你看看，看完还要请教。"

黄早知道他是一个最早被派到外国学制大炮的官学生，回国以后，国内没有铸炮的兵工厂，以致他一辈子坎坷不得意。英文、算学教员当过一阵，工厂也管理过好些年，最后在离那大城市不远的一个割让岛上底海军船坞做一份小小的职工，但也早已辞掉不干了。他知道这老人家底兴趣是在兵器学上，心里想看他手里所抱的，一定又是理想中的什么武器底图样了。他微笑向着雷，顺口地说："雷先生，我猜又是什么'死光镜''飞机箭'一类的利器图样罢？"他说着好像有点不相信，因为从来他所画的图样，献给军事当局，就没有一样被采用过。虽然说他太过理想或说他不成的人未必全对，他到底是没有成绩拿出来给人看过。

雷回答黄说："不是，不是，这个比那些都要紧。我想你是不会感到什么兴趣的。再见罢。"说着，一面就迈他底步。

黄倒被他底话引起兴趣来了。他跟着雷，一面说："有新发明，当然要先睹为快的。这里离舍下不远，不如先到舍下一谈罢。"

"不敢打搅，你只看这蓝图是没有趣味的。我已经做了一个小模型，请到舍下，我实验给你看。"

黄索性不再问到底是什么，就信步随着他走。二人默默地并肩而行，不一会已经到了家。老头子走得有点喘，让客人先进屋里去，自己随着把手里底纸卷放在桌上，坐在一边。黄是头一次到他家，看见四壁挂的蓝图，各色各样，说不清是什么。厅后面一张小小的工作桌子，锯、钳、螺丝旋一类的工具安排得很有条理。架上放着几只小木箱。

"这就是我最近想出来的一只潜艇底模型。"雷顺着黄先生底视线到架边把一个长度约有三尺的木箱拿下来，打开取出一条"铁鱼"来。他接着说："我已经想了好几年了。我这潜艇特点是在它像一条鱼，有能呼吸的鳃。"

他领黄到屋后底天井，那里有他用铅版自制的一个大盆，长约八尺，外面用木板护着，一看就知道是用三个大洋货箱改造的。盆里盛着四尺多深的水。他在没把铁鱼放进水里之前，把"鱼"底上盖揭开，将内部底机构给黄说明了。他说，他底"鱼"底空气供给法与现在所用的机构不同。他底铁鱼可以取得氧气，像真鱼在水里呼吸一般，所以在水里的时间可以很长，甚至几天不浮上水面都可以。说着他又把方才的蓝图打开，一张一张地指示出来。他说，他一听见警报，什

么都不拿，就拿着那卷蓝图出外去躲避。对于其他的长处，他又说："我这鱼有许多'游目'，无论沉下多么深，平常的折光探视镜所办不到的，只要放几个'游目'使它们浮在水面，靠着电流底传达，可以把水面与空中底情形投影到艇里底镜板上。浮在水面的'游目'体积很小，形状也可以随意改装，虽然低飞的飞机也不容易发现它们。还有它底鱼雷放射管是在艇外，放射的时候艇身不必移动，便可以求到任何方向，也没有像旧式潜艇在放射鱼雷时会发生可能的危险的情形。还有艇里底水手，个个有一个人造鳃，万一艇身失事，人人都可以迅速地从方便门逃出，浮到水面。"

他一面说，一面揭开模型上一个蜂房式的转盘门，说明水手可以怎样逃生。但黄已经有点不耐烦了。他说："你底专门话，请少说罢，说了我也不大懂，不如先把它放下水里试试，再讲道理，如何？"

"成，成。"雷回答着，一面把小发电机拨动，把上盖盖严密了，放在水里。果然沉下许久，放了一个小鱼雷再浮上来。他接着说："这个还不能解明铁鳃底工作。你到屋里，我再把一个模型给你看。"

他顺手把小潜艇托进来放在桌上，又领黄到架底另一边，从一个小木箱取出一副铁鳃底模型。那模型像一个人家养鱼的玻璃箱，中间隔了两片玻璃板，很巧妙的小机构就夹在当中。他在一边注水，把电线接在插销上。有水的那一面底玻璃板有许多细致的长缝，水可以沁进去，不久，果然玻璃板中间底小机构与唧筒发动起来了。没水的这一面，代表艇内底一部，有几个像唧筒的东西，连着板上底许多管子。他告诉黄先生说，那模型就是一个人造鳃，从水里抽出氧气，同时还可以把炭气排泄出来。他说，艇里还有调节机，能把空气调和到人可呼吸自如的程度。关于水底压力问题，他说，战斗用的艇是不会潜到深海里去的。他也在研究着怎样做一只可以探测深海的潜艇，不过还没有什么把握。

黄听了一套一套他所不大懂的话，也不愿意发问，只由他自己说得天花乱坠，一直等到他把蓝图卷好，把所有的小模型放回原地，再坐下想与他谈些别的。

但雷底兴趣还是在他底铁鳃。他不歇地说他底发明怎样有用，和怎样可以增强中国海底军备。

"你应当把你底发明献给军事当局，也许他们中间有人会注意到这事，给你一个机会到船坞去建造一只出来试试。"黄说着就站起来。

雷知道他要走，便阻止他说："黄先生忙什么？今晚大家到茶室去吃一点东西，容我做东道。"

黄知道他很穷，不愿意使他破费，便又坐下说："不，不，多谢，我还有一点别的事要办，在家多谈一会罢。"

他们继续方才的谈话，从原理谈到建造底问题。

雷对黄说他怎样从制炮一直到船坞工作，都没得机会发展他底才学。他说，别人是所学非所用，像他简直是学无所用了。

"海军船坞于你这样的发明应当注意的。为什么他们让你走呢？"

"你要记得那是别人底船坞呀，先生。我老实说，我对于潜艇底兴趣也是在那船坞工作的期间生起来的。我在船坞工作之前，是在制袜工厂当经理。后来那工厂倒闭了，正巧那里底海军船坞要一个机器工人，我就以熟练工人底资格被取上了。我当然不敢说我是受过专门教育的，因为他们要的只是熟练工人。"

"也许你说出你底资格，他们更要给你相当的地位。"

雷摇头说："不，不，他们一定会不要我。我在任何时间所需的只是吃。受三十元'西纸'的工资，总比不着边际的希望来得稳当。他们不久发现我很能修理大炮和电机，常常派我到战舰上与潜艇里工作。自然我所学的，经过几十年间已经不适用了，但在船坞里受了大工程师底指挥，倒增益了不少的新知识。我对于一切都不敢用专门名词来与那班外国工程师谈话，怕他们怀疑我。他们有时也觉得我说的不是当地底'咸水英语'，常问我在哪里学的，我说我是英属美洲底华侨，就把他们瞒过了。"

"你为什么要辞工呢？"

"说来，理由很简单。因为我研究潜艇，每到艇里工作的时候，和水手们谈话，探问他们底经验与困难。有一次，教一位军官注意了，

从此不派我到潜艇里去工作。他们已经怀疑我是奸细。好在我机警，预先把我自己画的图样藏到别处去，不然万一有人到我底住所检查，那就麻烦了。我想，我也没有把我自己画的图样献给他们的理由，自己民族底利益得放在头里，于是辞了工，离开那船坞。"

黄问："照理想，你应当到中国底造船厂去。"

雷急急地摇头说："中国底造船厂？不成，有些造船厂都是个同乡会所，你不知道吗？我所知道的一所造船厂，凡要踏进那厂底大门的，非得同当权的有点直接或间接的血统或裙带关系，不能得到相当的地位。纵然能进去，我提出来的计划，如能请得一笔试验费，也许到实际的工作上已剩下不多了。没有成绩不但是惹人笑话，也许还要派上个罪名。这样，谁受得了呢？"

黄说："我看你底发明如果能实现，却是很重要的一件事。国里现在成立了不少高深学术底研究院，你何不也教他们注意一下你底理论，试验试验你底模型？"

"又来了！你想我是七十岁左右的人，还有爱出风头的心思吗？许多自号为发明家的，今日招待报馆记者，明日到学校演讲，说得自己不晓得多么有本领，爱迪生和安因斯坦都不如他，把人听腻了。主持研究院的多半是年轻的八分学者，对于事物不肯虚心，很轻易地给下断语，而且他们好像还有'帮'底组织，像青、红帮似的。不同帮的也别妄生玄想。我平素最不喜欢与这班学帮中人来往。他们中间也没人知道我底存在。我又何必把成绩送去给他们审查，费了他们底精神来批评我几句，我又觉得过意不去，也犯不上这样做。"

黄看看时表，随即站起来，说："你老哥把世情看得太透彻，看来你底发明是没有实现的机会了。"

"我也知道，但有什么法子呢？这事个人也帮不了忙，不但要用钱很多，而且军用的东西又是不能随便制造的。我只希望我能活到国家感觉需要而信得过我的那一天来到。"

雷说着，黄已踏出厅门。他说："再见罢，我也希望你有那一天。"

这位发明家底性格是很板直的，不大认识他的，常会误以为他是个犯神经病的，事实上已有人叫他做"戆雷"。他家里没有什么人，只有一个在马尼剌当教员的守寡儿媳妇和一个在那里念书的孙子。自从十几年前辞掉船坞底工作之后，每月的费用是儿媳妇供给。因为他自己要一个小小的工作室，所以经济的力量不能容他住在那割让岛上。他虽是七十三四岁的人，身体倒还康健，除掉做轮子、安管子、打铜、挫铁之外，没有别的嗜好，烟不抽，茶也不常喝。因为生存在儿媳妇底孝心上，使他每每想着当时不该辞掉船坞底职务。假若再做过一年，他就可以得着一份长粮，最少也比吃儿媳妇的好。不过他并不十分懊悔，因为他辞工的时候正在那里大罢工的不久以前，爱国思想膨胀得到极高度，所以觉得到中国别处去等机会是很有意义的。他有很多造船工程底书籍，常常想把它们卖掉，可是没人要。他底太太早过世了，家里只有一个老佣妇来喜服侍他。那老婆子也是他底妻子底随嫁婢，后来嫁出去，丈夫死了，无以为生，于是回来做工。她虽不受工资，在事实上是个管家，雷所用的钱都是从她手里要。这样相依为活已经过了二十多年了。

黄去了以后，来喜把饭端出来，与他一同吃。吃着，他对来喜说："这两天风声很不好，穿屐的也许要进来。我们得检点一下，万一变乱临头，也不至于手忙脚乱。"

来喜说："不说是没什么要紧了吗？一般官眷都还没走，大概不至于有什么大乱罢。"

"官眷走动了没有，我们怎么会知道呢？告示与新闻所说的是绝对靠不住的。一般人是太过信任印刷品了。我告诉你罢，现在当局的，许多是无勇无谋、贪权好利的一流人物，不做石敬瑭献十六州，已经可以被人称为爱国了。你念摸鱼书和看残唐五代底戏，当然记得石敬瑭怎样献地给人。"

"是，记得。"来喜点头回答，"不过献了十六州，石敬瑭还是做了皇帝！"

老头子急了，他说："真的，你就不懂什么叫作历史！不用多说

了，明天把东西归聚一下，等我写信给少奶奶，说我们也许得往广西走。”

吃过晚饭，他就从桌上把那潜艇底模型放在箱里，又忙着把别的小零件收拾起来。正在忙着的时候，来喜进来说："姑爷，少奶奶这个月的家用还没寄到，假如三两天之内要起程，恐怕盘缠会不够吧？"

"我们还剩多少？"

"不到五十元。"

"那够了。此地到梧州，用不到三十元。"

时间不容人预算，不到三天，河堤底马路上已经发现侵略者底战车了。市民全然像在梦中被惊醒，个个都来不及收拾东西，见了船就下去。火头到处起来，铁路上没人开车，弄得雷先生与来喜各抱着一点东西急急到河边胡乱跳进一只船，那船并不是往梧州去的，沿途上船的人们越来越多，走不到半天，船就沉下去了。好在水并不深，许多人都坐了小艇往岸上逃生。可是来喜再也不能浮上来了。她是由于空中底扫射丧的命或是做了龙宫底客人，都不得而知。

雷身边只剩十几元，辗转到了从前曾在那工作过的岛上。沿途种种的艰困，笔墨难以描写。他是一个性格刚硬的人，那岛市是多年没到过的，从前的工人朋友，就使找着了，也不见得能帮助他多少。不说梧州去不了，连客栈他都住不起。他只好随着一班难民在西市底一条街边打地铺。在他身边睡的是一个中年妇人带着两个孩子，也是从那刚沦陷的大城一同逃出来的。

在几天的时间，他已经和一个小饭摊底主人认识，就写信到马尼剌去告诉他儿媳妇他所遭遇的事情，叫她快想方法寄一笔钱来，由小饭摊转交。

他与旁边底那个中年妇人也成立了一种互助的行动。妇人因为行李比较多些，孩子又小，走动不但不方便，而且地盘随时有被人占据的可能，所以他们互相照顾。雷老头每天上街吃饭之后，必要给她带些吃的回来。她若去洗衣服，他就坐着看守东西。

一天，无意中在大街遇见黄，各人都诉了一番痛苦。

"现在你住在什么地方？"黄这样问他。

"我老实说，住在西市底街边。"

"那还了得！"

"有什么法子呢？"

"搬到我那里去罢。"

"大家同是难民，我不应当无缘无故地教你多担负。"

黄很诚恳地说："多两个人也不会破费得到什么地步。我跟着你去搬罢。"说着就要叫车。雷阻止他说："多谢，多谢盛意。我现在人口众多，若都搬了去，于府上一定大大地不方便。"

"你不是只有一个用人吗？"

"我那来喜不见了。现在是另一个带着两个孩子的妇人，是在路上遇见的。我们彼此互助，忍不得，把她安顿好就离开她。"

"那还不容易吗？想法子把她送到难民营就是了。听说难民营底组织，现在正加紧进行着咧。"

他知道黄也不是很富裕的，大概是听见他睡在街边，不能不说一两句友谊的话。但是黄却很诚恳，非要他去住不可，连说："不像话，不像话！年纪这么大，不说你媳妇知道了难过，就是朋友也过意不去。"

他一定不肯教黄到他底露天客栈去，只推到难民营组织好，把那妇人送进去之后再说。黄硬把他拉到一个小茶馆去。一说起他底发明，老头子就告诉他那潜艇模型已随着来喜丧失了。他身边只剩下一大卷蓝图，和那一座铁鳃底模型。其余的东西都没有了。他逃难的时候，那蓝图和铁鳃底模型是归他拿，图是卷在小被褥里头，他两手只能拿两件东西。在路上还有人笑他逃难逃昏了，什么都不带，带了一个小木箱。

"最低限度，你把重要的物件先存在我那里罢。"黄说。

"不必了罢，住家孩子多，万一把那模型打破了，我永远也不能再做一个了。"

"那倒不至于。我为你把它锁在箱里，岂不就成了吗？你老哥此

后的行止，打算怎样呢?"

"我还是想到广西去。只等儿媳妇寄些路费来，快则一个月，最慢也不过两个月，总可以想法子从广州湾或别的比较安全的路去到罢。"

"我去把你那些重要东西带走罢。"黄还是催着他。

"你现在住什么地方?"

"我住在对面海底一个亲戚家里。我们回头一同去。"

雷听见他也是住在别人家里，就断然回答说："那就不必了，我想把些少东西放在自己身边，也不至于很累赘，反正几个星期的时间，一切都会就绪的。"

"但是你总得领我去看看你住的地方，下次可以找你。"

雷被劝不过，只得同他出了茶馆，到西市来。他们经过那小饭摊，主人就嚷着："雷先生，雷先生，信到了，信到了。我见你不在，教邮差带回去，他说明天再送来。"

雷听了几乎喜欢得跳起来。他对饭摊主人说了一声"多烦了"，回过脸来对黄说："我家儿媳妇寄钱来了。我想这难关总可以过得去了。"

黄也庆贺他几句，不觉到了他所住的街边。他对黄说："对不住，我底客厅就是你所站的地方，你现在知道了。此地不能久谈，请便罢。明天取钱之后，去拜望你。你底住址请开一个给我。"

黄只得从口袋里掏出一张名片，写上地址交给他，说声"明天在舍下恭候"，就走了。

那晚上他好容易盼到天亮，第二天一早就到小饭摊去候着。果然邮差来到，取了他一张收据把信递给他。他拆开信一看，知道他儿媳妇给他汇了一笔到马尼剌的船费，还有办护照及其他需用的费用，都教他到汇通公司去取。他不愿到马尼剌去，不过总得先把需用的钱拿出来再说。到了汇通公司，管事的告诉他得先去照相办护照。他说，是他儿媳妇弄错了，他并不要到马尼剌去，要管事的把钱先交给他；管事的不答允，非要先打电报去问清楚不可。两方争持，弄得毫无结果，自然钱在人家手里，雷也无可如何，只得由他打电报去问。

从汇通公司出来，他就践约去找黄先生，把方才的事告诉他。黄也赞成他到马尼剌去。但他说，他底发明是他对国家的贡献，虽然目前大规模的潜艇用不着，将来总有一天要大量地应用；若不用来战斗，至少也可以促成海下航运的可能，使侵略者底封锁失掉效力。他好像以为建造底问题是第二步，只要当局采纳他的，在河里建造小型的潜航艇试试，若能成功，心愿就满足了。材料底来源，他好像也没深深地考虑过。他想，若是可能，在外国先定造一只普通的潜艇，回来再修改一下，安上他所发明的鳃、游目等等，就可以了。

黄知道他有点戆气，也不再去劝他。谈了一回，他就告辞走了。

过一两天，他又到汇通公司去，管事人把应付的钱交给他，说：马尼剌回电来说，随他底意思办。他说到内地不需要很多钱，只收了五百元，其余都教汇回去。出了公司，到中国旅行社去打听，知道明天就有到广州湾去的船。立刻又去告诉黄先生。两人同回到西市去检行李。在卷被褥的时候，他才发现他底蓝图，有许多被撕碎了。心里又气又惊，一问才知道那妇人好几天以来，就用那些纸来给孩子们擦脏。他赶紧打开一看，还好，最里面的那几张铁鳃底图样，仍然好好的，只是外头几张比较不重要的总图被毁了。小木箱里底铁鳃模型还是完好，教他虽然不高兴，可也放心得过。

他对妇人说，他明天就要下船，因为许多事还要办，不得不把行李寄在客栈里，给她五十元，又介绍黄先生给她，说钱是给她做本钱，经营一点小买卖；若是办不了，可以请黄先生把她母子送到难民营去。妇人受了他的钱，直向他解释说，她以为那卷在被褥里的都是废纸，很对不住他。她感激到流泪。眼望着他同黄先生，带着那卷剩下的蓝图与那一小箱底模型走了。

黄同他下船，他劝黄切不可久安于逃难生活。他说越逃，灾难越发随在后头；若回转过去，站住了，什么都可以抵挡得住。他觉得从演习逃难到实行逃难的无价值，现在就要从预备救难进到临场救难的工作，希望不久，黄也可以去。

船离港之后，黄直盼着得到他到广西的消息。过了好些日子，他才从一个赤坎来的人听说，有个老头子搭上两期的船，到埠下船时，失手把一个小木箱掉下海里去，他急起来，也跳下去了。黄不觉滴了几行泪，想着那铁鱼底鳃，也许是不应当发明得太早，所以要潜在水底。

一九四一年二月

（原载 1941 年 2 月《大风》半月刊）

许 地 山

作 品 精 选

散

文

散　文

蛇

在高可触天的桄榔树下，我坐在一条石凳上，动也不动一下。穿彩衣的蛇也蟠在树根上，动也不动一下。多会让我看见它，我就害怕得很，飞也似的离开那里；蛇也和飞箭一样，射入蔓草中了。

我回来，告诉妻子说："今儿险些不能再见你的面！"

"什么缘故？"

"我在树林见了一条毒蛇，一看见它，我就速速跑回来；蛇也逃走了。……到底是我怕它，还是它怕我？"

妻子说："若你不走，谁也不怕谁。在你眼中，它是毒蛇；在它眼中，你比它更毒呢。"

但我心里想着，要两方互相惧怕，才有和平；若有一方大胆一点，不是它伤了我，便是我伤了它。

（原载 1922 年 4 月《小说月报》13 卷 4 号）

笑

　　我从远地冒着雨回来，因为我妻子心爱的一样东西让我找着了，我得带回来给她。

　　一进门，小丫头为我收下雨具，老妈子也借故出去了。我对妻子说："相离好几天，你闷得慌吗？……呀，香得很！这是从哪里来的？"

　　"窗棂下不是有一盆素兰吗？"

　　我回头看，几箭兰花在一个汝窑钵上开着。我说："这盆花多会移进来的？这么大雨天，还能开得那么好，真是难得啊！……可是我总不信那些花有如此的香气。"

　　我们并肩坐在一张紫檀榻上，我还往下问："良人，到底是兰花的香，是你的香？"

　　"到底是兰花的香，是你的香？让我闻一闻。"她说时，亲了我一下。小丫头看见了，掩着嘴笑，翻身揭开帘子，要往外走。

　　"玉耀，玉耀，回来。"小丫头不敢不回来，但，仍然抿着嘴笑。

　　"你笑什么？"

　　"我没有笑什么。"

　　我为她们排解说："你明知道她笑什么，又何必问她呢，饶了她罢。"

　　妻子对小丫头说："不许到外头瞎说。去罢，到园里给我摘些瑞香来。"小丫头抿着嘴出去了。

（原载 1922 年 4 月《小说月报》13 卷 4 号）

香

妻子说:"良人,你不是爱闻香么?我曾托人到鹿港去买上好的沉香线,现在已经寄到了。"她说着,便抽出妆台的抽屉,取了一条沉香线,燃着,再插在小宣炉中。

我说:"在香烟绕缭之中,得有清谈。给我说一个生番故事罢。不然,就给我谈佛。"

妻子说:"生番故事,太野了。佛更不必说,我也不会说。"

"你就随便说些你所知道的罢,横竖我们都不大懂得。你且说,什么是佛法罢。"

"佛法么?——色,——声,——香,——味,——触,——造作,——思维,都是佛法;惟有爱闻香的爱不是佛法。"

"你又矛盾了!这是什么因明?"

"不明白么?因为你一爱,便成为你底嗜好;那香在你闻觉中,便不是本然的香了。"

(原载 1922 年 4 月《小说月报》13 卷 4 号)

愿

南普陀寺里底大石，雨后稍微觉得干净，不过绿苔多长一些，天涯底淡霞好像给我们一个天晴的信。树林里底虹气，被阳光分成七色。树上，雄虫求雌的声，凄凉得使人不忍听下去。妻子坐在石上，见我来，就问："你从哪里来？我等你许久了。"

"我领着孩子们到海边捡贝壳咧。阿琼捡着一个破贝，虽不完全，里面却像藏着珠子的样子。等他来到，我教他拿出来给你看一看。"

"在这树荫底下坐着，真舒服呀！我们天天到这里来，多么好呢！"

妻说："你哪里能够……"

"为什么不能？"

"你应当作荫，不应当受荫。"

"你愿我作这样的荫么？"

"这样的荫算什么！我愿你作无边宝华盖，能普荫一切世间诸有情；愿你为如意净明珠，能普照一切世间诸有情；愿你为降魔金刚杵，能破坏一切世间诸障碍；愿你为多宝盂兰盆，能盛百味，滋养一切世间诸饿渴者；愿你有六手，十二手，百手，千万手，无量数那由他如意手，能成全一切世间等等美善事。"

我说："极善，极妙！但我愿做调味底精盐，渗入等等食品中，把自己底形骸融散，且回复当时在海里底面目，使一切有情得尝咸味，而不见盐体。"

妻子说："只有调味，就能使一切有情都满足吗？"

我说："盐底功用，若只在调味，那就不配称为盐了。"

山　响

　　群峰彼此谈得呼呼地响。它们底话语，给我猜着了。

　　这一峰说："我们底衣服旧了，该换一换啦。"

　　那一峰说："且慢罢，你看，我这衣服好容易从灰白色变成青绿色，又从青绿色变成珊瑚色和黄金色，——质虽是旧的，可是形色还不旧。我们多穿一会罢。"

　　正在商量的时候，它们身上穿的，都出声哀求说："饶了我们，让我们歇歇罢。我们底形态都变尽了，再不能为你们争体面了。"

　　"去罢，去罢，不穿你们也算不得什么。横竖不久我们又有新的穿。"群峰都出着气这样说。说完之后，那红的、黄的彩衣就陆续褪下来。

　　我们都是天衣，那不可思议的灵，不晓得甚时要把我们穿着得非常破烂，才把我们收入天橱。愿它多用一点气力，及时用我们，使我们得以早早休息。

（原载 1922 年 4 月《小说月报》13 卷 4 号）

"小俄罗斯"底兵

短篱里头,一棵荔枝,结实累累。那朱红的果实,被深绿的叶子托住,更是美观;主人舍不得摘它们,也许是为这个缘故。

三两个漫游武人走来,相对说:"这棵红了,熟了,就在这里摘一点罢。"他们嫌从正门进去麻烦,就把篱笆拆开,大摇大摆地进前。一个上树,两个在底下接;一面摘,一面尝,真高兴呀!

屋里跑出一个老妇人来,哀声求他们说:"大爷们,我这棵荔枝还没有熟哩,请别作践它;等熟了,再送些给大爷们尝尝。"

树上的人说:"胡说,你不见果子已经红了么?怎么我们吃就是作践你底东西?"

"唉,我一年的生计,都看着这棵树。罢了,罢……"

"你还敢出声么?打死你算得什么;待一会,看把你这棵不中吃的树砍来做柴火烧,看你怎样。有能干,可以叫你们底人到广东吃去。我们那里也有好荔枝。"

唉,这也是战胜者、强者底权利么?

(原载 1922 年 4 月《小说月报》13 卷 4 号)

爱底痛苦

在绿荫月影底下，朗日和风之中，或急雨飘雪的时候，牛先生必要说他底真言，"啊，拉夫斯偏"！他在三百六十日中，少有不说这话的时候。

暮雨要来，带着愁容的云片，急急飞避；不识不知的蜻蜓还在庭园间遨游着。爱诵真言的牛先生闷坐在屋里，从西窗望见隔院底女友田和正抱着小弟弟玩。

姊姊把孩子底手臂咬得吃紧，擘他底两颊，摇他底身体，又掌他底小腿。孩子急得哭了。姊姊才忙忙地拥抱住他，推着笑说："乖乖，乖乖，好孩子，好弟弟，不要哭。我疼爱你，我疼爱你！不要哭。"不一会孩子底哭声果然停了。可是弟弟刚现出笑容，姊姊又该咬他，擘他，摇他，掌他咧。

檐前底雨好像珠帘，把牛先生眼中底对象隔住。但方才那种印象，却萦回在他眼中。他把窗户关上，自己一人在屋里踱来踱去。最后，他点点头，笑了一声："哈，哈！这也是拉夫斯偏!"

他走近书桌子，坐下，提起笔来，像要写什么似的。想了半天，才写上一句七言诗。他念了几遍，就摇头，自己说："不好，不好。我不会作诗，还是随便记些起来好。"

牛先生将那句诗涂掉以后，就把他底日记拿出来写。那天他要记的事情格外多。日记里应用的空格，他在午饭后，早已填满了。他裁了一张纸，写着：

黄昏，大雨。田在西院弄她底弟弟，动起我一个感想，就是：人都喜欢见他们所爱者的愁苦，要想方法教所爱者难受。所爱者越难受，爱者越喜欢，越加爱。

一切被爱的男子，在他们底女人当中，直如小弟弟在田底膝上一样。他们也是被爱者玩弄的。

女人底爱最难给，最容易收回去。当她把爱收回去的时候，未必不是一种游戏的冲动；可是苦了别人哪。

唉，爱玩弄人的女人，你何苦来这一下！愚男子，你底苦恼，又活该呢！

牛先生写完，复看一遍，又把后面那几句涂去，说："写得太过了，太过了！"他把那张纸付贴在日记上，正要起身，老妈子把哭着的孩子抱出来，一面说："姊姊不好，爱欺负人。不要哭，咱们找牛先生去。"

"姊姊打我！"这是孩子所能对牛先生说的话。

牛先生装作可怜的声音，忧郁的容貌，回答说："是么？姊姊打你么？来，我看看打到那步田地？"

孩子受他底抚慰，也就忘了痛苦，安静过来了。现在吵闹的，只剩下外间急雨底声音。

（原载 1922 年 4 月《小说月报》13 卷 4 号）

信仰底哀伤

在更阑人静的时候，伦文就要到池边对他心里所立的乐神请求说："我怎能得着天才呢？我底天才缺乏了，我要表现的，也不能尽地表现了！天才可以像油那样，日日添注入我这盏小灯么？若是能，求你为我，注入些少。"

"我已经为你注入了。"

伦先生听见这句话，便放心回到自己底屋里。他舍不得睡，提起乐器来，一口气就制成一曲。自己奏了又奏，觉得满意，才含着笑，到卧室去。

第二天早晨，他还没有盥漱，便又把昨晚上的作品奏过几遍；随即封好，教人邮到歌剧场去。

他底作品一发表出来，许多批评随着在报上登载八九天。那些批评都很恭维他：说他是这一派，那一派。可是他又苦起来了！

在深夜的时候，他又到池边去，垂头丧气地对着池水，从口中发出颤声说："我所用的音节，不能达我底意思么？呀，我底天才丢失了！再给我注入一点罢。"

"我已经为你注入了。"

他屡次求，心中只听得这句回答。每一作品发表出来，所得的批评，每每使他忧郁不乐。最后，他把乐器摔碎了，说："我信我底天才丢了，我不再作曲子了。唉，我所依赖的，枉费你眷顾我了。"

自此以后，社会上再不能享受他底作品，他也不晓得往哪里去了。

（原载 1922 年 4 月《小说月报》13 卷 4 号）

海

我底朋友说:"人底自由和希望,一到海面就完全失掉了!因为我们太不上算,在这无涯浪中无从显出我们有限的能力和意志。"

我说:"我们浮在这上面,眼前虽不能十分如意,但后来要遇着的,或者超乎我们底能力和意志之外。所以在一个风狂浪骇的海面上,不能准说我们要到什么地方就可以达到什么地方;我们只能把性命先保持住,随着波涛颠来簸去便了。"

我们坐在一只不如意的救生船里,眼看着载我们到半海就毁坏的大船渐渐沉下去。

我底朋友说:"你看,那要载我们到目的地的船快要歇息去了!现在在这茫茫的空海中,我们可没有主意啦。"

幸而同船的人,心忧得很,没有注意听他底话。我把他底手摇了一下说:"朋友,这是你纵谈的时候么?你不帮着划桨么?"

"划桨么?这是容易的事。但要划到哪里去呢?"

我说:"在一切的海里,遇着这样的光景,谁也没有带着主意下来,谁也脱不了在上面泛来泛去。我们尽管划罢。"

（原载 1922 年 5 月《小说月报》13 卷 5 号）

梨　花

　　她们还在园里玩，也不理会细雨丝丝穿入她们底罗衣。池边梨花底颜色被雨洗得更白净了，但朵朵都懒懒地垂着。

　　姊姊说："你看，花儿都倦得要睡了！"

　　"待我来摇醒它们。"

　　姊姊不及发言，妹妹底手早已抓住树枝摇了几下。花瓣和水珠纷纷地落下来，铺得银片满地，煞是好玩。

　　妹妹说："好玩啊，花瓣一离开树枝，就活动起来了！"

　　"活动什么？你看，花儿底泪都滴在我身上哪。"姊姊说这话时，带着几分怒气，推了妹妹一下。她接着说："我不和你玩了，你自己在这里罢。"

　　妹妹见姊姊走了，直站在树下出神。停了半晌，老妈子走来，牵着她，一面走着，说："你看，你底衣服都湿透了。在阴雨天，每日要换几次衣服，教人到哪里找太阳给你晒去呢？"

　　落下来的花瓣，有些被她们底鞋印入泥中；有些粘在妹妹身上，被她带走；有些浮在池面，被鱼儿衔入水里。那多情的燕子不歇把鞋印上的残瓣和软泥一同衔在口中，到梁间去，构成它们底香巢。

（原载 1922 年 5 月《小说月报》13 卷 5 号）

难解决的问题

我叫同伴到钓鱼矶去赏荷，他们都不愿意去，剩我自己走着。我走到清佳堂附近，就坐在山前一块石头上歇息。在瞻顾之间，小山后面一阵唧咕的声音夹着蝉声送到我耳边。

谁愿意在优游的天日中故意要找出人家底秘密呢？然而宇宙间底秘密都从无意中得来。所以在那时候，我不离开那里，也不把两耳掩住，任凭那些声浪在耳边荡来荡去。

劈头一听，我便听得："这实是一个难解决的问题。……"

既说是难解决，自然要把怎样难的理由说出来。这理由无论是局内、局外人都爱听的。以前的话能否钻入我耳里，且不用说，单是这一句，使我不能不注意。

山后底人接下去说："在这三位中，你说要哪一位才合适？……梅说要等我十年；白说要等到我和别人结婚那一天；区说非嫁我不可，——她要终身等我。"

"那么，你就要区罢。"

"但是梅底景况，我很了解。她底苦衷，我应当原谅。她能为了我牺牲十年的光阴，从她底境遇看来，无论如何，是很可敬的。设使梅居区底地位，她也能说，要终身等我。"

"那么，梅、区都不要，要白如何？"

"白么？也不过是她底环境使她这样达观。设使她处着梅底景况，她也只能等我十年。"

会话到这里就停了。我底注意只能移到池上，静观那被轻风摇摆的芰荷。呀，叶底那对小鸳鸯正在那里歇午哪！不晓得它们从前也曾解决过方才的问题没有？不上一分钟，后面底声音又来了。

"那么，三个都要如何？"

"笑话，就是没有理性的兽类也不这样办。"

又停了许久。

"不经过那些无用的礼节，各人快活地同过这一辈子不成吗？"

"唔……唔……唔……这是后来的话，且不必提，我们先解决目前的困难罢。我实不肯故意辜负了三位中的一位。我想用拈阄的方法瞎挑一个就得了。"

"这不更是笑话么？人间哪有这么新奇的事！她们三人中谁愿意遵你底命令，这样办呢？"

他们大笑起来。

"我们私下先拈一拈，如何？你权当作白，我自己权当作梅，剩下是区底份。"

他们由严重的密语化为滑稽的谈笑了。我怕他们要闹下坡来，不敢逗留在那里，只得先走。钓鱼矶也没去成。

（原载 1922 年 5 月《小说月报》13 卷 5 号）

债

他一向就住在妻子家里，因为他除妻子以外，没有别的亲戚。妻家底人爱他底聪明，也怜他底伶仃，所以万事都尊重他。

他底妻子早已去世，膝下又没有子女。他底生活就是念书、写字，有时还弹弹七弦。他绝不是一个书呆子，因为他常要在书内求理解，不像书呆子只求多念。

妻子底家里有很大的花园供他游玩，有许多奴仆听他使令。但他从没有特意到园里游玩，也没有呼唤过一个仆人。

在一个阴郁的天气里，人无论在什么地方都不舒服的。岳母叫他到屋里闲谈，不晓得为什么缘故就劝起他来。岳母说："我觉得自从俪儿去世以后，你就比前格外客气。我劝你无须如此，因为外人不知道都要怪我。看你穿成这样，还不如家里底仆人，若有生人来到，叫我怎样过得去？倘或有人欺负你，说你这长那短，尽可以告诉我，我责罚他给你看。"

"我哪里懂得客气！不过我只觉得我欠的债太多，不好意思多要什么。"

"什么债？有人问你算账么？唉，你太过见外了！我看你和自己底子侄一样。你短了什么，尽管问管家的要去；若有人敢说闲话，我定不饶他。"

"我所欠的是一切的债。我看见许多贫乏人、愁苦人，就如该了他们无量数的债一般。我有好的衣食，总想先偿还他们。世间若有一个人吃不饱足，穿不暖和，住不舒服，我也不敢公然独享这具足的生活。"

184

"你说得太玄了!"她说过这话,停了半晌才接着点头说,"很好,这才是读书人'先天下之忧而忧'的精神。……然而你要什么时候才还得清呢?你有清还的计划没有?"

"唔……唔……"他心里从来没有想到这个,所以不能回答。

"好孩子,这样的债,自来就没有人能还得清,你何必自寻苦恼?我想,你还是做一个小小的债主罢。说到具足生活,也是没有涯岸的。我们今日所谓具足,焉知不是明日底缺陷?你多念一点书就知道生命即是缺陷底苗圃,是烦恼底秧田;若要补修缺陷,拔除烦恼,除弃绝生命外,没有别条道路。然而,我们哪能办得到?个个人都那么怕死!你不要作这种非非想,还是顺着境遇做人去罢。"

"时间,……计划,……做人……"这几个字从岳母口里发出,他底耳鼓就如受了极猛烈的椎击。他想来想去,已想昏了。他为解决这事,好几天没有出来。

那天早晨,女佣端粥到他房里,没见他,心中非常疑惑。因为早晨,他没有什么地方可去。海边呢,他是不轻易到的。花园呢,他更不愿意在早晨去。因为丫头们都在那个时候到园里争摘好花去献给她们几位姑娘。他最怕见的是人家毁坏现成的东西。

女佣四围一望,蓦地看见一封信被留针刺在门上。她忙取下来,给别人一看,原来是给老夫人的。

她把信拆开,递给老夫人。上面写着:

亲爱的岳母:

你问我底话,教我实在想不出好回答。而且,因你这一问,使我越发觉得我所负底债更重。我想做人若不能还债,就得避债,决不能教债主把他揪住,使他受苦。若论还债,依我底力量、才能,是不济事的。我得出去找几个帮忙的人。如果不能找着,再想法子。现在我去了,多谢你栽培我这么些年。我底前途,望你记念;我底往事,愿你忘却。我也要时时祝你平安。

婿容融留字

老夫人念完这信，就非常愁闷。以后，每想起她底女婿，便好几天不高兴。但不高兴尽管不高兴，女婿至终没有回来。

（原载 1922 年 5 月《小说月报》13 卷 5 号）

万物之母

在这经过离乱的村里，荒屋破篱之间，每日只有几缕零零落落的炊烟冒上来；那人口底稀少可想而知。你一进到无论哪个村里，最喜欢遇见的，是不是村童在阡陌间或园圃中跳来跳去；或走在你前头，或随着你步后模仿你底行动？村里若没有孩子们，就不成村落了。在这经过离乱的村里，不但没有孩子，而且有人向你要求孩子！

这里住着一个不满三十岁的寡妇，一见人来，便要求说："善心善行的人，求你对那位总爷说，把我底儿子给回。那穿虎纹衣服、戴虎儿帽的便是我底儿子。"

他底儿子被乱兵杀死已经多年了。她从不会忘记：总爷把无情的剑拔出来的时候，那穿虎纹衣服的可怜儿还用双手招着，要她搂抱。她要跑去接的时候，她底精神已和黄昏底霞光一同麻痹而熟睡了。唉，最惨的事岂不是人把寡妇怀里的独生子夺过去，且在她面前害死吗？要她在醒后把这事完全藏在她记忆的多宝箱里，可以说，比剖芥子来藏须弥还难。

她底屋里排列了许多零碎的东西，当时她儿子玩过的小团也在其中。在黄昏时候，她每把各样东西抱在怀里说："我底儿，母亲岂有不救你，不保护你的？你现在在我怀里哪。不要作声，看一会人来又把你夺去。"可是一过了黄昏，她就立刻醒悟过来，知道那所抱的不是她底儿子。

那天，她又出来找她底"命"。月底光明蒙着她，使她在不知不觉间进入村后的山里。那座山，就是白天也少有人敢进去，何况在盛夏底夜间，杂草把樵人底小径封得那么严！她一点也不害怕，攀着小

树，缘着茑萝，慢慢地上去。

她坐在一块大石上歇息，无意中给她听见了一两声的儿啼。她不及判别，便说："我底儿，你藏在这里么？我来了，不要哭啦。"

她从大石下来，随着声音底来处，爬入石下一个洞里。但是里面一点东西也没有。她很疲乏，不能再爬出来，就在洞里睡了一夜。

第二天早晨，她醒时，心神还是非常恍惚。她坐在石上，耳边还留着昨晚上的儿啼声。这当然更要动她底心，所以那方从霭云被里钻出来的朝阳无力把她脸上和鼻端底珠露晒干了。她在瞻顾中，才看出对面山岩上坐着一个穿虎纹衣服的孩子。可是她看错了！那边坐着的，是一只虎子；它底声音从那边送来很像儿啼。她立即离开所坐的地方，不管当中所隔的谷有多么深，尽管攀缘着，向那边去。不幸早露未干，所依附的都很湿滑，一失手，就把她溜到谷底。

她昏了许久才醒回来。小伤总免不了，却还能够走动。她爬着，看见身边暴露了一副小髑髅。

"我底儿，你方才不是还在山上哭着么？怎么你母亲来得迟一点，你就变成这样？"她把髑髅抱住，说，"呀，我底苦命儿，我怎能把你医治呢？"悲苦尽管悲苦，然而，自她丢了孩子以后，不能不算这是她第一次的安慰。

从早晨直到黄昏，她就坐在那里，不但不觉得饿，连水也没喝过。零星几点，已悬在天空，那天就在她底安慰中过去了。

她忽想起幼年时代，人家告诉她底神话，就立起来说："我底儿，我抱你上山顶，先为你摘两颗星星下来，嵌入你底眼眶，教你看得见，然后给你找香象底皮肉来补你底身体。可是你不要再哭，恐怕给人听见，又把你夺过去。"

"敬姑，敬姑。"找她的人们在满山中这样叫了好几声，也没有一点影响。

"也许她被那只老虎吃了。"

"不，不对。前晚那只老虎是跑下来捕云哥圈里底牛犊被打死的。如果那东西把敬姑吃了，决不再下山来赴死。我们再进深一点找罢。"

　　唉，他们底工夫白费了！纵然找着她，若是她还没有把星星抓在手里，她心里怎能平安，怎肯随着他们回来？

　　　　　　（原载 1922 年 5 月《小说月报》13 卷 5 号）

春底林野

　　春光在万山环抱里，更是泄漏得迟。那里底桃花还是开着，漫游的薄云从这峰飞过那峰，有时稍停一会，为的是挡住太阳，教地面底花草在它底荫下避避光焰底威吓。

　　岩下底荫处和山谷底旁边满长了薇蕨和其它凤尾草。红、黄、蓝、紫的小草花点缀在绿茵上头。

　　天中底云雀，林中底金莺，都鼓起它们底舌簧。轻风把它们底声音挤成一片，分送给山中各样有耳无耳的生物。桃花听得入神，禁不住落了几点粉泪，一片一片凝在地上。小草花听得大醉，也和着声音底节拍一会倒，一会起，没有镇定的时候。

　　林下一班孩子正在那里捡桃花底落瓣哪。他们捡着，清儿忽嚷起来，道：“嘎，邕邕来了！”众孩子住了手，都向桃林底尽头盼望。果然邕邕也在那里摘草花。

　　清儿道：“我们今天可要试试阿桐底本领了。若是他能办得到，我们都把花瓣穿成一串璎珞围在他身上，封他为大哥如何？”

　　众人都答应了。

　　阿桐走到邕邕面前，道：“我们正等着你来呢。”

　　阿桐底左手盘在邕邕底脖上，一面走一面说：“今天他们要替你办嫁妆，教你做我底妻子。你能做我底妻子么？”

　　邕邕狠视了阿桐一下，回头用手推开他，不许他底手再搭在自己脖上。孩子们都笑得支持不住了。

　　众孩子嚷道：“我们见过邕邕用手推人了！阿桐赢了！”

　　邕邕从来不会拒绝人，阿桐怎能知道一说那话，就能使她动手呢？

是春光底荡漾，把他这种心思泛出来呢？或者，天地之心就是这样呢？

你且看：漫游的薄云还是从这峰飞过那峰。

你且听：云雀和金莺底歌声还布满了空中和林中。在这万山环抱的桃林中，除那班爱闹的孩子以外，万物把春光领略得心眼都迷蒙了。

（原载 1922 年 5 月《小说月报》13 卷 5 号）

荼 蘼

我常得着男子送给我的东西，总没有当它们做宝贝看。我底朋友师松却不如此，因为她从不曾受过男子底赠与。

自鸣钟敲过四下以后，山上礼拜寺底聚会就完了。男男女女像出圈的羊，争要下到山坡觅食一般。那边有一个男学生跟着我们走，他底正名字我忘记了。我只记得人家都叫他做"宗之"。他手里拿着一枝荼蘼，且行且嗅。荼蘼本不是香花，他嗅着，不过是一种无聊举动便了。

"松姑娘，这枝荼蘼送给你。"他在我们后面嚷着。松姑娘回头看见他满脸堆着笑容递着那花，就速速伸手去接。她接着说："很多谢，很多谢。"宗之只笑着点点头，随即从西边的山径转回家去。

"他给我这个，是什么意思？"

"你想他有什么意思，他就有什么意思。"我这样回答她。走不多远，我们也分途各自家去了。

她自下午到晚上不歇把弄那枝荼蘼。那花像有极大的魔力，不让她撒手一样。她要放下时，每觉得花儿对她说："为什么离夺我？我不是从宗之手里递给你，交你照管的吗？"

呀，宗之底眼、鼻、口、齿、手、足、动作，没有一件不在花心跳跃着，没有一件不在她眼前的花枝显现出来！她心里说："你这美男子，为甚缘故送给我这花儿？"她又想起那天经坛上的讲章，就自己回答说："因为他顾念他使女底卑微，从今而后，万代要称我为有福。"

这是她爱荼蘼花，还是宗之爱她呢？我也说不清，只记得有一天我和宗之正坐在榕树根谈话的时候，他家底人跑来对他说："松姑娘吃了一朵什么花，说是你给她的。现在病了。她家底人要找你去问话咧。"

他吓了一跳，也摸不着头脑，只说："我哪时节给她东西吃？这真是……！"

我说："你细想一想。"他怎么也想不起来。我才提醒他说："你前个月在斜道上不是给了她一朵荼蘼吗？"

"对呀，可不是给了她一朵荼蘼！可是我哪里教她吃了呢？"

"为什么你单给她，不给别人？"我这样问他。

他很直截地说："我并没有什么意思，不过随手摘下，随手送给别人就是了。我平素送了许多东西给人，也没有什么事；怎么一朵小小的荼蘼就可使她着了魔？"

他还坐在那里沉吟，我便促他说："你还能在这里坐着么？不管她是误会，你是有意，你既然给了她，现在就得去看她一看才是。"

"我哪有什么意思？"

我说："你且去看看罢。蚌蛤何尝立志要生珠子呢？也不过是外间的沙粒偶然渗入它底壳里，它就不得不用尽工夫分泌些黏液把那小沙裹起来罢了。你虽无心，可是你底花一到她手里，管保她不因花而爱起你来吗？你敢保她不把那花当作你所赐给爱的标识，就纳入她底怀中，用心里无限的情思把它围绕得非常严密吗？也许她本无心，但因你那美意的沙无意中掉在她爱的贝壳里，使她不得不如此。不用踌躇了，且去看看罢。"

宗之这才站起来，皱一皱他那副冷静的脸庞，跟着来人从林菁底深处走出去了。

（原载 1922 年 6 月《小说月报》13 卷 6 号）

银翎底使命

　　黄先生约我到狮子山麓阴湿的地方去找捕蝇草。那时刚过梅雨之期，远地青山还被烟霞蒸着，惟有几朵山花在我们眼前淡定地看那在溪涧里逆行的鱼儿喋着它们底残瓣。

　　我们沿着溪涧走。正在找寻的时候，就看见一朵大白花从上游顺流而下。我说："这时候，那有偌大的白荷花流着呢？"

　　我底朋友说："你这近视鬼！你准看出那是白荷花么？我看那是……"

　　说时迟，来时快，那白的东西已经流到我们跟前。黄先生急把采集网拦住水面；那时，我才看出是一只鸽子。他从网里把那死的飞禽取出来，诧异说："是谁那么不仔细，把人家底传书鸽打死了！"他说时，从鸽翼下取出一封长的小信来，那信已被水浸透了；我们慢慢把它展开，披在一块石上。

　　"我们先看看这是从哪里来，要寄到哪里去的，然后给它寄去，如何？"我一面说，一面看着。但那上头不特地址没有，甚至上下的款识也没有。

　　黄先生说："我们先看看里头写的是什么，不必讲私德了。"

　　我笑着说："是，没有名字的信就是公的；所以我们也可以披阅一遍。"

　　于是我们一同念着：

　　　　你教昆儿带银翎、翠翼来，吩咐我，若是它们空着回去，就是我还平安的意思。我恐怕他知道，把这两只小宝贝寄在霞妹那里；谁知道前天她开笼搁饲料的时候，不提防把翠翼放走了！

嗳，爱者，你看翠翼没有带信回去，定然很安心，以为我还平平安安无事。我也很盼望你常想着我底精神和去年一样。不过现在不能不对你说的，就是过几天人就要把我接去了！我不得不叫你速速来和他计较。你一来，什么事都好办了。因为他怕的是你和他讲理。

嗳，爱者，你见信以后，必得前来，不然，就见我不着；以后只能在累累荒冢中读我底名字了，这不是我不等你，时间不让我等你哟！

我盼望银翎平平安安地带着它底使命回去。

我们念完，黄先生道："这是怎么一回事？"

"谁能猜呢？反正是不幸的事罢了。现在要紧的，就是怎样处置这封信。我想把它贴在树上，也许有知道这事的人经过这里，可以把它带去。"我摇着头，且轻轻地把信揭起。

黄先生说："不如拿到村里去打听一下，或者容易找出一点线索。"

我们商量之下，就另钞一张起来，仍把原信系在鸽翼底下。黄先生用采掘锹子在溪边挖了一个小坑，把鸽子葬在里头，回头为它立了一座小碑，且从水中淘出几块美丽的小石压在墓上。那墓就在山花盛开的地方，我一翻身，就把些花瓣摇下来，也落在这使者底墓上。

（原载 1922 年 6 月《小说月报》13 卷 6 号）

美底牢狱

求正在镜台边理她底晨妆，见她底丈夫从远地回来，就把头拢住，问道："我所需要的你都给带回来了没有？"

"对不起！你虽是一个建筑师或泥水匠，能为你自己建筑一座'美底牢狱'，我却不是一个转运者，不能为你搬运等等材料。"

"你念书不是念得越糊涂，便是越高深了！怎么你底话，我一点也听不懂？"

丈夫含笑说："不懂么？我知道你开口爱美，闭口爱美，多方地要求我给你带等等装饰回来。我想那些东西都围绕在你底体外，合起来，岂不是成为一座监禁你的牢狱吗？"

她静默了许久，也不作声。她底丈夫往下说："妻呀，我想你还不明白我底意思。我想所有美丽的东西，只能让它们散布在各处，我们只能在它们底出处爱它们；若是把它们聚拢起来，搁在一处，或在身上，那就不美了。……"

她睁着那双柔媚的眼，摇着头说："你说得不对，你说得不对。若不剖蚌，怎能得着珠玑呢？若不开山，怎能得着金刚、玉石、玛瑙等等宝物呢？而且那些东西，本来不美，必得人把它们琢磨出来，加以装饰，才能显得美丽咧。若说我要装饰，就是建筑一所美底牢狱，且把自己监在里头，且问谁不被监在这种牢狱里头呢？如果世间真有美底牢狱，像你所说，那么，我们不过是造成那牢狱的一沙一石罢了。"

"我底意思就是听其自然，连这一沙一石也无须留存。孔雀何为自己修饰羽毛呢？芰荷何尝把它底花染红了呢？"

"所以说它们没有美感！我告诉你，你自己也早已把你底牢狱建筑好了。"

"胡说！我何曾？"

"你心中不是有许多好的想象；不是要照你底好理想去行事么？你所有的，是不是从古人曾经建筑过的牢狱里捡出其中的残片？或是在自己的世界取出来的材料呢？自然要加上一点人为才能有意思。若是我底形状和荒古时候的人一样，你还爱我吗？我准敢说，你若不好好地住在你底牢狱里头，且不时时把牢狱底墙垣垒得高高的，我也不能爱你。"

刚愎的男子，你何尝佩服女子底话？你不过会说："就是你会说话！等我思想一会儿，再与你决战。"

（原载 1922 年 6 月《小说月报》13 卷 6 号）

补破衣底老妇人

　　她坐在檐前，微微的雨丝飘摇下来，多半聚在她脸庞底皱纹上头。她一点也不理会，尽管收拾她底筐子。

　　在她底筐子里有很美丽的零剪绸缎，也有很粗陋的麻头、布尾。她从没有理会雨丝在她头、面、身体之上乱扑，只提防着筐里那些好看的材料沾湿了。

　　那边来了两个小弟兄。也许他们是学校回来。小弟弟管她叫作"衣服底外科医生"，现在见她坐在檐前，就叫了一声。

　　她抬起头来，望着这两个孩子笑了一笑。那脸上底皱纹虽皱得更厉害，然而生底痛苦可以从那里挤出许多，更能表明她是一个享乐天年的老婆子。

　　小弟弟说："医生，你只用筐里底材料在别人底衣服上，怎么自己底衣服却不管了？你看你肩脖补的那一块又该掉下来了。"

　　老婆子摩一摩自己底肩脖，果然随手取下一块小方布来。她笑着对小弟弟说："你底眼睛实在精明！我这块原没有用线缝住，因为早晨忙着要出来，只用浆子暂时糊着，盼望晚上回去弥补；不提防雨丝替我揭起来了！……这揭得也不错。我，既如你所说，是一个衣服底外科医生，那么，我是不怕自己底衣服害病的。"

　　她仍是整理筐里底零剪绸缎，没理会雨丝零落在她身上。

　　哥哥说："我看爸爸底手册里夹着许多的零剪文件。他也是像你一样：不时地翻来翻去。他……"

　　弟弟插嘴说："他也是另一样的外科医生。"

　　老婆子把眼光射在他们身上，说："哥儿们，你们说得对了。你

198

们底爸爸爱惜小册里底零碎文件，也和我爱惜筐里底零剪绸缎一般。他凑合多少地方的好意思，等用得着时，就把它们编连起来，成为一种新的理解。所不同的，就是他用的头脑；我用的只是指头便了。你们叫他做……”

说到这里，父亲从里面出来，问起事由，便点头说：“老婆子，你底话很中肯要。我们所为，原就和你一样，东搜西罗，无非是些绸头、布尾，只配用来补补破衲袄罢了。”

父亲说完，就下了石阶，要在微雨中到葡萄园里，看看他底葡萄长芽了没有。这里孩子们还和老婆子争论着要号他们底爸爸做什么样医生。

（原载 1922 年 6 月《小说月报》13 卷 6 号）

光底死

　　光离开他底母亲去到无量无边一切世命的世界上。因为他走的时候脸上常带着很忧郁的容貌，所以一切能思维、能造作的灵体也和他表同情；一见他，都低着头容他走过去，甚至带着泪眼避开他。

　　光因此更烦闷了。他走得越远，力量越不足；最后，他躺下了。他躺下的地方，正在这块大地。在他旁边有几位聪明的天文家互相议论说："太阳底光，快要无所附丽了，因为他冷死的时期一天近似一天了。"

　　光垂着头，低声诉说："唉，诸大智者，你们为何净在我母亲和我身上担忧？你们岂不明白我是为饶益你们而来么？你们从没有在我面前做过我曾为你们做的事。你们没有接纳我，也没有……"

　　他母亲在很远的地方，见他躺在那里叹息，就叫他回去说："我底命儿，我所爱的，你回来罢。我一天一天任你自由地离开我，原是为众生底益处；他们既不承受，你何妨回来？"

　　光回答说："母亲，我不能回去了。因为我走遍了一切世界，遇见一切能思维、能造作的灵体，到现在还没有一句话能够对你回报的。不但如此，这里还有人正咒诅我们哪！我哪有面目回去呢？我就安息在这里罢。"

　　他底母亲听见这话，一种幽沉的颜色早已现在脸上。他从地上慢慢走到海边，带着自己底身体、威力，一分一厘地浸入水里。母亲也跟着晕过去了。

（原载 1922 年 6 月《小说月报》13 卷 6 号）

再　会

　　靠窗棂坐着那位老人家是一位航海者，刚从海外归来的。他和萧老太太是少年时代的朋友，彼此虽别离了那么些年，然而他们会面时，直像忘了当中经过的日子。现在他们正谈起少年时代的旧话。

　　"蔚明哥，你不是二十岁的时候出海的么？"她屈着自己底指头，数了一数，才用那双被阅历染浊了的眼睛看着她底朋友说，"呀，四十五年就像我现在数着指头一样地过去了！"

　　老人家把手捋一捋胡子，很得意地说："可不是！……记得我到你家辞行那一天，你正在园里饲你那只小鹿；我站在你身边一棵正开着花的枇杷树下，花香和你头上底油香杂窜入我底鼻中，当时，我底别绪也不晓得要从哪里说起；但你只低头抚着小鹿。我想你那时也不能多说什么，你竟然先问一句'要等到什么时候我们再能相见呢'？我就慢答道：'无须多少时候。'那时，你……"

　　老太太接着说："那时候的光景我也记得很清楚。当你说这句的时候，我不是说'要等再相见时，除非是黑墨有洗得白的时节'。哈哈！你去时，那缕漆黑的头发现在岂不是已被海水洗白了么？"

　　老人家摩摩自己底头顶，说："对啦！这也算应验哪！可惜我总不见芳哥，他过去多少年了？"

　　"唉，久了！你看我已经抱过四个孙儿了。"她说时，看着窗外几个孩子在瓜棚下玩，就指着那最高的孩子说，"你看鼎儿已经十二岁了，他公公就在他弥月后去世的。"

　　他们谈话时，丫头端了一盘牡蛎煎饼来。老太太举手让着蔚明哥说："我定知道你底嗜好还没有改变，所以特地为你做这东西。

"你记得我们少时，你母亲有一天做这样的饼给我们吃。你拿一块，吃完了才嫌饼里底牡蛎少，助料也不如我的多，闹着要把我底饼抢去。当时，你母亲说了一句话，教我常常忆起，就是'好孩子，算了罢。助料都是搁在一起渗匀的。做的时候，谁有工夫把分量细细去分配呢？这自然是免不了有些多，有些少的；只要饼底气味好就够了。你所吃的原不定就是为你做的，可是你已经吃过，就不能再要了。'蔚明哥，你说末了这话多么感动我呢！拿这个来比我们底境遇罢：境遇虽然一个一个排列在面前，容我们有机会选择，有人选得好，有人选得歹，可是选定以后，就不能再选了。"

老人家拿起饼来吃，慢慢地说："对啦！你看我这一生净在海面生活，生活极其简单，不像你这么繁复，然而我还是像当时吃那饼一样——也就饱了。"

"我想我老是多得便宜。我底'境遇底饼'虽然多一些助料，也许好吃一些，但是我底饱足是和你一样的。"

谈旧事是多么开心的事！看这光景，他们像要把少年时代的事迹一一回溯一遍似的。但外面的孩子们不晓得因什么事闹起来，老太太先出去做判官；这里留着一位矍铄的航海者静静地坐着吃他底饼。

（原载 1922 年 6 月《小说月报》13 卷 6 号）

桥　边

我们住的地方就在桃溪溪畔。夹岸遍是桃林：桃实、桃叶映入水中，更显出溪边底静谧。真想不到仓皇出走的人还能享受这明媚的景色！我们日日在林下游玩；有时蹀过溪桥，到朋友底蔗园里找新生的甘蔗吃。

这一天，我们又要到蔗园去，刚蹀过桥，便见阿芳——蔗园底小主人——很忧郁地坐在桥下。

"阿芳哥，起来领我们到你园里去。"他举起头来，望了我们一眼，也没有说什么。

我哥哥说："阿芳，你不是说你一到水边就把一切的烦闷都洗掉了吗？你不是说你是水边底蜻蜓么？你看歇在水荭花上那只蜻蜓比你怎样？"

"不错。然而今天就是我第一次的忧闷。"

我们都下到岸边，围绕住他，要打听这回事。他说："方才红儿掉在水里了！"红儿是他底腹婚妻，天天都和他在一块儿玩的。我们听了他这话，都惊讶得很。哥哥说："那么，你还能在这里闷坐着吗？还不赶紧去叫人来？"

"我一回去，我妈心里底忧郁怕也要一颗一颗地结出来，像桃实一样了。我宁可独自在此忧伤，不忍使我妈妈知道。"

我底哥哥不等说完，一股气就跑到红儿家里。这里阿芳还在皱着眉头，我也眼巴巴地望着他，一声也不响。

"谁掉在水里啦？"

我一听，是红儿底声音，速回头一望，果然哥哥携着红儿来了！

她笑眯眯地走到芳哥跟前，芳哥像很惊讶地望着她。很久，他才出声说："你底话不灵了么？方才我贪着要到水边看看我底影儿，把它搁在树桠上，不留神轻风一摇，把它摇落水里。它随着流水往下流去；我回头要抱它，它已不在了。"

红儿才知道掉在水里的是她所赠与的小团。她曾对阿芳说那小团也叫红儿，若是把它丢了，便是丢了她。所以芳哥这么谨慎看护着。

芳哥实在以红儿所说的话是千真万真的，看今天的光景，可就教他怀疑了。他说："哦，你底话也是不准的！我这时才知道丢了你底东西不算丢了你，真把你丢了才算。"

我哥哥对红儿说："无意的话倒能教人深信：芳哥对你的信念，头一次就在无意中给你打破了。"

红儿也不着急，只优游地说："信念算什么？要真相知才有用哪。……也好，我借着这个就知道他了。我们还是到蔗园去罢。"

我们一同到蔗园去，芳哥方才的忧郁也和糖汁一同吞下去了。

（原载 1922 年 8 月《小说月报》13 卷 8 号）

头　发

　　这村里底大道今天忽然点缀了许多好看的树叶，一直达到村外底麻栗林边。村里底人，男男女女都穿得很整齐，像举行什么大节期一样，但六月间没有重要的节期，婚礼也用不着这么张罗，到底是为甚事？

　　那边底男子们都唱着他们底歌，女子也都和着。我只静静地站在一边看。

　　一队兵押着一个壮年的比丘从大道那头进前。村里底人见他来了，歌唱得更大声。妇人们都把头发披下来，争着跪在道旁，把头发铺在道中；从远一望，直像整匹的黑练摊在那里。那位比丘从容地从众女人底头发上走过；后面底男子们都嚷着："可赞美的孔雀旗呀！"

　　他们这一嚷就把我提醒了。这不是倡自治的孟法师入狱的日子吗？我心里这样猜，赶到他离村里底大道远了，才转过篱笆底西边。刚一拐弯，便遇着一个少女摩着自己底头发，很懊恼地站在那里。我问她说："小姑娘，你站在此地，为你们底大师伤心么？"

　　"固然。但是我还咒诅我底头发为什么偏生短了，不能摊在地上，教大师脚下底尘土留下些少在上头。你说今日村里底众女子，哪一个不比我荣幸呢？"

　　"这有什么荣幸？若你有心恭敬你底国土和你底大师就够了。"

　　"咦！静藏在心里底恭敬是不够的。"

　　"那么，等他出狱的时候，你底头发就够长了。"

　　女孩子听了，非常喜欢，至于跳起来说："得先生这一祝福，我底头发在那时定能比别人长些。多谢了！"

　　她跳着从篱笆对面的流连子园去了。我从西边一直走，到那麻栗林边。那里底土很湿，大师底脚印和兵士底鞋印在上头印得很分明。

（原载 1922 年 8 月《小说月报》13 卷 8 号）

疲倦的母亲

那边一个孩子靠近车窗坐着，远山，近水，一幅一幅，次第嵌入窗户，射到他底眼中。他手画着，口中还咿咿呀呀地唱些没字曲。

在他身边坐着一个中年妇人，低着头瞌睡。孩子转过脸来，摇了她几下，说："妈妈，你看看，外面那座山很像我家门前的呢。"

母亲举起头来，把眼略睁一睁，没有出声，又支着颐睡去。

过一会，孩子又摇她，说："妈妈，'不要睡罢，看睡出病来了'。你且睁一睁眼看看外面八哥和牛打架呢。"

母亲把眼略略睁开，轻轻打了孩子一下，没有作声，支着头又睡去。

孩子鼓着腮，很不高兴。但过一会，他又唱起来了。

"妈妈，听我唱歌罢。"孩子对着她说了，又摇她几下。

母亲带着不喜欢的样子说："你闹什么？我都见过，都听过，都知道了；你不知道我很疲乏，不容我歇一下么？"

孩子说："我们是一起出来的，怎么我还顶精神，你就疲乏起来？难道大人不如孩子么？"

车还在深林平畴之间穿行着。车中底人，除那孩子和一二个旅客以外，少有不像他母亲那么酣睡的。

（原载 1922 年 8 月《小说月报》13 卷 8 号）

我　想

我想什么？

我心里本有一条达到极乐园地的路，从前曾被那女人走过的；现在那人不在了，这条路不但是荒芜，并且被野草、闲花、棘枝、绕藤占据得找不出来了！

我许久就想着这条路，不单是开给她走的，她不在，我岂不能独自来往？

但是野草、闲花这样美丽、香甜，我怎舍得把它们去掉呢？棘枝、绕藤又那样横逆、蔓延，我手里又没有器械，怎敢惹它们呢？我想独自在那路上徘徊，总没有实行的日子。

日子一久，我连那条路底方向也忘了。我只能日日跑到路口那个小池底岸边静坐，在那里怅望，和沉思那草掩藤封的道途。

狂风一吹，野花乱坠，池中锦鱼道是好饵来了，争着上来唼喋。我所想的，也浮在水面被鱼喋入口里；复幻成泡沫吐出来，仍旧浮回空中。

鱼还是活活泼泼地游，路又不肯自己开了，我更不能把所想的撇在一边。呀！

我定睛望着上下游泳的锦鱼，我底回想也随着上下游荡。

呀，女人！你现在成为我"记忆底池"中底锦鱼了。你有时浮上来，使我得以看见你；有时沉下去，使我费神猜想你是在某片落叶底下，或某块沙石之间。

但是那条路底方向我早忘了，我只能每日坐在池边，盼望你能从水底浮上来。

（原载 1922 年 8 月《小说月报》13 卷 8 号）

乡曲底狂言

在城市住久了，每要害起村庄的相思病来。我喜欢到村庄去，不单是贪玩那不染尘垢的山水，并且爱和村里底人攀谈。我常想着到村里听庄稼人说两句愚拙的话语，胜过在都邑里领受那些智者底高谈大论。

这日，我们又跑到村里拜访耕田的隆哥。他是这小村底长者，自己耕着几亩地，还艺一所菜园。他底生活倒是可以羡慕的。他知道我们不愿意在他矮陋的茅屋里，就让我们到篱外底瓜棚底下坐坐。

横空的长虹从前山底凹处吐出来，七色的影印在清潭的水面。我们正凝神看着，蓦然听得隆哥好像对着别人说："冲那边走罢，这里有人。"

"我也是人，为何这里就走不得？"我们转过脸来，那人已站在我们跟前。那人一见我们，应行的礼，他也懂得。我们问过他底姓名，请他坐。隆哥看见这样，也就不作声了。

我们看他不像平常人，但他有什么毛病，我们也无从说起。他对我们说："自从我回来，村里底人不晓得当我做个什么。我想我并没有坏意思，我也不打人，也不叫人吃亏，也不占人便宜，怎么他们就这般地欺负我——连路也不许我走？"

和我同来的朋友问隆哥说："他底职业是什么？"隆哥还没作声，他便说："我有事做，我是有职业的人。"说着，便从口袋里掏出一本小折子来，对我底朋友说："我是做买卖的。我做了许久了，这本折子里所记的账不晓得是人该我的，还是我该人的，我也记不清楚，请你给我看看。"他把折子递给我底朋友，我们一同看，原来是同治年

间的废折！我们忍不住大笑起来，隆哥也笑了。

隆哥怕他招笑话，想法子把他轰走。我们问起他底来历，隆哥说他从少在天津做买卖，许久没有消息，前几天刚回来的。我们才知道他是村里新回来的一个狂人。

隆哥说："怎么一个好好的人到城市里就变成一个疯子回来？我听见人家说城里有什么疯人院，是造就这种疯子的。你们住在城里，可知道有没有这回事？"

我回答说："笑话！疯人院是人疯了才到里边去，并不是把好好的人送到那里教疯了放出来的。"

"既然如此，为何他不到疯人院里住，反跑回来到处骚扰？"

"那我可不知道了。"我回答时，我底朋友同时对他说："我们也是疯人，为何不到疯人院里住？"

隆哥很诧异地问："什么？"

我底朋友对我说："我这话，你说对不对？认真说起来，我们何尝不狂？要是方才那人才不狂呢。我们心里想什么，口又不敢说，手也不敢动，只会装出一副脸孔；倒不如他想说什么便说什么，想做什么就做什么，那份诚实，是我们做不到的。我们若想起我们那些受拘束而显出来的动作，比起他那真诚的自由行动，岂不是我们倒成了狂人？这样看来，我们才疯，他并不疯。"

隆哥不耐烦地说："今天我们都发狂了，说那个干什么？我们谈别的罢。"

瓜棚底下闲谈，不觉把印在水面长虹惊胞了。隆哥底儿子赶着一对白鹅向潭边来。我底精神又贯注在那纯净的家禽身上。鹅见着水也就发狂了。它们互叫了两声，便拍着翅膀趋入水里，把静明的镜面踏破。

（原载 1922 年 8 月《小说月报》13 卷 8 号）

生

　　我底生活好像一棵龙舌兰，一叶一叶慢慢地长起来。某一片叶在一个时期曾被那美丽的昆虫做过巢穴；某一片叶曾被小鸟们歇在上头歌唱过。现在那些叶子都落掉了！只有瘢楞的痕迹留在干上，人也忘了某叶某叶曾经显过的样子；那些叶子曾经历过的事迹惟有龙舌兰自己可以记忆得来，可是它不能说给别人知道。

　　我底生活好像我手里这管笛子。它在竹林里长着的时候，许多好鸟歌唱给它听；许多猛兽长啸给它听；甚至天中底风、雨、雷、电都不时教给它发音底方法。

　　它长大了，一切教师所教的都纳入它底记忆里，然而它身中仍是空空洞洞，没有什么。

　　做乐器者把它截下来，开几个气孔，搁在唇边一吹，它从前学的都吐露出来了。

（原载 1922 年 8 月《小说月报》13 卷 8 号）

公理战胜

那晚上要举行战胜纪念第一次的典礼，不曾尝过战苦的人们争着要尝一尝战后的甘味。式场前头底人，未到七点钟，早就挤满了。

那边一个声音说："你也来了！你可是为庆贺公理战胜来的？"这边随着回答道："我只来瞧热闹，管他公理战胜不战胜。"

在我耳边恍惚有一个说话带乡下土腔的说："一个洋皇上生日倒比什么都热闹！"

我底朋友笑了。

我郑重地对他说："你听这愚拙的话，倒很入理。"

"我也信——若说战神是洋皇帝的话。"

人声、乐声、枪声和等等杂响混在一处，几乎把我们底耳鼓震裂了。我底朋友说："你看，那边预备放烟花了，我们过去看看罢。"

我们远远站着，看那红、黄、蓝、白诸色火花次第地冒上来。"这真好，这真好！"许多人都是这样颂扬。但这是不是颂扬公理战胜？

旁边有一个人说："你这灿烂的烟花，何尝不是地狱底火焰？若是真有个地狱，我想其中的火焰也是这般好看。"

我底朋友低声对我说："对呀，这烟花岂不是从纪念战死的人而来的？战死的苦我们没有尝到，由战死而显出来的地狱火焰我们倒看见了。"

我说："所以我们今晚的来，不是要趁热闹，乃是要凭吊那班愚昧可怜的牺牲者。"

谈论尽管谈论，烟花还是一样地放。我们底声音常是沦没在腾沸的人海里。

（原载 1922 年 8 月《小说月报》13 卷 8 号）

面　具

　　人面原不如那纸制的面具哟！你看那红的、黑的、白的、青的、喜笑的、悲哀的、目眦怒得欲裂的面容，无论你怎样褒奖，怎样弃嫌，它们一点也不改变。红的还是红，白的还是白，目眦欲裂的还是目眦欲裂。

　　人面呢？颜色比那纸制的小玩意儿好而且活动，带着生气。可是你褒奖他的时候，他虽是很高兴，脸上却装出很不愿意的样子；你指摘他的时候，他虽是懊恼，脸上偏要显出勇于纳言的颜色。

　　人面到底是靠不住呀！我们要学面具，但不要戴它，因为面具从头应当让它空着才好。

（原载 1922 年 8 月《小说月报》13 卷 8 号）

落花生

我们屋后有半亩隙地。母亲说:"让它荒芜着怪可惜,既然你们那么爱吃花生,就辟来做花生园罢。"我们几姊弟和几个小丫头都很喜欢——买种的买种,动土的动土,灌园的灌园;过不了几个月,居然收获了!

妈妈说:"今晚我们可以做一个收获节,也请你们爹爹来尝尝我们底新花生,如何?"我们都答应了。母亲把花生做成好几样的食品,还吩咐这节期要在园里底茅亭举行。

那晚上底天色不大好,可是爹爹也到来,实在很难得!爹爹说:"你们爱吃花生么?"

我们都争着答应:"爱!"

"谁能把花生底好处说出来?"

姊姊说;"花生底气味很美。"

哥哥说:"花生可以制油。"

我说:"无论何等人都可以用贱价买它来吃;都喜欢吃它。这就是它的好处。"

爹爹说:"花生底用处固然很多,但有一样是很可贵的。这小小的豆不像那好看的苹果、桃子、石榴,把它们底果实悬在枝上,鲜红嫩绿的颜色,令人一望而发生羡慕的心。它只把果子埋在地底,等到成熟,才容人把它挖出来。你们偶然看见一棵花生瑟缩地长在地上,不能立刻辨出它有没有果实,非得等到你接触它才能知道。"

我们都说:"是的。"母亲也点点头。爹爹接下去说:"所以你们要像花生,因为它是有用的,不是伟大、好看的东西。"我说:"那么，人要做有用的人，不要做伟大、体面的人了。"爹爹说："这是我对于你们的希望。"

我们谈到夜阑才散，所有花生食品虽然没有了，然而父亲底话现在还印在我心版上。

（原载 1922 年 8 月《小说月报》13 卷 8 号）

爱流汐涨

月儿底步履已踏过嵇家底东墙了。孩子在院里已等了许久,一看见上半弧底光刚射过墙头,便忙忙跑到屋里叫道:"爹爹,月儿上来了,出来给我燃香罢。"

屋里坐着一个中年的男子,他底心负了无量的愁闷。外面底月亮虽然还像去年那么圆满,那么光明,可是他对于月亮底情绪就大不如去年了。当孩子进来叫他的时候,他就起来,勉强回答说:"宝璜,今晚上不必拜月,我们到院里对着月光吃些果品,回头再出去看看别人底热闹。"

孩子一听见要出去看热闹,更喜得了不得。他说:"为什么今晚上不拈香呢?记得从前是妈妈点给我的。"

父亲没有回答他。但孩子底话很多,问得父亲越发伤心了。他对着孩子不甚说话。只有向月不歇地叹息。

"爹爹今晚上不舒服么?为何气喘得那么厉害?"

父亲说:"是,我今晚上病了。你不是要出去看热闹么?可以教素云姐带你去,我不能去了。"

素云是一个年长的丫头。主人底心思、性地,她本十分明白,所以家里无论大小事几乎是她一人主持。她带宝璜出门,到河边看看船上和岸上各样的灯色,便中就告诉孩子说:"你爹爹今晚不舒服了,我们得早一点回去才是。"

孩子说:"爹爹白天还好好地,为何晚上就害起病来?"

"唉,你记不得后天是妈妈底百日吗?"

"什么是妈妈底百日?"

"妈妈死掉，到后天是一百天底工夫。"

孩子实在不能理会那"一百日"底深密意思。素云只得说："夜深了，咱们回家去罢。"

素云和孩子回来的时候，父亲已经躺在床上，见他们回来，就说："你们回来了。"她跑到床前回答说："二爷，我们回来了，晚上大哥儿可以和我同睡，我招呼他，好不好？"

父亲说："不必。你还是睡你的罢。你把他安置好，就可以去歇息，这里没有什么事。"

这个七岁的孩子就睡在离父亲不远的一张小床上。外头底鼓乐声，和树梢底月影，把孩子嬲得不能睡觉。在睡眠的时候，父亲本有命令，不许说话；所以孩子只得默听着，不敢发出什么声音。

乐声远了，在近处底杂响中，最刺激孩子的，就是从父亲那里发出来的啜泣声。在孩子底思想里，大人是不会哭的。所以他很诧异地问："爹爹，你怕黑么？大猫要来咬你么？你哭什么？"他说着就要起来，因为他也怕大猫。

父亲阻止他，说："爹爹今晚上不舒服，没有别的事。不许起来。"

"咦，爹爹明明哭了！我每哭的时候，爹爹说我底声音像河里水声潺潺地响；现在爹爹底声音也和那个一样。呀，爹爹，别哭了。爹爹一哭，教宝璜怎能睡觉呢？"

孩子越说越多，弄得父亲底心绪更乱。他不能用什么话来对付孩子，只说："璜儿，我不是说过，在睡觉时不许说话么？你再说时，爹爹就不疼你了。好好地睡罢。"

孩子只复说一句："爹爹要哭，教人怎样睡得着呢？"以后他就静默了。

这晚上底催眠歌，就是父亲底抽噎声。不久，孩子也因着这声就发出微细的鼾息；屋里只有些杂响伴着父亲发出哀音。

（原载《空山灵雨》商务印书馆 1925 年 6 月版）

我的童年

延平郡王祠边

小时候的事情是很值得自己回想底。父母底爱固然是一件永远不能再得底宝贝，但自己的幼年的幻想与情绪也像暧昧的孤云随着旭日升起以后，飞到天顶，便渐次地消失了。现在所留底不过是强烈的后象，以相反的色调在心头映射着。

出世后几年间是无知的时期，所能记底只是从家长们听得关于自己底零碎事情，虽然没什么趣味，却不妨记记实。在公元一八九三年二月十四日，正当光绪十九年十二月二十八底上午丑时，我生于台湾台南府城延平郡王祠边的窥园里。这园是我祖父置底。出门不远，有一座马伏波祠，本地人称为马公庙，称我们的家为马公庙许厝。我的乳母求官是一个佃户的妻子，她很小心地照顾我。据母亲说，她老不肯放我下地，一直到我会在桌上走两步底时候，她才惊讶地嚷出来："丑官会走了！"叔丑是我底小名，因为我是丑时生底。母亲姓吴，兄弟们都称她叫"姬"，是我们几弟兄跟着大哥这样叫底，乡人称母亲为"阿姐""阿姨""乃娘"，却没有称"姬"底，家里叔伯兄弟们称呼他们底母亲，也不是这样，所以"姬"是我们几兄弟对母亲所用底专名。

姬生我底时候是三十多岁，她说我小的时候，皮肤白得像那刚蜕皮底小螳螂一般。这也许不是赞我，或者是由乳母不让我出外晒太阳的原故。老家底光景，我一点印象也没有。在我还不到一周年底时候，

218

中日战争便起来了。台湾底割让，迫着我全家在一八九六年□日（原文空掉日子）离开乡里。妪在我幼年时常对我说当时出走底情形，我现在只记得几件有点意思底，一件是她在要安平上船以前，到关帝庙去求签，问问台湾要到几时才归中国。签诗大意回答她底大意说，中国是像一株枯杨，要等到它底根上再发新芽底时候才有希望。深信着台湾若不归还中国，她定是不能再见到家门底。但她永远不了解枯树上发新枝是指什么，这谜到她去世时还在猜着。她自逃出来以后就没有回去过。第二件可纪念底事，是她在猪圈里养了一只"天公猪"，临出门底时候，她到栏外去看它，流着泪对它说："公猪，你没有福分上天公坛了，再见吧。"那猪也像流着泪，用那断藕般底鼻子嗅着她底手，低声呜呜地叫着。台湾底风俗男子生到十三四岁底年纪，家人必得为他抱一只小公猪来养着，等到十六岁上元日，把它宰来祭上帝。所以管它叫"天公猪"，公猪由主妇亲自豢养底，三四年之中，不能叫它生气、吃惊、害病等。食料得用好的，绝不能把污秽的东西给它吃，也不能放它出去游荡像平常的猪一般。更不能容它与母猪在一起。换句话，它是一只预备做牺牲的圣畜。我们家那只公猪是为大哥养的。他那年已过了十三岁。她每天亲自养它，已经快到一年了。公猪看见她到栏外格外显出亲切的情谊。她说的话，也许它能理会几分。我们到汕头三个月以后，得着看家的来信，说那公猪自从她去后，就不大肯吃东西，渐渐地瘦了，不到半年公猪竟然死了。她到十年以后还在想念着它。她叹息公猪没福分上天公坛，大哥没福分用一只自豢底圣畜。故乡底风俗男子生后三日剃胎发，必在囟门上留一撮，名叫"囟鬃"。长了许剪不许剃，必得到了十六岁的上元日设坛散礼玉皇大帝及天宫，在神前剃下来。用红线包起，放在香炉前和公猪一起供着，这是古代冠礼底遗意。

还有一件是妪养的一双绒毛鸡。广东叫作竹丝鸡，很能下蛋。她打了一双金耳环带在它底碧色的小耳朵上。临出门的时候，她叫看家好好地保护它。到了汕头之后，又听见家里出来底人说，父亲常骑的那匹马被日本人牵去了。日本人把它上了铁蹄。它受不了，不久也死

了。父亲没与我们同走。他带着国防兵在山里，刘永福又要他去守安平。那时民主国底大势已去，在台南底刘永福，也没有什么办法，只好预备走。但他又不许人多带金银，在城门口有他底兵搜查"走反"的人民。乡人对于任何变化都叫作"反"。反朱一贵，反载万生，反法兰西，都曾大规模逃走到别处去。乙未年底"走日本反"恐怕是最大的"走"了。妪说我们出城时也受过严密底检查。因为走得太仓促，现银预备不出来。所带底只有十几条纹银，那还是到大姑母底金铺现兑底。全家人到城门口，已是拥挤得很。当日出城底有大伯父一支五口，四婶一支四口，妪和我们姊弟六口，还有杨表哥一家，和我们几兄弟底乳母及家丁等七八口，一共二十多人。先坐牛车到南门外自己的田庄里过一宿，第二天才出安平乘竹筏上轮船到汕头去。妪说我当时只穿着一套夏布衣服；家里底人穿底都是夏天衣服，所以一到汕头不久，很费了事为大家做衣服。我到现在还仿佛地记忆着我是被人抱着在街上走，看见满街上人拥挤得很，这是我最初印在我脑子里底经验。自然当时不知道是什么，依通常计算虽叫作三岁，其实只有十八个月左右。一切都是很模糊的。

我家原是从揭阳移居于台湾底。因为年代远久，族谱里底世系对不上，一时不能归宗。爹底行止还没一定，所以暂时寄住在本家底祠堂里。主人是许子荣先生与子明先生二位昆季，我们称呼子荣为太公，子明为三爷。他们二位是爹底早年的盟兄弟。祠堂在桃都底的围村，地方很宏敞。我们一家都住得很舒适。太公的二少爷是个秀才，我们称他为杞南兄，大少爷在广州经商，我们称他做梅坡哥。祠堂底右边是杞南兄住着，我们住在左边的一段。妪与我们几兄弟住在一间房。对面是四婶和她底子女住。隔一个天井，是大伯父一家住。大哥与伯父底儿子们辛哥住伯父底对面房。当中各隔着一间厅。大伯底姨太清姨和逊姨住左厢房，杨表哥住外厢房，其余乳母工人都在厅上打铺睡。这样算是在一个小小的地方安顿了一家子。

祠堂前头有一条溪，溪边有蔗园一大区，我们几个小弟兄常常跑到园里去捉迷藏；可是大人们怕里头有蛇，常常不许我们去。离蔗园不远的地方还有一区果园，我还记得柚子树很多。到开花底时候，一阵阵的清香教人闻到觉得非常愉快；这气味好像现在还有留着。那也许是我第一次自觉在树林里遨游。在花香与蜂闹底树下，在地上玩泥土，玩了大半天才被人叫回家去。

姬是不喜欢我们到祠堂外去底，她不许我们到水边玩，怕掉在水里；不许到果园里去，怕糟蹋人家底花果；又不许到蔗园去，怕被蛇咬了。离祠堂不远通到村市底那道桥，非有人领着，是绝对不许去底，若犯了她底命令，除掉打一顿之外，就得受缔佛的刑罚。缔佛是从乡人迎神赛会时把偶像缔结在神舆上以防倾倒底意义得来底，我与叔庚被缔底时候次数最多，几乎没有一天不"缔"整个下午。

（原载 1941 年 8 月香港《新儿童》1 卷 6 期）

牛津的书虫

牛津实在是学者的学国，我在此地两年底生活尽用于波德林图书馆，印度学院，阿克关屋（社会人类学讲室），及曼斯斐尔学院中，竟不觉归期已近。

同学们每叫我做"书虫"，定蜀尝鄙夷地说我于每谈论中，不上三句话，便要引经据典，"真正死路"！刘锴说："你成日读书，睇读死你呀！"书虫诚然是无用的东西，但读书读到死，是我所乐为。假使我底财力、事业能够容允我，我诚愿在牛津做一辈子底书虫。

我在幼时已决心为书虫生活。自破笔受业直到如今，二十五年间未尝变志。但是要做书虫，在现在的世界本不容易。须要具足五个条件才可以。五件者：第一要身体康健；第二要家道丰裕；第三要事业清闲；第四要志趣淡薄；第五要宿慧超越。我于此五件，一无所有！故我以十年之功只当他人一夕之业。于诸学问、途径还未看得清楚，何敢希望登堂入室？但我并不因我底资质与境遇而灰心，我还是抱着读得一日便得一日之益底心志。

为学有三条路向：一是深思，二是多闻，三是能干。第一途是做成思想家底路向；第二是学者；第三是事业家。这三种人同是为学，而其对于同一对象底理解则不一致。譬如有人在居庸关下偶然捡起一块石头，一个思想家要想他怎样会在那里，怎样被人捡起来，和他底存在底意义。若是一个地质学者，他对于那石头便从地质方面原原本本地说。若是一个历史学者，他便要探求那石与过去史实有无底关系。若是一个事业家，他只想着要怎样利用那石而已。三途之中，以多闻为本。我邦先贤教人以"博闻强记"，及教人"不学而好思，虽知不广"底话，真可谓能得为学底正谊。但在现在的世界，能专一途底很少。因为生活上等等的压迫，及种种知识上的需要，使人难为纯粹的思想家或事业家。假使苏格拉底生于今日的希拉，他难免也要写几篇关于近东问题底论文投到报馆里去卖几个钱。他也得懂得一点汽车、无线电的使用方法。也许他也会把钱财存在银行里。这并不是因为"人心不古"，乃是因为人事不古。近代人需要等等知识为生活底资助，大势所趋，必不能在短期间产生纯粹的或深邃的专家。故为学要先多能，然后专攻，庶几可以自存，可以有所供献。吾人生于今日，对于学问。专既难能，博又不易，所以应于上列三途中至少要兼二程。兼多闻与深思者为文学家。兼多闻与能干底为科学家。就是说一个人具有学者与思想家底才能，便是文学家；具有学者与专业家的功能底，便是科学家。文学家与科学家同要具学者底资格所不同者，一是偏于理解，一是偏于作用，一是修文，一是格物（自然我所用科学家与文学家底名字是广义的）。进一步说，舍多闻既不能有深思，亦不能生能干，所以多闻是为学根本。多闻多见为学者应有底事情，如人能够做到，才算得过着书虫的生活。当彷徨于学问底歧途时，若不能早自决断该向哪一条路走去，他底学业必致如荒漠的砂粒，既不能长育生灵，又不堪制作器用。即使他能下笔千言，必无一字可取。纵使他能临事多谋，必无一策能成。我邦学者，每不擅于过书虫生活，在歧途上既不能慎自抉择，复不虚心求教；过得去时，便充名士；过不去时，就变劣绅，所以我觉得留学而学普通知识，是一个民族最羞耻的事情。

我每觉得我们中间真正的书虫太少了。这是因为我们当学生底多半穷乏，急于谋生，不能具足上说五种求学条件所致。从前生活简单，旧式书院未变学堂底时代，还可以希望从领膏火费底生员中造成一二。至于今日底官费生或公费生，多半是虚掷时间和金钱底。这样的光景在留学界中更为显然。

牛津底书虫很多，各人都能利用他底机会去钻研，对于有学无财底人，各学院尽予津贴，未卒业者为"津贴生"，已卒业者为"特待校友"，特待校友中有一辈以读书为职业底。要有这样的待遇，然后

可产出高等学者。在今日的中国要靠著作度日是绝对不可能的。因社会程度过低，还养不起著作家。……所以著作家底生活与地位在他国是了不得，在我国是不得了！著作家还养不起，何况能养在大学里以读书为生的书虫？这也许就是中国底"知识阶级"不打而自倒底原因。

　　…………

　　　　　　　　　　　　　　（原载 1950 年 2 月 2 日香港《工商日报》）

上景山

　　无论哪一季，登景山最合宜的时间是在清早或下午三点以后。晴天，眼界可以望朦胧处；雨天，可以赏雨脚底长度和电光底迅射；雪天，可以令人咀嚼着无色界底滋味。

　　在万春亭上坐着，定神看北上门后底马路（从前路在门前，如今路在门后）尽是行人和车马，路边底梓树都已掉了叶子。不错，已经立冬了，今年天气可有点怪，到现在还没冻冰。多谢芰荷底业主把残茎都去掉，教我们能看见紫禁城外护城河底水光还在闪烁着。

　　神武门上是关闭得严严地。最讨厌的是楼前那枝很长的旗杆，侮辱了全个建筑底庄严。门楼两旁树它一对，不成吗？禁城上时时有人在走着，恐怕都是外国的旅人。

　　皇宫一所一所排列着非常整齐。怎么一个那么不讲纪律底民族，会建筑这么严整的宫廷？我对着一片黄瓦这样想着。不，说不讲纪律未免有点过火，我们可以说这民族是把旧的纪律忘掉，正在找一个新的咧。新的找不着，终究还要回来的。北京房子，皇宫也算在里头，主要的建筑都是向南的，谁也没有这样强迫过建筑者，说非这样修不可。但纪律因为利益所在，在不言中被遵守了夏天受着解愠的熏风，冬天接着可爱的暖日，只要守着盖房子底法则，这利益是不用争而自来的。所以我们要问在我们的政治社会里有这样的熏风和暖日吗？

　　最初在崖壁上写大字铭功底是强盗底老师，我眼睛看着神武门上底几个大字，心里想着李斯。皇帝也是强盗底一种，是个白痴强盗。他抢了天下把自己监禁在宫中，把一切宝物聚在身边，以为他是富有天下。这样一代过一代，到头来还是被他底糊涂奴仆，或贪婪臣宰，

讨、瞒、偷、换，到连性命也不定保得住。这岂不是个白痴强盗？在白痴强盗底下才会产出大盗和小偷来。一个小偷，多少总要有一点跳女墙钻狗洞底本领，有他的禁忌，有他底信仰和道德。大盗只会利用他的奴性去请托攀缘，自赞赞他，禁忌固然没有，道德更不必提。谁也不能不承认盗贼是寄生人类底一种，但最可杀的是那班为大盗之一的斯文贼。他们不像小偷为延命去营鼠雀底生活；也不像一般的大盗，凭着自己的勇敢去抢天下。所以明火打劫底强盗最恨底是斯文贼。这里我又联想到张献忠。有一次他开科取士，檄诸州举贡生员，后至者妻女充院，本犯剥皮，有司教官斩，连坐十家。诸生到时，他要他们在一丈见方底大黄旗上写个帅字，字画要像斗底粗大，还要一笔写成。一个生员王志道缚草为笔，用大缸贮墨汁将草笔泡在缸里，三天，再取出来写，果然一笔写成了。他以为可以讨献忠底喜欢，谁知献忠说："他日图我必定是你。"立即把他杀来祭旗。献忠对待念书人是多么痛快。他知道他们是寄生底寄生。他底使命是来杀他们。

东城西城底天空中，时见一群一群旋飞的鸽子。除去打麻雀，逛窑子，上酒楼以外，这也是一种古典的娱乐。这种娱乐也来得群众化一点。它能在空中发出和悦的响声，翩翩地飞绕着，教人觉得在一个灰白色的冷天，满天乱飞乱叫底老鸹底讨厌。然而在刮大风底时候，若是你有勇气上景山底最高处，看看天安门楼屋脊上底鸦群，噪叫底声音是听不见，它们随风飞扬，直像从什么大树飘下来底败叶，凌乱得有意思。

万春亭周围被挖得东一沟，西一窟，据说是管宫底当局挖来试看煤山是不是个大煤堆，像历来的传说所传底，我心里暗笑信这说底人们。是不是因为北宋亡国底时候，都人在城被围时，拆毁艮岳底建筑木材去充柴火，所以计画建筑北京底人预先堆起一大堆煤，万一都城被围底时，人民可以不拆宫殿。这是笨想头。若是我来计画，最好来一个米山。米在万急的时候，也可以生吃，煤可无论如何吃不得。又有人说景山是太行的最终一峰。这也是瞎说。从西山往东几十里平原，可怎么不偏不颇在北京城当中出了一座景山？若说北京底建设就是对着景山底子午，为什么不对北海底琼岛？我想景山明是开紫金城外底护河所积底土，琼岛也是垒积从北海挖出来底土而成的。

从亭后底树缝里远远看见鼓楼。地安门前后底大街，人马默默地走，城市底喧嚣声，一点也听不见。鼓楼是不让正阳门那样雄壮地挺着。它底名字，改了又改，一会是明耻楼，一会又是齐政楼，现在大概又是明耻楼吧。明耻不难，雪耻得努力。只怕市民能明白那耻底还不多，想来是多么可怜。记得前几年"三民主义""帝国主义"这套名词随着北伐军到北平底时候，市民看些篆字标语，好像都明白各人蒙着无上的耻辱，而这耻辱是由于帝国主义底压迫。所以大家也随声附和唱着打倒和推翻。

从山上下来，崇祯殉国底地方依然是那么半死的槐树。据说树上原有一条链子锁着，庚子联军入京以后就不见了，现在那枯槁的部分，还有一个大洞，当时的链痕还隐约可以看见。义和团运动的结果，从解放这棵树发展到解放这民族。这是一件多么可以发人深思底对象呢？山后的柏树发出幽恬底香气，好像是对于这地方底永远供物。

寿皇殿锁闭得严严地，因为谁也不愿意努尔哈赤底种类再做白痴的梦。每年底祭祀不举行了，庄严的神乐再也不能听见，只有从乡间进城来唱秧歌的孩子们，在墙外打的锣鼓，有时还可以送到殿前。

到景山门，回头仰望顶上方才所坐底地方，人都下来了。树上几只很面熟却不认得底鸟在叫着。亭里残破的古佛还坐在结那没人能懂底手印。

（原载 1934 年 12 月《太白》1 卷 6 期）

先农坛

曾经一度繁华过底香厂，现在剩下些破烂不堪的房子，偶尔经过，只见大兵们在广场上练国技。望南再走，排地摊底犹如往日，只是好东西越来越少，到处都看见外国来底空酒瓶、香水樽、胭脂盒，乃至簇新的东洋瓷器，估衣摊上的不入时底衣服，"一块八""两块四"叫卖底伙计连翻带地兜揽，买主没有，看主却是很多。

在一条凹凸得格别底马路上走，不觉进了先农坛底地界。从前在坛里惟一新建筑——"四面钟"，如今只剩一座空洞的高台，四围的柏树早已变成富人们底棺材或家私了。东边一座礼拜寺是新的。球场上还有人在那里练习。绵羊三五群，遍地披着枯黄的草根。风稍微一动，尘土便随着飞起，可惜颜色太坏，若是雪白或朱红，岂不是很好的国货化妆材料？

到坛北门，照例买票进去。古柏依旧，茶座全空。大兵们住在大殿里，很好看底门窗，都被拆作柴火烧了。希望北平市游览区划定以后，可以有一笔大款来修理。北平底旧建筑，渐次少了，房主不断地卖折货。像最近的定王府，原是明朝胡大海底府邸，论起建筑的年代足有五百多年。假若政府有心保存北平古物，绝不至于让市民随意拆毁。拆一间是少一间。现在坛里，大兵拆起公有建筑来了。爱国得先从爱惜公共的产业做起，得先从爱惜历史的陈迹做起。

观耕台上坐着一男一女，正在密谈，心情的热真能抵御环境底冷。桃树柳树都脱掉叶衣，做三冬底长眠，风摇鸟唤，都不听见。雩坛边的鹿，伶俐的眼睛望着过路底人。游客本来有三两个，它们见了格外相亲。在那么空旷的园圃，本不必拦着它们，只要四围开上七八尺深底沟，斜削沟的里壁，使当中成一个圆丘，鹿放在当中，虽没遮栏也跳不上来。这样，园景必定优美得多。星云坛比岳渎坛更破烂不堪。干蒿败艾，满布在砖缝瓦罅之间，拂人衣裾，便发出一种清越的香味。老松在夕阳底下默然站着。人说它像盘旋的虬龙，我说它像开屏的孔雀，一颗一颗底松球，衬着暗绿的针叶，远望着更像得很。松是中国人底理想性格，画家没有不喜欢画它。孔子说它后凋还是屈了它，应当说它不凋才对。英国人对于橡树底情感就和中国对于松树底一样。中国人爱松并不尽是因为它长寿，乃是因它当飘风飞雪底时节能够站得住，生机不断，可发荣底时间一到，便又青绿起来。人对着松树是不会失望的，它能给人一种兴奋，虽然树上留着许多枯枝丫，看来越发增加它底壮美。就是枯死，也不像别的树木等闲地倒下来。千年百年是那么立着，藤萝缠它，薜荔粘它，都不怕，反而使它更优越更秀丽。古人说松籁好听得像龙吟。龙吟我们没有听过，可是它所发出底逸韵，真能使人忘掉名利，动出尘底想头。可是要记得这样的声音，绝不是一寸一尺底小松所能发出，非要经得百千年底磨练，受过风霜或者吃过斧斤底亏，能够立得定以后，是做不到的。所以当年壮底时候，应学松柏底抵抗力，忍耐力，和增进力；到年衰的时候，也不妨送出清越的籁。

对着松树坐了半天。金黄色的霞光已经收了，不免离开雩坛直出大门。门外前几年挖的战壕，还没填满。羊群领着我向着归路。道边放着一担菊花，卖花人站在一家门口与那淡妆底女郎讲价，不提防担里底黄花教羊吃了几棵。那人索性将两棵带泥丸底菊花向羊群猛掷过去，口里骂"你等死的羊孙子！"可也没奈何。吃剩底花散布在道上，也教车轮碾碎了。

（原载 1935 年 1 月《太白》1 卷 8 期）

忆卢沟桥

　　记得离北平以前，最后到卢沟桥，是在二十二年底春天，我与同事刘兆蕙先生在一个清早由广安门顺着大道步行，经过大井村，已是十点多钟。参拜了义井庵底千手观音，就在大悲阁外少憩。那菩萨像有三丈多高，是金铜铸成底，体相还好，不过屋宇倾颓，香烟零落，也许是因为求愿底人们发生了求财赔本求子丧妻底事情罢。这次底出游本是为访求另一尊铜佛而来底。我听见从宛平城来底人告诉我那城附近有所古庙塌了，其中许多金铜佛像，年代都是很古的。为知识上的兴趣，不得不去采访一下。大井村底千手观音是有著录底，所以也顺便去看看。

　　出大井村，在官道上，巍然立着一座牌坊，是乾隆四十年建底。坊东面额书"经环同轨"，西面是"荡平归极"。建坊底原意不得而知，将来能够用来做凯旋门那就最合宜不过了。

　　春天底燕郊，若没有大风，就很可以使人流连。树干上或土墙边蜗牛在画着银色底涎路。它们慢慢移动，像不知道它们底小介壳以外还有什么宇宙似的。柳塘边底雏鸭披着淡黄色底毛，映着嫩绿的新叶；游泳时，微波随蹼翻起，泛成一弯一弯动着底曲纹，这都是生趣底示现。走乏了，且在路边底墓园少住一回。刘先生站在一座很美丽的堵波上，要我给他拍照。在榆树荫覆之下，我们没感到路上太阳底酷烈。寂静的墓园里，虽没有什么名花，野卉倒也长得顶得意地。忙碌的蜜蜂，两只小腿粘着些少花粉，还在采集着。蚂蚁为争一条烂残的蚱蜢腿，在枯藤底根本上争斗着。落网底小蝶，一片翅膀已失掉效用，还在挣扎着。这也是生趣底示现，不过意味有点不同罢了。

闲谈着，已见日丽中天，前面宛平城也在域之内了。宛平城在卢沟桥北，建于明崇祯十年，名叫"拱北城"，周围不及二里，只有两个城门，北门是顺治门，南门是永昌门。清改拱北为拱极，永昌门为威严门。南门外便是卢沟桥。拱北城本来不是县城，前几年因为北平改市，县衙才移到那里去，所以规模极其简陋。从前它是个卫城，有武官常驻镇守着，一直到现在，还是一个很重要的军事地点。我们随着骆驼队进了顺治门，在前面不远，便见了永昌门。大街一条，两边多是荒地。我们到预定的地点去探访，果见一个庞大的铜佛头和些铜像残体横陈在县立学校里底地上。拱北城内原有观音庵与兴隆寺，兴隆寺内还有许多已无可考底广慈寺底遗物，那些铜像究竟是属于哪寺底也无从知道。我们摩挲了一回，才到卢沟桥头底一家饭店午膳。

自从宛平县署移到拱北城，卢沟桥便成为县城底繁要街市。桥北底商店民居很多，还保存着从前中原数省入京孔道底规模。桥下底碑亭虽然朽坏，还矗立着。自从历年底内战，卢沟桥更成为戎马往来底要冲，加上长辛店战役底印象，使附近的居民都知道近代战争底大概情形，连小孩也知道飞机，大炮，机关枪都是做什么用底。到处墙上虽然有标语贴着底痕迹。而在色与量上可不能与卖药底广告相比。推开窗户，看着永定河底浊水穿过疏林，向东南流去，想起陈高底诗："卢沟桥西车马多，山头白日照清波。毡卢亦有江南妇，愁听金人出塞歌。"清波不见，浑水成潮，是记述与事实底相差，抑昔日与今时底不同，就不得而知了。但想象当日桥下雅集亭底风景，以及金人所掠江南妇女，经过此地底情形，感慨便不能不触发了。

从卢沟桥上经过底可悲可恨可歌可泣的事迹，岂止被金人所掠底江南妇女那一件？可惜桥栏上蹲着底石狮子个个只会张牙咧眦结舌无言，以致许多可以稍留印迹底史实，若不随蹄尘飞散，也教轮辐压碎了。我又想着天下最有功德的是桥梁。它把天然的阻隔连络起来，它从这岸度引人们到那岸。在桥上走过底是好是歹，于它本来无关，何况在上面走底不过是长途中底一小段，它哪能知道何者是可悲可恨可泣呢？它不必记历史，反而是历史记着它。卢沟桥本名广利桥，是金

大定二十七年始建，至明昌二年（公元一一八九至一一九二）修成底。它拥有世界的声名是因为曾入马哥博罗底记述。马哥博罗记作"普利桑乾"，而欧洲人都称它作"马哥博罗桥"，倒失掉记者赞叹桑乾河上一道大桥底原意了。中国人是擅于修造石桥底，在建筑上只有桥与塔可以保留得较为长久。中国底大石桥每能使人叹为鬼役神工，卢沟桥底伟大与那有名的泉州洛阳桥和漳州虎渡桥有点不同。论工程，它没有这两道桥底宏伟，然而在史迹上，它是多次系着民族安危。纵使你把桥拆掉，卢沟桥底神影是永不会被中国人忘记底。这个在"七七"事件发生以后，更使人觉得是如此。当时我只想着日军许会从古北口入北平，由北平越过这道名桥侵入中原，决想不到火头就会在我那时所站底地方发出来。

在饭店里，随便吃些烧饼，就出来，在桥上张望。铁路桥在远处平行地架着。驮煤底骆驼队随着铃铛底音节整齐地在桥上迈步。小商人与农民在雕栏下作交易上很有礼貌的计较。妇女们在桥下浣衣，乐融融地交谈。人们虽不理会国势底严重，可是从军队里宣传员口里也知道强敌已在门口。我们本不为做间谍去底，因为在桥上向路人多问了些话，便教警官注意起来，我们也自好笑。我是为当事官吏底注意而高兴，觉得他时刻在提防着，警备着。过了桥，便望见实柘山，苍翠的山色，指示着日斜多了几度，在砾原上流连片时，暂觉晚风拂衣，若不回转，就得住店了。"卢沟晓月"是有名的。为领略这美景，到店里住一宿，本来也值得，不过我对于晓风残月一类的景物素来不大喜爱。我爱月在黑夜里所显底光明。晓月只有垂死的光，想来是很凄凉的。还是回家罢。

我们不从原路去，就在拱北城外分道。刘先生沿着旧河床，向北回海甸去。我捡了几块石头，向着八里庄那条路走。进到阜城门，望见北海底白塔已经成为一个剪影贴在洒银底暗蓝纸上。

（原载 1939 年 7 月《大风》旬刊第 42 卷）

强　奸

　　"强奸"是社会病理学里头应当论底问题。这个证候是人类社会特别发生底。我们无论考究哪种动物的配合，都不能认出它们有强奸底形迹来，因为动物底配偶尽是由雌虫自己选择。所有底雄虫，或是发柔婉的声音，或是呈美丽的颜色，或是散芬馥香味去谄媚雌虫；它们对于雌虫"奉承之不暇"，哪会发生这种人类社会特别的毛病呢？我想尊敬雌虫是动物界底天真，因为"母的庄严"和传种有直接关系。动物在不知不识中受了自然律底默示，依着一定时期来配偶和蕃殖它们底种类。它们在交尾期间自然起了一种敬爱雌虫底举动，所以强奸的事情在它们当中很难找得出来。人呢？可就不然！他们想凭着知识去利用自然界的事物，无论什么事体，人都可以随意舞弄，甚至于传种的神圣机能也能任意去侵犯。

　　母的庄严在人类社会里头几乎忘记了。幸亏现在有些缮种学家和社会学家略略地给了些警告，将来必定有人起来和他们共鸣底。人类有强婚强奸的罪恶，都是根于藐视母底庄严而来底。社会学家常以为婚姻制度的起点是因为产业承受的原故；我却以为人类为要恢复母的庄严，才有这种举动。有人要问，"既然婚姻制度成立是要恢复母的庄严，为什么还有强奸的事情呢？"这话很容易回答。因为用结婚底方法去维持母的庄严本是不自然底事。这方法根本上已经错误，哪里能够纠正从前的不对呢？我们要说起强奸底所以然，就不能不归罪在不自然底婚姻制度和缺乏性的教育底身上。但是我们不能凭空地说一声"婚姻制度不自然和性的教育缺乏"便了事，我们还要研究它的病理底所在，然后对症下药。这样才可以盼望它母的庄严恢复过来。

强奸是一种传种底变形的举动。有时因为外围的迫压也会如此。我们要想斩除人类社会这样的罪恶，就当先行明白它的原因。由心理的方面去考查可以得好些解释，那都是能够帮助我们对于防止强奸底计划底。

促成强奸行为底第一原因就是传种的恐慌，从生物个体成熟到能够传种的时候，内心常有"快些配偶"底劝告；处在危险或软弱地位的时候，也是如此。所以当兵底和做贼底人对于妇女最容易怀着强奸底恶意。兵士有强奸底倾向，不是几条军律和几句训话所能阻止底。因为他们所处底地位危险，"死"这个字常常挂在心坎上，他们处在这个境遇里头，自然而然地恐慌啦。兵士和盗贼底强奸行为是由他们底"下意识"（Subconsciousness）所指挥底。他们虽然有伦理底情操，知道这类底行为是罪恶，然而不能胜过外围和内里底迫压，终归要不能自主底。从来没有一个地方当王乱贼乱底时节，住在那里底妇女不遭凌辱底。由近世底历史讲起来，嘉靖年间倭寇侵犯沿海各省底时候，闽浙底妇女受辱而死底不知道多少；清兵入关的时候，兵士到一座城就肆意淫污那座城底妇女；义和团捣乱的时候，某某两国底兵在北京城内肆行淫掠；欧洲这次底战争，德国兵在法、比境界里头也有同类底举动。可见兵士和强奸是生生世世结不解缘底。至于盗贼没有纪律去约束他，自然是要更放肆了。中国各县地志里头底烈女传可以供给好些强奸史底材料，靠那种悲惨底记载，实在令人不忍底了！

第二个原因就是擅用权力。一个人有了些少权力就容易滥用，对于各方面都是如此，不过在性欲上头格外显得凶便了。爱滥用权力底人对着各样事情都怀抱一个"没奈我何"底意念，他们底骄傲心和性欲一同长进，所谓上流人底强奸案差不多是根据这"没奈我何"底意念来底。息夫人底伤心话和何氏底乌鹊歌虽然是爱情底故事，但是我们在那里头就可以窥见这"没奈我何"底意念了。得胜底侯王，和拥金底富翁爱滥用他们底权力去强迫人家底妇女，甚至因为性欲底猖狂就起了战争哪。看 Scott 底《Ivanhoe》里头描写那班十字武士对待 Rebekah 底事情就可以略略知道性欲因着权力增加底度数了。

第三个原因就是受"占便宜"底暗示。配偶底事，男子常想着自己是占便宜底，所以好些不文底人屡屡用性欲底话互相应酬。我们说那些是污秽底话，其实不应当那么说；应当还是藐视母底庄严底话。性欲本来不是污秽底事，因为人藐视它，故此当它作污秽。当初定性欲底话为污秽言语底人，也是要加这不好的名于母的庄严上头来维持性交底安宁；谁知母底真正地位已经失落，人人只知道占父底便宜，定它做污秽，倒反促成侮慢母底庄严底行动。无知底人口里发惯了这类底声音，耳里受惯了这类底刺戟，久而久之就影响到行为上头。历史上因为愤恨去将仇人底家族污辱底也不少。这就是因着"占便宜"底念头去办底。怎样才能够教男子对于性欲没有"占便宜"底观念，是我们迫切要解决底。

第四个原因是因为摹仿而来。人人对于社会形形色色的事物都有摹仿的倾向。一般底人想着某贵人某富者在他们底家庭里头享受那些"偎红倚翠"底福气，因这个印象就激起"我也要这样办"底念头。道德观念强底，自然没有什么越轨底行动；若不然，一遇着机会就随意去做了。犹太古时索多玛（Sodom）地方底人民彼此强奸，也是由于互相摹仿而来底。这样看来，那班拥抱美婢娇妾底人也是养成强奸底罪恶底分子。

要医治强奸底毛病，最好就是解除女子在家庭里头底束缚，教她们底身、心和男子一样刚强。我不敢说在现今废除家庭底制度，但是要教男女对于性底观念不起藐视，就不得不将家庭底范围扩大，教人人随时得着自然底真配偶。能够到这个地步，自然就没有强奸底举动啦。

论到戎政是应当赶紧废止底。强奸底事实多发现于兵士中间，我已经说过了。领兵底人不是不知道兵士容易犯这类底毛病，但是他们反要利用这事去鼓励兵士做杀人底事情。记得这次底大战争，英国底军歌里头有一句 To the sweetest girl I know。"到我认识那位最可爱底女郎那里"底话，就知道鼓励兵士去死除了用"醇酒美人"底方法，没有第二条路。英雄和美人底佳话就是映照兵士性欲上底劣迹，所以用

兵底度数必定和强奸底度数成正比例。不但如此，世界上最险恶底病症也是由兵士底强奸行为发生出来底。所谓"大兵之后，必有凶年"还是小事；看一千四百年底法意战争，法国兵士在意国境内任意强奸，致酿成现在底梅毒，这可不是由强奸而产生底大病吗？我们要防强奸于将来，一方面要鼓吹缩少兵额；——能够教这世界里头一个兵都没有更妙——一方面要用缮种学底方法去支配结婚底男女，教凡犯过奸淫及其它等等恶根性底人都绝迹在社会里头。那么，母底庄严底恢复就有盼望了。

　　"兵"与"强奸"两个名词，是有连带底关系的。试翻开中外底史乘一看就可以知道了。近来安武军和边防军底兽行，尤为显著，许君这篇文章，真做得实在痛切。我很希望拥兵有权底人，和提倡军国主义底人看一看，不要贻祸于自己家里底妻女呀！

振　铎

（原载 1920 年 2 月 1 日《新社会》第 10 号）

礼俗与民生

　　礼俗是合礼仪与风俗而言。礼是属于宗教的及仪式的；俗是属于习惯的及经济的。风俗与礼仪乃国家民族底生活习惯所成，不过礼仪比较是强迫的，风俗比较是自由的。风俗底强迫不如道德律那么属于主观的命令；也不如法律那样有客观的威胁，人可以遵从它，也可以违背它。风俗是基于习惯，而此习惯是于群己都有利，而且便于举行和认识。我国古来有"风化""风俗""政俗""礼俗"等名称。风化是自上而下言；风俗是自一社团至一社团言；政俗是合法律与风俗言；礼俗是合道德与风俗言。被定为唐朝底书刘子风俗篇说："风者气也；俗者习也。土地水泉，气有缓急，声有高下，谓之风焉。人居此地，习以成性，谓之俗焉。风有薄厚，俗有淳浇，明王之化，当称风使之雅；易俗使之正。是以上之化下，亦为之风焉。民习而行，亦为之俗焉。……"我国古说以礼俗是和地方环境有密切关系的，地方环境实际上就是经济生活。所以风俗与民生有相因而成底关系。

　　人类和别的动物不同的地方，最显然的是他有语言、文字、衣冠和礼仪。礼仪是社会的产物，没有社会也就没有礼仪风俗。古代社会几乎整个生活是礼仪风俗捆绑住，所谓礼仪三百，成仪三千，是指示人没有一举一动是不在礼仪与习俗里头。在风俗里最易辨识底是礼仪。它是一种社会公认的行为，用来表示精神的与物质的生活底象征，行为底警告，和危机底克服。不被公认底习惯，便不是风俗，只可算为人的或家族的特殊行为。

　　生活的象征。所谓生活底象征，意思是我们在生活上有种种方面，如果要在很短的时间把它们都表现出来，那是不可能的。不得已，就

237

得用身体底动作表示出来。如此，有人说，中国人底"作揖"，是种地时候，拿锄头刨土底象征行为。古时两个人相见，彼此底语言不一定相遇，但要表示友谊时，便作彼此生活上共同的行为，意思是说："你要我帮忙种地，我很喜欢效劳。"朋友本有互助底情分，所以这刨土底姿势，便成表现友谊底"作揖"了。又如欧洲人"拉手或顿手"与中国底"把臂"有点相同，不过欧洲底文化是从游牧民族生活发展底，不像中国作揖是从农业文化发展底，拉手是象征赶羊入圈底互助行为。又如，中国底叩头礼，原是表示奴隶对于主人底服从；欧洲底脱帽礼原是武士入到人家，把头盔脱下，表示解除武装，不伤官人的意思。这些都是生活底象征。

行为底警告。依据生活底经验，凡在某种情境上不能做某样事，或得做某样事，于是用一种仪式把它表示出来。好像官吏就职底宣誓典礼，是为警告他在职位时候应尽忠心，不得做辜负民意底事情。又如西洋轮船下水时，要行掷香槟酒瓶礼，据说是不要船上底水手因狂饮而误事底意思。又如古代社会底冠礼，多半是用仪式来表示成年人在社会里应尽底义务，同时警告他不要做那违抗社会或一个失败的人。

危机底克服。人在生活底历程上，有种种危机。如生产底时候，母子底性命都很危险。这危险底境地，当在过得去与过不去之间，便是一个危机。从旧生活要改入新生活底时期，也是一个危机。如社会里成年底男女，在没有结婚底时候，依赖父母家长，一到结婚时候，便要从依赖的生活进入独立的生活，在这个将入未入底境地，也是生活底一个危机。因所要娶要嫁底男女在结合以后，在生活上能否顺利地过下去，是没有把握底。又如家里底主人就是担负一家经济生活底主角，一旦死了，在这主要的生产者过去，新底主要生产者将要接上底时候，也是一个危机。过年过节，是为时间底进行，于生产上有利不利底可能，所以也是一种危机。风俗礼仪由巫术渐次变成，乃至生活方式变迁了，仍然保留着，当作娱乐日，或休息日。

礼俗与民生底关系从上说三点底演进可以知道。生活上最大的四个阶段是生，冠，婚，丧。生产底礼俗现在已渐次消灭了。女人坐月、三朝洗儿、周岁等，因生活形式改变，社会组织更变，知识生活提高，人也不再找这些麻烦了。做生日并不是古礼，是近几百年，官僚富家，借此夸耀及收受礼物底勾当，我想这是应当禁止底。冠礼也早就不行了。在礼仪上，与民生最有关系的是婚礼与丧礼。这两礼原来会有很重的巫术色彩，人试要用巫术把所谓不祥的境遇克服过来。现在拿婚礼来说，照旧时的礼仪，新娘从上头，上轿，乃至三朝回门，层层节节，都有许多禁忌，许多迷信的仪式，如像新娘拿镜子，新郎踢轿门，闹新人等等，都含有巫术在内。说到丧礼，迷信行为更多，因为人怕死鬼，所以披麻，变形，神主所以点主，后来生活进步，便附上种种意义，人因风习也就不问而随着做了。

今天并不是要讲礼俗之起源，只要讲我们应当怎样采用礼仪，使它在生活上有意思而不至于浪费时间，金钱，与精神。礼仪与风俗习惯是人人有的，但行者须顾到国民底经济生活。自人民国以来，没工夫顾到制礼作乐，变服剪发，乃成风俗，不知从此例底没顾到国民底经济与工业，以致简单纽扣一项，每年不知向外买入多少，有底矫枉过正，变本加厉，只顾排场，不管自己财力如何，有底甚至全盘采取西礼。要知道民族生存是赖乎本地生活上传统的习惯和理想，如果全盘采用别人的礼仪风俗，无异自己毁灭自己，古人说要灭人国，得先灭人底礼俗，所以婚丧应当保留固有的，如其不便，可从简些。风俗礼仪凡与我生活上没有经验底，可以不必去学人家，像披头纱，拿花把，也于我们没有意义，为何要行呢？至于贺礼，古人对于婚丧在亲友分上，本有助理之分，不过得有用，现在人最没道理底是送人银盾，丧礼底幛，甚至有子送终父母底，也是男用女语女用男语底，最可笑的，有个殡仪，幛上写着"川流不息"！这又是乱用了。丧礼而张灯结彩，大请其客，也是不应该的，婚礼有以"文凭"为嫁妆扛着满街游行底，这也不对。

故生活简单，用钱底机会少，所以一旦有事，要行繁重的仪式，但也得傲其人之经济与地位而行，不是随意的。又生产方式变迁，礼俗也当变，如丧礼在街游行，不过是要人知道某人已死，而且是个好

人，因城市上人个个那么忙，谁有心读个人的历史呢？礼仪与民生底关系至密切，有时因习俗所驱，有人弄到倾家荡产，故当局者应当提倡合乎国民生活与经济底礼俗，庶几乎不教固有文化沦丧了。

（选自《国粹与国学》，商务印书馆 1946 年 8 月版）

我们要什么样的宗教

一　宗教是不是普遍的需要？

宗教是社会的产物，由多人多时所形成，并非由个人所创造。宗教的需要，是普遍的，其理由有五：

1. 凡宗教必有一特别的理想，这个理想是人类所欲达到，而为人间生活所必要有的。

2. 凡宗教全要想解决"人生目的"的问题。

3. 凡在宗教团体的人，必用自己的宗教理想，表现于实行上。

4. 凡宗教必不满意于现实生活，以现实生活是病害的，不完全的，都是要想法子，去驱除他，或改正他。

5. 凡宗教皆栽培、节制、完成人类的欲望。人类欲望大别有三，（一）肉欲（Sensuality），（二）我欲（Selfishness），（三）意欲（Willingness）。三种欲望全是人间生活所不能免的。肉欲从肉体种种器官，为感觉发生，感觉不能免除，则肉欲必须存在。于是发生有利有害的两个方面，凡宗教全是试要节制他有害的方面，而栽培发展他有利的方面。在现实的生活之下，我欲是较高的欲望，例如作文作画，必要写出自己的名字，表明是自己的作品，便是由于我欲的缘故。但我欲过强，便成自私，有时也有妨碍，所以宗教要去节制他，而他之一方面，仍要栽培他，完成他，因为个人的人格，也是由我欲造成的。意欲是更高的欲望，可以管理一生的生活。倘若意欲不正就可毁坏一生生活的全体。佛教所谓"心如工画师，善画诸世间"便是表明意志

有创造世界的能力。宗教的终极目的是要指导他，发展他，强健他。

由上述的理论，看人生免不了有理想、欲望、病害，故此要向上寻求安康。宗教的感情，于是乎起。可以见宗教的本体，是人生普遍的需要。但是宗教的生长，必须适应环境。所以宗教的适用，必须受空间时间的限制，因时因地而不同。例如：六朝时候的佛教，因政治的关系而发达，可见政治与宗教之关系；又如：在天灾流行的时候，人类朝不保夕，于是就希望超绝的能力，可见天灾与宗教的关系；在国家衰弱的时代，宗教的情操越强，宗教的信仰越烈，可见强弱势力与宗教的关系。所以今晚的讲题"我们要什么样的宗教"，这"我们"是指我们今日中国说的。

二　宗教的领域

许多人不看一看宗教的领域，不知道他有如何的大，所以一提宗教二字，便要唾弃。其实宗教的领域最大，可以说占人生之最大部分。人的行动，若仔细分析，少有不含宗教色彩的。由此广大无边的领域之中，依我的意见，可以为三大国度：（1）巫祝的宗教，（2）恩威的宗教，（3）情理的宗教。

巫祝的宗教全基于过去的经验，其所行全是礼仪的，神圣的，秘密的。不问参与之意义如何，参与者之了解与否。在原始的社会，这是很盛行的。

恩威的宗教，亦多基于经验。重礼节、信条，全以威权吓人，从者有福，违者有祸，使人因慕升天之福，畏入狱之祸，而信服。因此人便立于无限威权之下，不能不信服而持守戒律。

情理的宗教，不专恃恩威的作用，而重慈心，与智慧。佛所谓"悲智双修"就是这个意思。其实行，全是依其智慧，情感，而得了解。提高感情，用以打动人的慈悲；提高理智，用以坚定人的意向。使人在不知不觉之间，就实现此悲，此智，于行为上。

此三种教，因时因地而异，其适用之处无绝对的善恶优劣之可言。

智慧过低的地方，用情理的宗教，倒会发生病害。反之文化极高的时候，巫祝的宗教也就无所用了。

三　中国现在缺乏的宗教精神

我们对于宗教所缺的精神，总括起来，可得左列的五种。

1.多注重难思的妙法，而轻看易行的要道。人都以为宗教是玄妙的，肤浅便不是宗教。讲宗教，要你越听不懂，越妙。古来佛教经典，有些伪造梵文，或者直译梵音，以为是圣语不翻，使人不易了解，正是这个缘故。

2.多注重个人的修习，而轻看群众的受持。修道的人，不甚注意传播，和发展的事。所以我们宗教态度，是独善的，不是普济的。

3.重视来世的祸福，而忘却现实之受用，与享乐。我国人种种宗教行为，多是为求来生之福，免来生之祸，而不知宗教正是使人得现实的享受。

4.只见宗教柔弱方面，而忽略了宗教的刚强方面。反对宗教者，多以下列四项为理由：（甲）以为信仰古来圣人听从他的主张，认他作主，便是认己为奴，在名分上实已小看自己的人格。（乙）信则有福，否则受罚，是崇拜威权，而轻看自由。（丙）个性本应发展，而因宗教之故，每每使人萎退。（丁）已死之人，其智识经验全比现在的人少，宗教崇拜死人，服从其主张，则使人愚拙。这些话，似乎不错。然而人在宇宙，或太阳系之中本来不能算是最好的；就是在地球之上，人类也不能算是最完全的，最自由的。所以我们，于现有之理智以外，要想求得一位更高明的"神"，来服从。神的有无，不是今晚我们所说的问题。但所谓神，不过人类更高理想的表现，人设立他来，作个模范；并不算是怎样专制，或约束人的理性。

5.多注重思维，而少注重实行。以为宗教是超绝现实生活的，所以要主张入定，持斋等事，若是多去活动便不算得宗教。例如：善堂，养老院，孤儿院等设施，本出于儒道作善降祥的思想，而不认为宗教

行为；在屋中焰香，默坐，反认为宗教。

以上所说的五项，倘若不错，就是见我们所缺乏的宗教思想和度了。

四 我国今日所需要的宗教

1. 要容易行的。所谓容易行，并不是幼稚的念念阿弥陀佛，画画十字，就算了事。乃是要人在日常生活中，不多费气力，就可以去作的善业。

2. 要群众能修习的宗教。并不为特定的人，特定的事，而发生。所以无论智愚，全能受持，才是合适的宗教。一个人坐在屋里苦修行，不是我们需要的。

3. 要道德情操很强的。人的理性，每自有光明的启示，因理智经验，而评判将来的结果。此即自己对于自己道德情操所立的标准；而人的共同的道德标准，则不可不由宗教来供给。

4. 要有科学精神的。或谓宗教与科学不并立，其实不对。科学对于物质的世界，有正确的解释，能与吾人以正确的智识。此正确的智识，正为宗教所需要。必先有正确的智识，然后有正确的信仰。所以宗教，必须容纳科学，且要有科学的精神。

5. 要富有感情的。感情有感力，令人不能不去作。所以感情强，则一切愿望全可成全。在宗教，决不能不重感情，而专重理智。

6. 要有世界性质的。因为人的生活，日趋于大同。人同此心，心同此理。世界上的人心，全有交通的可能，所以宗教，必须是世界的。

7. 必注重生活的。旧日宗教，重死后的果报，其实宗教正为生前的受用。宗教不注重生活，就失去其最高的价值。

8. 要合于情理的。不能只重恩威，而不重情理。若是不合情理，不论是什么宗教，一律在排除之列。

总之我们今日所需的宗教必要合于中国现在生活的需要。我们中国古代"礼"的宗教既多流弊，近代输入的佛耶两教又多背我们国性的部分，宗教既是社会多年的产物，我们想即时造一个新的宗教也是不可能，所以我们指出现有的一个宗教而说她是最适合中国现在生活的需要是很难的。按耶教近年发展的趋向似甚合于上述的理论。否认或证实不是在我今晚讲演的范围。所以我对今天问题的答案是凡不背上述条件的宗教就是我们中国今日所需要的宗教，并且我们所要的宗教不能专为上等社会着想而忘却宗教是一切人所需要的。

（原刊 1923 年 4 月 14 日《晨报副刊》）

国粹与国学

"国粹"这个名词原是不见于经传底。它是在戊戌政变后,当"中学为体,西学为用"底呼声嚷到声嘶力竭底时候所呼出来底一个怪口号。又因为国粹学报底刊行,这名词便广泛地流行起来。编辞源底先生们在"国粹"条下写着:"一国物质上,精神上,所有之特质。此由国民之特性及土地之情形,历史等,所养成者。"这解释未免太笼统,太不明了。国民底特性,地理的情形,历史的过程,乃至所谓物质上与精神上的特质,也许是产生国粹底条件,未必就是国粹。陆衣言先生在中华国语大辞典里解释说,"本国特有的优越的民族精神与文化",就是国粹。这个比较好一点,不过还是不大明白。在重新解释国粹是什么之前,我们应当先问条件。

(一)一个民族所特有的事物不必是国粹。特有的事物无论是生理上的,或心理上的,或地理上的,只能显示那民族底特点,可是这特点,说不定连自己也不喜欢它。假如世间还有一个尾巴底民族,从生理上底特质,使他们底尾巴显出手或脚底功用,因而造成那民族底精神与文化。以后他们有了进化学底知识,知道自己身上底尾巴是连类人猿都没有了底,在知识与运动上也没有用尾巴底必要,他们必会厌恶自己底尾巴,因而试要改变从尾巴产出来底文化。用缺乏碘质底盐,使人现出粗颈底形态,是地理上及病理上的原因。由此颈腺肿底毛病,说话底声音,衣服底样式,甚至思想,都会受影响底。可是我们不能说这特别的事物是一种"粹",认真说来,却是一种"病"。假如有个民族,个个身上都长了无毒无害的瘿瘤,忽然有个装饰瘿瘤底风气,渐次成为习俗,育为特殊文化,我们也不能用"国粹"底美名来加在这"爱瘿民族"底行为上。

（二）一个民族在久远时代所留下底遗风流俗不必是国粹。民族底遗物如石镞，雷斧；其风俗，如种种特殊的礼仪与好尚，都可以用物质的生活，社会制度，或知道程度来解释它们，并不是绝对神圣，也不必都是优越的。三代尚且不同礼，何况在三代以后底百代万世？那么，从久远时代所留下底遗风流俗，中间也曾经过千变万化，当我们说某种风俗是从远古时代祖先已是如此做到如今底时候，我们只是在感情上觉得是如此，并非理智上真能证明其为必然。我们对于古代事物底爱护并不一定是为"保存国粹"，乃是为知识，为知道自己的过去，和激发我们对于民族底爱情。我们所知与所爱底不必是"粹"，有时甚且是"渣"。古坟里底土俑，在葬时也许是一件不祥不美之物，可是千百年后会有人拿来当作宝贝，把它放在紫檀匣里，在人面前被夸耀起来。这是赛宝行为，不是保存国粹。在旧社会制度底下，一个大人物底丧事必要举行很长时间底仪礼，孝子如果是有官守底，必定要告"丁忧"，在家守三年之丧。现在的社会制度日日在变迁着，生活底压迫越来越重，试问有几个孝子能够真正度他们底"丁忧"日子呢？婚礼底变迁也是很急剧的。这个用不着多说，如到十字街头睁眼看看便知道了。

（三）一个民族所认为美丽的事物不必是国粹。许多人以为民族文化的优越处在多量地创造各种美丽的事物，如雕刻，绘画，诗歌，书法，装饰等。但是美或者有共同的标准，却不能说有绝对的标准底。美底标准寄在那民族对于某事物底形式，具体的、或悬象的底好尚。因好尚而发生感情，因感情底奋激更促成那民族公认他们所以为美的事物应该怎样。现代的中国人大概都不承认缠足是美，但在几十年前，"三寸金莲"是高贵美人的必要条件，所谓"小脚为娘，大脚为婢"，现在还萦回在年辈长些的人们的记忆里。在国人多数承认缠足为美的时候，我们也不能说这事是国粹，因为这所谓"美"，并不是全民族和全人类所能了解或承认底。中国人如没听过欧洲的音乐家歌咏，对于和声固然不了解，甚至对于高音部底女声也会认为像哭丧底声音，

毫不觉得有什么趣味。同样地，欧洲人若不了解中国戏台上底歌曲，也会感觉到是看见穿怪样衣服底疯人在那里作不自然的呼嚷。我们尽可以说所谓"国粹"不一定是人人能了解底，但在美底共同标准上最少也得教人可以承认，才够得上说是有资格成为一种"粹"。

从以上三点，我们就可以看出所谓"国粹"必得在特别，久远，与美丽之上加上其它的要素。我想来想去，只能假定说：一个民族在物质上、精神上与思想上对于人类，最少是本民族，有过重要的贡献，而这种贡献是继续有功用，继续在发展底，才可以被称为国粹。我们假定底标准是很高的。若是不高，又怎能叫作"粹"呢？一般人所谓国粹，充其量只能说是"俗道"底一个形式（俗道是术语 Folk-Ways 底翻译，我从前译做"民彝"）。譬如在北平，如要做一个地道的北平人，同时又要合乎北平人所理想底北平人底标准底时候。他必要想到保存北平底"地方粹"，所谓标准北平人少不了底六样——天棚，鱼缸，石榴树，鸟笼，叭狗，大丫头，——他必要具备。从一般人心目中的国粹看来，恐怕所"粹"底也像这"北平六粹"，但我只承认它为俗道而已。我们底国粹是很有限的，除了古人底书画与雕刻，丝织品，纸，筷子，豆腐，乃至精神上所寄托底神主等，恐怕不能再数出什么来。但是在这些中间已有几种是功用渐次丧失底了。像神主与丝织品是在趋向到没落底时期，我们是没法保存底。

这样"国粹沦亡"或"国粹有限"底感觉，不但是我个人有，我信得过凡放开眼界，能视察和比较别人底文化底人们都理会得出来。好些年前，我与张君劢先生好几次谈起这个国粹问题。有一次，我说过中国国粹是寄在高度发展底祖先崇拜上，从祖先崇拜可以找出国粹底种种。有一次，张先生很感叹地说："看来中国人只会写字作画而已。"张先生是政论家，他是太息政治人才底缺乏，士大夫都以清谈雅集相尚，好像大人物必得是大艺术家，以为这就是发扬国光，保存国粹。国粹学报所揭露底是自经典底训注或诗文字画底评论，乃至墓志铭一类底东西，好像所萃底只是这些。"粹"与"学"好像未曾弄清楚，以致现在还有许多人以为"国粹"便是"国学"。近几年来，

"保存国粹"底呼声好像又集中在书画诗古文辞一类底努力上；于是国学家，国画家，乃至"科学书法家"，都像负着"神圣使命"，想到外国献宝去。古时候是外国到中国来进宝，现在的情形正是相反，想起来，岂不可痛！更可惜的，是这班保存国粹与发扬国光底文学家及艺术家们不想在既有的成就上继续努力，只会做做假骨董，很低能地描三两幅宋元画稿，写四五条苏黄字帖，做一二章毫无内容底诗古文辞，反自诩为一国底优越成就都荟萃在自己身上。但一研究他们底作品，只会令人觉得比起古人有所不及，甚至有所诬蔑，而未曾超越过前人所走底路。"文化人"底最大罪过，制造假骨董来欺己欺人是其中之一。

我们应当规定"国粹"该是怎样才能够辨认，哪样应当保存，哪样应当改进或放弃。凡无进步与失功用底带"国"字头底事物，我们都要下功夫做澄清底工作，把渣滓淘汰掉，才能见得到"粹"。从我国往时对于世界文化底最大贡献看来，纸与丝不能不被承认为国粹。可是我们想想我们现在的造纸工业怎样了？我们一年中要向外国购买多量的印刷材料。我们日常所用底文具，试问多少是"国"字头底呢？可怜得很，连书画纸，现在制造底都不如从前。技艺只有退化。还够得上说什么国粹呢！讲到丝，也是过去的了。就使我们能把蚕虫养到一条虫可以吐出三条底丝量，化学底成就，已能使人造丝与乃伦丝夺取天然丝底地位。养蚕文化此后是绝对站不住底了。蚕虫要回到自然界去，蚕箔要到博物院，这在我们生存底期间内一定可以见得着底。

讲到精神文化更能令人伤心。现代化的物质生活直接和间接地影响到个个中国人身上。不会说洋话而能吃大菜，穿洋服，行洋礼底固不足为奇，连那仅能维系中国文化底宗族社会（这与宗法社会有点不同），因为生活底压迫。也渐渐消失了。虽然有些地方还能保存着多少形式，但它底精神已经不是那么一回事了。割股疗亲底事固然现在没人鼓励，纵然有，也不会被认为合理。所以精神文化不是简单地复现祖先所曾做，曾以为是天经地义底事，必得有个理性来维系它，批

评它，才可以。民族所遗留下来底好精神，若离开理智的指导，结果必流入虚伪和夸张。古时没有报纸，交通方法也不完备，如须"俾众周知"底事，在文书底布告所不能用时，除掉举行大典礼、大宴会以外，没有更简便的方法。所以一个大人物底殡仪或婚礼，非得铺张扬厉不可。现在的人见闻广了，生活方式繁杂了，时间宝贵了、长时间底礼仪固然是浪费，就是在大街上吹吹打打，做着夸大的自我宣传，也没有人理会了。所谓遵守古礼底丧家，就此地说，雇了一班搽脂荡粉底尼姑来拜忏，到冥衣库去定做纸洋房，纸汽车乃至纸飞机；在丧期里，聚起亲朋大赌大吃，鼓乐喧天，夜以继日。试问这是保存国粹么？这简直是民族文化底渣滓，沉淀在知识落后与理智昏愦底社会里。在香港湾仔市场边，一到黄昏后，每见许多女人在那里"集团叫惊"，这也是文化底沉淀现象。有现代的治病方法，她们不会去用，偏要去用那无利益的俗道。评定一个地方底文化高低不在看那里底社会能够保存多少样国粹，只要看他们保留了多少外国的与本国的国渣便可以知道。屈原时代底楚国，在他看是醉了底，我们当前的中国在我看是疯了。疯狂是行为与思想回到祖先底不合理的生活、无系统的思想与无意识的行为底状态。疯狂的人没有批评自己底悟性，没有解决问题底能力，从天才说，他也许是个很好的艺术家或思想家，但绝不是文化底保存者或创造者。

要清除文化的渣滓不能以感情或意气用事，须要用冷静的头脑去仔细评量我们民族底文化遗产。假如我们发现我们底文化是陈腐了，我们也不应当为它隐讳，愣说我们所有的一切都是优越的。好的固然要留，不好的就应当改进。翻造古人底遗物是极大的罪恶，如果我们认识这一点，才配谈保存国粹。国粹在许多进步的国家中也是很讲究底，不过他们不说是"粹"，只说是"国家的承继物"或"国家底遗产"而已（这两个词底英文是 National Inheritance，及 Legacy of the Nation）。文化学家把一国优越的遗制与思想述说出来给后辈的国民知道，目的并不在"赛宝"或"献宝"，像我们目前许多国粹保存家所做底，只是要把祖先底好的故事与遗物说出来与拿出来，使他们知道民族过去的成就，刺激他们更加努力向更成功的途程上迈步。所以知识与辨别是很需要的。如果我们知道唐诗，作诗就十足地仿少陵，拟香山，了解宋画，动笔就得意地摹北苑，法南宫，那有什么用处？纵然所拟底足以乱真，也不如真的好。所以我看这全是渣，全是无生命底尸体，全是有臭味底干屎橛。

我们认识古人底成就和遗留下来底优越事物，目的在温故知新，绝不是要我们守残复古。学术本无所谓新旧，只问其能否适应时代底需要。谈到这里，我们就检讨一下国学底价值与路向了。

钱宾四先生指出现代中国学者"以乱世之人而慕治世之业"，所学底结果便致"内部未能激发个人之真血性，外部未能针对时代之真问题"。这话，在现象方面是千真万确，但在解释方面，我却有些不同意见。我看中国"学术界无创辟新路之志趣与勇气"底原因，是自古以来我们就没有真学术。退一步讲，只有真学术底起头，而无真学术底成就。所谓"通经致用"只是"做官技术"底另一个说法，除了学做官以外，没有学问。做事人才与为学人才未尝被分别出来。"学而优则仕"，显然是鼓励为仕大夫之学。这只是治人之学，谈不到是治事之学，更谈不到是治物之学。现代学问底精神是从治物之学出发底。从自然界各种现象底研究，把一切分出条理而成为各种科学，再用所谓科学方法去治事而成为严密的机构。知识基础既经稳固，社会机构日趋完密，用来对付人，没有不就范底。治人是很难的，人在知识理性之外还有自己的意志，与自己的感情意气，不像实验室里的研究者对付他的研究对象，可以随意处置底。所以如不从治物与治事之学做起，则治人之学必贵因循，乃旧贯，法先王。因循比变法维新来得更有把握，代表高度发展底祖先崇拜底儒家思想，尤其要鼓励这一层。所谓学问，每每是因袭前人而不敢另辟新途。因为新途径底走得通与否，学者本身没有绝对的把握，纵然有，一般人底智慧，知识，乃至感情意气也未必能容忍，倒不如向着那已经有了权证而被承认底康庄大道走去，既不会碰钉，又可以生活得顺利些。这样一来，学问当然看不出是人格底结晶，而只为私人在社会上博名誉，占地位底凭

借。被认为有学问底，不管他有底是否真学问或那一门底知识，便有资格做官。许多学者写底传记或墓志，如果那文中底主人是未尝出仕底，作者必会做"可惜他未做官，不然必定是个廊庙之器"底感叹，好像一个人生平若没做过官就不算做过人似的。这是"学而优则仕"底理想底恶果。再看一般所谓文学家所做底诗文多是有形式无内容底"社交文艺"，和贵人底诗词，撰死人底墓志，题友朋或友朋所有底书画底签头跋尾。这样地做文辞才真是一种博名誉占地位底凭借。我们没有伟大的文学家。因为好话都给前人说尽了，作者只要写些成语，用些典故，再也没有可用底工夫了。这样情形，不产生"文抄公"与"誉文公"，难道还会笃生天才的文豪，诞降天纵的诗圣么？

学术原不怕分得细密，只问对于某种学术有分得这样细密底必要没有。学术界不能创辟新路，是因没有认识问题，在故纸堆里率尔拿起一两件不成问题而自己以为有趣味底事情便洋洋洒洒地做起"文章"来。学术上的问题不在新旧而在需要，需要是一切学问与发明底基础。如果为学而看不见所需要底在那里，他所求底便不会发生什么问题，也不会有什么用处。没有问题底学问就是死学问，就是不能创辟新途径底书本知识。没有用处底学问就不算是真学问，只能说是个人趣味，与养金鱼、栽盆景，一样地无关大旨，非人生日用所必需底。学术问题固然由于学者底知识底高低与悟力底大小而生，但在用途上与范围的大小上也有不同。"一只在园里爬行底龟，对于一块小石头便可以成为一个不可克服的障碍物；设计铁道线底工程师，只主要地注意到山谷广狭底轮廓；但对于想着用无线电来联络大西洋底马可尼，他底主要的考虑只是地球底曲度，因为从他底目的看来，地形上种种详细情形是可以被忽视底。"这是我最近在一本关于生物化学底书（W. O. Kermock and P. Eggleton; *The Stuff We're of.* pp. 15—16）里头所读到底一句话。同一样的交通问题，因为知识与需要底不同便可以相差得那么远。钱先生所举出底"平世"与"乱世"之学底不同点，在前者注重学问本身，后者贵在能造就人才与事业者。其实前者为后者底根本，没有根本，枝干便无从生长出来。我们不必问平世与乱世，只问需要与不需要。如有需要，不妨把学术分门别类，讲到极窄狭处，讲到极精到处；如无所需，就是把问题提出来也嫌他多此一举。一到郊外走走，就看见有许多草木我们连名字都不知道，其中未必没有有用的植物，只因目前我们未感觉须要知道它们，对于它们毫无知识还可以原谅。如果我们是植物学家，那就有知道它们底需要了。在欧美有一种种草专家，知道用哪种草与哪种草配合着种便可以使草场更显得美观，和耐于践踏，易于管理，冬天还可以用方法教草不黄萎。这种专门学问在目前的中国当然是不需要，因为我们底生活程度还没达到那么高，稻粱还种不好，哪能讲究到草要怎样种呢？天文学是最老的学问，却也是最幼稚的和最新的学术。我们在天文学上的学识缺乏，也是因为我们还没曾需要到那么迫切。对于日中黑点底增减，云气变化底现象，虽然与我们有关系，因为生活方式未发展到与天文学发生密切关系底那步田地，便不觉得它有什么问题，也不觉得有研求底需要了。一旦我们在农业上，航海航空上，物理学上，乃至哲学上，需要涉及天文学底，我们便觉得需要，因为应用到日常生活上，那时，我们就不能说天文学是没有底了。所以不需要就没有学问，没有学问就没有技术。"不需无学，不学无术"，我想这八个字应为为学者底金言；但要注意后四个字底新解说是不学问就没有技术，不是骂人底话。

中国学术底支离破碎，一方面是由于"社交学问"底过度讲究，一方面是为学人才底无出路。我所谓社交学问就是钱先生所谓私人在社会博名誉占地位底学问。这样的"学者"对于学问多半没有真兴趣，也不求深入。说起来，样样都懂，门门都通，但一问起来，却只能作皮相之谈。这只能称为"为说说而学问"，还够不上说"为学问而学问"。我们到书坊去看看，太专门的书底滞销，与什么 ABC、易知、易通之类底书底格外旺市。便可以理会"讲专门窄狭之学者"太少了。为学人才与做事人才底分不开，弄到学与事都做不好。做事人才只须其人对于所事有基本学识，在操业底进程上随着经验去求改进，从那里也有达到高深学识底可能，但不必个个人都需要如此底。为学

人才注重在一般事业上所不能解决或无暇解决底问题底探究。譬电子底探究，数理底追寻，乃至人类与宇宙底来源，是一般事业所谈不到底，若没有为学人才去做工夫，我们底知识是不完备的。欧美各国都有公私方面设立底研究所、学院，予学者以生活上相当的保障。各大学都有"学侣"底制度，使新进的学人能安心从事于学业，在中国呢？要研究学问，除非有钱、有闲，最低限底也得当上大学教授，才可说得上能够为学。在欧美底余剩学者最少还有教会可投；在中国，连大学教授也有吃不饱底忧虑。这样情形，繁难的学术当然研究不起，就是轻可的也得自寻方便，不知不觉地就会跑到所谓国学底途程上。这样的学者，因为吃不饱，身上是贫血的，怎能激发什么"真血性"；因为是温故不知新，知识上也是贫血的，又怎能针对什么"真问题"呢？今日中国学术界底弊在人人以为他可以治国学，为学底方法与目的还未弄清，便想写"不朽之作"，对于时下流行底研究题目，自己一以为有新发现或见解，不管对不对，便武断地写文章。在发掘安阳，发现许多真龟甲文字之后，章太炎老先生还愣说甲骨文都是假的！以章先生底博学多闻还有执着，别人更不足责了。还有，社交学问本来是为社交，做文章是得朋友们给作者一个大拇指看，称赞他几句，所以流行底学术问题他总得涉猎，以资谈助；讨论龟甲文底时候，他也来谈龟甲文；讨论中西文化底潮流高涨时，他也说说中西文化；人家谈佛学，他就吃起斋来；人家称赞中国画，他就来几笔松竹梅；这就是所谓"学风"底坏现象，这就是"社交学问"底特征。

钱先生所说"学者各榜门户，自命传统"，在国学界可以说相当地真。"学有师承"与"家学渊源"是在印板书流行之前，学者不容易看到典籍，谁家有书他们便负笈前去拜门。因为书底钞本不同，解释也随着歧异，随学底徒弟们从师傅所得底默记起来或加以疏说，由此互相传授成为一家一派底学问，这就是"师承"所由来。书籍流行不广底时代，家有藏书，自然容易传授给自己的子孙，某家传诗，某家传礼，成为独门学问，拥有底甚可引以为荣，因此为利，婚宦甚至可以占便宜，所以"家学渊源"底金字招牌，在当时是很可以挂得出来底。自印板书流行以后，典籍伸手可得，学问再不能由私家独占，只要有读书底兴趣，便可以多看比一家多至百倍千倍底书，对于从前治一经只凭数卷抄本甚至依于口授乃不能不有抱残守缺底感想。现在的学问是讲不清"师承"底，因为"师"太多了，承谁底为是呢？我在广州曾于韶舞讲习所从龙积之先生学，在随宦学堂受过尤伯纯先生底教，二位都是康有为先生底高足，但我不敢说我师承了康先生底学统。在大学里底洋师傅也有许多是直接或间接承传着西洋大学者底学问底，但我也不敢自称为哲姆斯，斯宾塞，柏格森，马克思，慕乐诸位底学裔。在尊师重道的时代，出身要老师推荐。婚姻要问家学，所以为学贵有师承和有渊源，现在的学者是学无常师，他向古今中外乃至自然界求学问，师傅只站在指导与介绍知识底地位，不能都像古时当作严君严父看。印版书籍流行以后，聚徒讲学容易，在学问上所需指导底不如在人格上所需熏陶底多，所以自程朱以后，修身养性变为从师授徒底主要目标，格物致知退于次要地位。这一点，我觉得是很重要的。从师若不注意怎样做人底问题，纵然学有师承，也只能得到老师底死的知识，不能得到他底活的能力。我希望讲师承底学者们注意到这一层。

至于学问为个人私利主义，竞求温饱底话，我以为现在还是说得太早。在中国，社交学问除外，以真学问得温饱算起来还是极少数，而且这样底学者多数还是与"洋机关"有关系底。我们看高深学术底书籍底稀罕，以及研究风气底偏颇，便可理会竞求温饱底事实还有重新调查底余地。到外国去出卖中国文化底学者，若非社交的学问家便是新闻事业家。他们当然是为温饱而出卖关于中国底学问底。我们不要把外国人士对中国文化底了解力估量得太高，他们所要底正是一般社交的学问家与新闻事业家所能供给底。一个多与欧美一般的人士接触底人，每理会到他们所要知道底中国文化不过是像缠足底起源，龙到底是什么动物，姨太太怎样娶法，风水怎样看法之类，只要你有话对他们说，他们便信以为真，便以为你是中国学者。许多人到中国来访这位，问那位，归根只是要买几件骨董或几幅旧画。多数人底意向

并不在研究中国文化，只在带些中国东西回去可以炫耀于人。在外国批发中国文化底学者，他们底地位是和卖山东蓝绸或汕头抽纱底商人差不多，不过斯文一点而已。

在欧美底学者可以收费讲学，但在中国，不收费底讲学会，来听讲还属寥寥，以学问求温饱简直是不容易谈。这样为学只求得过且过，只要社会承认他是学者，他便拿着这个当敲门砖，管什么人格底结晶与不结晶。这也许是中国学者在社会国家上多不能为国士国师而成为国贼国狗，在学问上多不能成为先觉先知而成为学棍学蠹底一个原因罢。我取底是"衣食足而后知礼义"底看法，所以要说："得温饱才能讲人格。"中国学术界中许多人正在饥寒线底下挣扎着，要责备他们在人格上有什么好榜样，在学问上有什么新贡献，这要求未免太苛了。还有，得温饱并不见得就是食前方丈，广厦万间，只求学者在生活上有保障，研究材料底供给方便与充足就够了。须知极度满足的生活，也不是有识的学者所追求底。

学术除掉民族特有的经史之外是没有国界底。民族文化与思想底渊源，固然要由本国底经史中寻觅，但我们不能保证新学术绝对可以从其中产生出来。新学术要依学术上的问题底有无，与人间底需要底缓急而产生，绝不是无端从天外飞来底。一个民族底文化底高低是看那民族能产生多少有用的知识与人物，而不是历史底久远与经典底充斥。牛津大学每年间所收底新刊图书可以排出几十里长，若说典籍底数量，我们现在更不如人家。钱先生假定自道咸而下，向使中国学术思想乃至政治制度社会风俗在与西洋潮流相接触之前先变成一个样子，则中国人可以立定脚跟，而对此新潮，加以辨认与选择，而分别迎拒与蓄泄。这话也有讨论底必要。我上头讲过现代学问底精神是从治物之学出发底，治物之学也可以说是格物之学，而中国学术一向是被社交学问，社交文艺，最多也不过是做人之学所盘据，所谓"朴学"不过为少数人所攻讦，且不能保证其必为进身之阶。朴学家除掉典章制度底考据而外，还有多少人知道什么格物之学呢？医学是读不成书底人们所入底行；老农老圃之业为孔门弟子所不屑谈；建筑是梓人匠人底事；兵器自来是各人找与自己合式底去用；蚕桑纺织是妇人底本务；这衣，食，住，行，卫五种民族必要的知识，中国学者一向就没曾感觉到应当括入学术底范围，操知识与智慧源泉底纯粹科学更谈不到了。治物之学导源于求生活上安适的享受底理想和试要探求宇宙根源底谜。学者在实验室里用心去想，用手去做，才能有所成就。中国学术当但与人生分成两橛，与时代失却联系，甚至心不应手，因此，多半是纸上谈得好、场上栽筋斗底把戏。不动手做，就不能有新发现，就不能有新学术。假如中国底学术思想乃至政治制度社会风俗会自己变更底话，乾嘉以前有千多年底机会，乾嘉以后也不见得就绝对没有。

日本底维新怎么就能成功，中国底改革怎么就屡次失败呢？化学是从中国道家底炼丹术发展底，怎么在中国本土，会由外丹变成内丹了？对的思想落在不对的实验上，结果是造成神秘的迷信，不能产出利用厚生底学问。医学并不见得不行，可是所谓国医，多半未尝研究过本草里所载底药物，只读两三本汤头歌诀之类便挂起牌来。千年来，我们底医学在生理，药物，病理等学问上曾有什么贡献呢？近年来从事提炼中国药物底也是具有科学知识底西医底功劳，在学问的认识上，中国人还是倾向道家的。道家不重知与行，也不信进步，改革自然是谈不到底。我想乾嘉以后，中国学术纵然会变，也不会变到自己能站得住而能分别迎拒与蓄泄西洋学潮底地步，纵然会，也许会把人家底好处扔掉，把人家底坏处留起来。像明末底西洋教士介绍了科学知识和他们宗教制度，试问我们迎底是什么呢？中华文化，可怜得很，真是一泓死水呀！这话十年前我不这样说，五年前我不忍这样说，最近我真不能不这样说了。不过死水还不是绝可悲的，只要水不涸，还可以想方法增加水量，使之澄清，使之溢出。这工夫要靠学术界底治水者底努力才有希望。世间无不死之人，也无不变的文化，只要做出来底事物合乎国民底需要，能解决民生日用底问题底就是那民族底文化了。

要知道中国现在的境遇底真相和寻求解决中国目前的种种问题，归根还是要从中国历史与其社会组织，经济制度底研究入手。不过研

究者必要有世界学术底常识，审慎择别，不可抱着"花子吃死蟹，只只好"底态度。那么，外国那几套把戏自然也能够辨认与选择，不至于随波逐流，终被狂涛怒浪所吞咽。中国学术不进步底原因。文字底障碍也是其中最大的一个。我提出这一点，许多国学大师必要伸舌头底。但真理自是真理，稍微用冷静的头脑去思维一下便可以看出中国文字问题底严重。我们到现在用底还不是拼音文字，难学难记难速写，想用它来表达思想，非用上几十年底工夫不可。读三五年书，简直等于没读过。许多大学毕业生自从出来做事之后便不去摩书本。他们尚且如此，程度低些底更可知。繁难的文字束缚了思想，限制了读书人，所以中国文化最大的毒害便是自己的文字。一翻古籍便理会几十万言底书已很少见，百万千万言底书更属稀罕了。到现在，不说入学之门底百科全书没有，连一部比较完备的字典都没有。国人不理会这是文化低落底病根，反而自诩为简洁。不知道简洁文字只能表现简单思想，像用来作诗词，写游记是很够底。从前学问底范围有限，用简洁的文体，把许多不应当省掉底字眼省略掉还不觉得意义很晦涩，读者可用自己底理会力来补足文中底意思。现代的科学记载把一个字错放了地位都不成，简省更不用说了。我们底命不加长，而所要知要学的东西太多，如果写作不从时间上节省是不成的。我们自己的文化担负已是够重的了，现在还要担负上欧美的文化，这就是钱先生所谓"两水斗啮"底现象，其实是中国人挣扎于两重文化底压迫底下底现象。欧美的文化，我们不能不担负，欧美人却不必要担负我们底文化，人家可以不学汉文而得所需底知识，我们不学外国文成么？这显然是我们底文化落后所给底刑罚，目前是没法摆脱底。要文化底水平线提高，非得采用易于学习底拼音文学不可。千字课或基本汉字不能解决这个严重问题，因为在学术上与思想表现上是须要创造新字底，如果到了思想繁杂底阶段，几千字终会不够用，结果还是要孳乳出很多很多的方块字。现在有人用"圕"表示"图书馆"，用"簿"表示"博物院"，一个字读成三个音，若是这类字多起来，中国六书底系统更要出乱子。拼音字底好处在以音达意，不是以形表意，有什么话就写出什么话，直截了当，不用计较某字该省、某句应缩，意思明白，头脑就可以训练得更缜密。虽然拼音文字中如英文法文等还不能算是真正拼音底，但我们须以拼音法则为归依，不是欧美文字为归依。表达思想底工具不好，自然不能很快地使国民底知识提高。人家做十年，我们非得加上五六倍底时间不可。日本维新底成功，好在他们有"假名"，教育普及得快，使他们底文化能追踪欧美。我们一向不理会这一点，因为我们对于汉字有很深切的敬爱，几十年来底拼音字母运动每被学者们所藐视与反对。许多人只看文字是用来作诗写文底，能摇头摆脚哼出百几十字便自以为满足了。改良文字对于这种人固然没有多大的益处，但为学术底进步着想，我们不能那么浪费时间来用难写难记底文字。古人惜寸阴分阴，现代的中国人更应当爱惜丝毫光阴。因为用高速度来成就事物是现代民族生存底必要条件。

德国这次向东方进兵，事实上是以血换油。油是使速度增进底重要材料。不但在战争上，即如在其他事业上，如果着手或成功稍微慢了些，便等于失败。所以人家以一切来换时间，我们现在还想以时间来换一切，这种守株待兔底精神是要不得底。国民智力底低下，中国文字要负很重的责任。智力底高低就是发现问题与解决问题底能力底速度底高低。我以为汉字不改革，则一切都是没有希望底。用文字记载思想本来和用针来缝布成衣服差不多，从前的针一端是针口，另一端是穿线底针鼻。缝纫底人一针一针地做，不觉得不方便。但是缝衣机发明了，许多不需要的劳动不但可以节省而且能很快地缝了许多衣服。缝衣机底成功只在将针鼻移到与针口同在一端上。拼音文字运动也是试要把音与义打成一片。不过要移动一下这"文字底针鼻"，虽然只是分寸底距离，若用底人不了悟，纵然经过千百年也不能成功。旧工具不适于创造新学术，就像旧式的针不能做更快更整齐的衣服一样。有使中国文化被西方民族吸收愿望底先当注意汉字底改革，然后去求学术上的新贡献，光靠残缺的骨董此后是卖不出去底。

中国目前的问题，不怕新学术呼不出，也不怕没人去做专门名家之业，所怕底是知识不普及。一般人底常识不足，凡有新来底吃底用

底享受底，不管青红皂白，胡乱地赶时髦。读书人变成士大夫，把一般群众放在脑后，不但不肯帮助他们，反而压迫他们。从农村出来底读书人不肯回到农村去，弄到每个村都现出经济与精神破产底现象。在都市底人们，尤其是懂得吹洋号筒底官人贵女们，整个生活都沉在花天酒地里，批评家说他们是在"象牙之塔"里过日子，其实中国哪里来底"象牙之塔"？我所见底都是一幢幢的"牛骨之楼"罢了。我们希望于学术界底是在各部门里加紧努力，要做优等人而不厌恶劣等的温饱，切莫做劣等人而去享受优等的温饱。那么，平世之学与乱世之学就不必加以分别了。现在国内底大学教授，他们底薪俸还不如运输工人所得底多，我们当然不忍说他们是藏身一曲，做着与私人温饱相宜底名山事业。不用说生存上，即如生活上必需的温饱，是谁都有权利要求底。读书人将来会归入劳动阶级，成为"智力劳动者"，要恢复到四民之首底领导地位，除非现在正在膨胀着底资产制度被铲除，恐怕是不容易了。

[附言] 六月二十四日某先生在华字日报写了一篇质问我底文章，题目是《国粹与国渣》，文中有些问题发得很幼稚，值不得一答。惟有问什么是"国粹"一点，使我在学问的良心上不能不回答一下。我因此又联想到六月八日钱穆先生在《大公报》发表底星期论文《新时代与新学术》，觉得其中几点也有提出来共同讨论底必要，所以写成这一篇，希望底是能抛碎砖引出宝玉来。文中大意是曾于六月二十八日对岭英中学高中毕业生讲过底。

（原载 1941 年 7 月香港《大公报》）

中国文字底命运

　　研究文字学底人都知道中国字是文字史上仅存底表意文字。文字底第一步，除掉结绳与绘画以外，是象形字。中国文字已越过这时期，因为我们现在写"日"字，已经不是日底圆形；"山"字已经变了三个峰头为三条直线了。从象形字变为表义字是文字上很大的进步，理由是表义字表示抽象的意义比象形字容易得多，不过它还不是最方便的。

　　文字有形声义三个成分。最初的文字都是表形的，由形解义，造字底任务已经完成。但是，形无穷尽，纵然巧者可画，常人或不能尽解，于是象声象意底文字出现了。六书中象形最初出现，随着有指事。从实质上说，象形与指事没多大的分别。画物底全形为象形；画物底一端以见事为指事。前者如："日、山、田、人、鸟、马、鱼、舟、衣"等字；后者有对文（上下），反文（正正），独体（一、厶），合体（刍、八），增文（牟、足），省文（召、支），变文（勹、矢），分体（采、臼），假体（示、巫），复体（畺、蜀）十类，可以说复合的象形字。象形与指事再发展而有会意。这是比合象形与指事来显示意义，有合体与省体二类，如（社、周）为二合，（品、矗）为三合，（牢、菌）为省体。这类字已离象形较远，但其迹象还可以追寻，所不同的只从结合底形理会出其中意义而已。由象形，指事，而到会意，形与义虽然进步，但声底功用还没显明，于是再进一步而生出形声字来。《汉书·艺文志》列象形、象事、象意、象声，明指事、会意、形声、诸文也和象形一样是取象底。郑康成以形声为谐声，取义于以声譬形。许叔重取形声底名目，取义于以形譬声。所以谐声、形声、

象声三名，所重仍在声音。在形声字中有声义两兼底名为"亦声"。文字到以声为主才充足了它底功用。这个见解，自来学者很少体会，因为六书不分，自唐已然，后人只重解字，而略于说文，故一问某字应属六书何类，间或不能置答。这在实用上本来没多大的关系，因为文字底趋势在记口音，与象形时期只能表现物形大不相同了。喻昧庵先生师承王壬秋先生作"王氏六书存微"，其中有一段话讲得最合理。他说："选字之初，始于画形。形不可象，则指以事。事不可见，则会以意。意不可通，则无义可说，而造字之法穷矣。于是古圣欲通事意之穷，乃取三者以为主文，而譬以声。至于声，则无不谐矣，初不必更取其义。是故有声无义者，六书之正也。"（卷六）有声无义，为六书之正的，是卓见。由此进而为转注，为假借，都是重在声义，形不过是寄托而已。依喻氏底分法，六书中最多的是谐声字，若合形声，亦声算起来。说文中共有七千九百零四字，合意字占九百六十五；指事字占二百八十七；象形字占一百三十五；转注字占六十七；假借字只有十个；阙疑文七个；共九千三百五十三文。依此推到现在，可知形声在中国文字上占了十分之八九。

　　文字底功用在记事，文化越高，超象的事越多，所以形穷于应付，而不得不用声音。可惜中国字停顿在象声上，未进到用音标或字母底途程。此中最大的原因在历来视文字为圣人所作，它底本身是神圣的，写过字底纸帛都要敬惜，更不敢谈改革了。其次，中国文字是视觉型的，人一读起来，便认得那字所代表底意义，因为视觉与文字底关系比听觉较为直接，尤其是在多用单音底语言上，如，皮、脾、疲，发音一样，而在形状上一看就了然。中国字所以能维持这么久，这也是最重要的一个理由。又，拼音字用字母拼音，做成底是听觉型的字。因为文字底本质要以形显，形底变迁比较声音慢得多。由籀变篆，由篆变隶，变楷，变草，其中变迁底痕迹很容易追寻，它底认识标准是比较固定的。至于声音，每依口官各部底用舍而生变化。不但古今声音不同，同时代的方音也大不一致。不但方音不一致，一个人少时所发底音也和老时所发底不同，甲处人在乙处住得长久，也未必能够说出纯正的本土话。有时声音已经改变，而字形仍然不改。这在英文和法文里是常见的。如 Philosophy 现在读如 Filosofi；Psychology 现在读如 Saikoloji；Knowledge 现在读如 Nollej，等等，不胜枚举，可知字形底保留也相当地重要。但是这现象是不当有的。依拼音文学底原则，凡是声音改变，拼法也得随着改变。所以未变底原故，还在人们没曾深究字学。

主张视觉型文字底人们以为拼音字随地随时改变，结果会令人数典忘祖。后人不能读先人之书。不错，不错，这种缺陷，不但在拼音字上发生，即如在表义字上，也是如此。平常的中国人有多少能读唐宋底文章呢？有多少能读汉魏六朝底文章呢？又有多少能读四书五经诸子百家呢？要知道读书，不只限于字形底变迁，寄寓在文字里头底概念也无时不在变迁中。今日的"之、也、焉、于、乎、哉"与各个字最初的意义大不相同，是谁都知道底。以今义解古书是最大的错误，而且很危险。研究文字学底人应以古义解古书为是。若有人解"东家杀豕"为"掌柜底宰猪"，那岂不是个大笑话？看来，形声之外，义也要顾到。"见形解义"不是那么容易的事，多数只能"望文生义"罢了；至于声音常随概念，不如形状与它那么容易分离。例如○形表示圆底概念，但此○或只表示一个圈，或是一颗球；□形表示四角底概念，此□或表示一个国家，或一座城，或一颗印章；但国界未必方，城未必方，印章也未必是方的，这方底概念也经和原来所画底□形分离了。声音虽然变迁得快些，但比较能维系得概念住。例如福建人叫"眼睛"为"目睭"，字形完全不同，从声音去寻求概念，仍有可能；广东人叫"票"为"飞"，"飞"底声音虽然稍变，概念仍未变更。"徽章"底"徽"与"戏徽"底"徽"，仍是"凭证"底意思。

在新知识未入中国以前，中国字是很够用，很足以自豪底。但在思想猛进，知识繁多底现代，表义字就有点应付不过来了。文字以孳乳而多底话固然不错，但汉字制作底原则是以偏旁表义底。这里我们有了困难。拿自然科学来说，属是草类、禾类、竹类、木类、瓜类、麦类、麻类、黍类等，都各依其类加个偏旁。但这些类别是不科学的，

植物底分类不止这些，还有像"牡丹""玫瑰""十姊妹"之类，应入木部或草部，而字形上不许。推而及动物，矿物，都有物名与部类不相侔底缺点。又表示心思动作底字，用心部、手部、足部、走部等来做部首，以后抽象字越多，势必至于穷于应付，是无可疑的。总而言之，现在字典底部首不能包罗万有，减之固然不可，增之又不胜其烦。真是没有办法！

现代的知识范围比二三百年前宽广到几十倍，必令人人深究六书然后为学，则势有所不能。因此我们不能不原谅写白字或手头字底人。我们写作，从时间计算起来，是比拼音字慢得多。拼音字可以用机器来写，汉字虽也可以用打字机，但要用它来著作，恐怕没有希望罢。假如汉字打字机底速率与面积可以同拼音字机一样，我们便没要求更改汉字底必要。而事实上，我们对于各种知识都要急求，慢钝的文字，怎能满足我们底需要呢？

汉字底命运现在已走到一个不敷应用底时期。如许多的化学名词，借"铍"名 Glucinum，借"锑"名 Stibium，借"铈"名 Cerium，借"氦"名 Helium，假借不足，继之以制作新字，或做成复合字。这样，必会做到一形含多义底地步，与六书底原则越离越远。我们现在所用底复合字，如"意识""心理""德律风""爱克斯光"等，有些是依字义选做底，但以后的趋势必会向着概念底标准来发展。譬如说"意识"时，还留着字义；但说"心理"时，已趋向到概念的方面了。至于"德律风""爱克斯光"，只是从声音了解概念，字形不过是字形罢了。新的概念越来越多，旧的文字有限，绝不能应付过来。如果要在"说文解字"或其他字书里选做新字，同属有限的数目，那么，数千不如数百，数百就不如数十了。如能在汉字里选出数十个字来做字母，像注音字母一样，将来也得走上拼音的途程，是无可疑的。

固然我们舍不得抛弃了好几千年用惯了的东西，但是历来被我们和我们底祖先所抛弃底好文化遗产也有好些。文化大部分是寄在语言文字上底，只是要记得所寄底是由语言文字所发表底概念，而不是死的语言文字本身。若果教孔夫子复生，他一定不认得我们，因为我们穿底衣服不同了，住的房子不同了，说底话不同了，写底字也不同了！但是我们的文化核心还与孔子时代一样，是属于汉族的，中国的。所以从表义字进而为表音字，是不足怕底。

我们不能尽读古人底书，也不必尽读古人底书。若是古书中有值得保留底，自然在各个时代有人翻译出来，至于毫无价值底古书，多留一本，只多占一些空间而已。譬如《道藏》里许多荒谬的记载，如鬼神的名目，符箓之格式等等，留着也没有用处。只因它是古人思想与宗教底遗物，不得不整理。整理完毕，把它解释明白，后人如要知道符箓是怎么一回事，尽可不必去看原书了。所以整理古籍是继往开来底工作，不是文字底保留。如有研究高深的学者，要读原书，尽也可以去翻出对对。可是这样的工作，我们不希望个个认识中国字底人都照样去做。文化底进步在保留一个民族底优美遗产，而舍弃其糟粕。抱残守缺，是教文化停顿底重要原因。

总而言之，拼音文字是比较表意文字容易学习，在文盲遍野底中国，要救渡他们，汉字是来不及的。作者自己这一辈子也不见得会用拼音字。但为一般的人，不能不鼓励人去采用它。至于用拼音字以后，会使国语更不能统一的忧虑，也是不须有的。假如我们有共同的拼音方法，先从专名统一起，然后统一各种名词，那就容易多了。中国话是一种，所不同的是方音。方音底差别在用词底不同，如能统一用词，问题容易解了。我们先要统一用词，换句话说是统一国语，才能统一国音。这一件事得等待知识底传播才办得到。所以我们不但要扫除文盲，并且要扫除愚暗。汉字在这两种工作上，依我们的经验，是有点担当不起。最后一句话，文字只是工具，在乎人怎么用它。如用来寄寓颓废的概念，就是汉字也得受到咒诅。我们要灌输知识给民众，当以内容为重，区区字形上的变更，有什么妨害呢？

（原载 1940 年 1 月 15 日香港《新文字学会学报》第 6 号）

中国文字底将来

一　中国文字不进步底原因

我们底读书人每每自夸说中国底文字是世界上最古的一种文字。不错，它是最古，却是最不进步的。现在用从象形文改变而成底文字，只有中国字一种，其它用底都是拼音字。拼音字是最进步的文字。而中国还是墨守着旧的守法，一点也没有进化。这个，我想有下列底几个原因。

一、文字被看为极神圣。文字底发明在原始民族中，都视为很神秘的。因为它能在不言不语中显示所要表示底意义。在中国底传说里，当仓颉发明文字底的时候，也惊动了鬼神，使鬼夜里哭过。这是表示文字有很大的威力，凡有文字底地方，邪神野鬼都要惊避底。这观念发展为道家底符咒。许多迷信者到现在还信天师符可以驱邪治病，就是由于这种原始的迷信而来底。敬惜字纸视为善举之一，对于有文字底纸帛等物，切不可轻易亵渎，不然，神圣就会责罚底。尤其是读书人，所有字纸必得恭恭敬敬地送到惜字炉去焚化。纸灰也不能任它随处飞扬，必得送到清水河里，教它能流进大海去。考察人间谁是敬惜字纸与谁不是底，是文昌帝君底一分职务，为他发觉某人不敬惜字纸，或者教他今生不能得着功名，进身之路，或者罚他来生变个瞎子。敬惜字纸成为一种宗教行为，它底根本心理是认定文字是神圣，进一步便觉得会写字底人也是神圣了。

二、识字是士大夫。因为识字或会写字底人也被看为神圣，为高

266

尚，无形中造成一种士大夫底阶级意识。如果一个人读了几年书，认得一千几百字，他就会有"我是读书人"底感觉，读书人底肩膀是不屑挑东西底，双手是拿过笔，再也不能做粗重的手艺，指甲要留得长长的。所谓鄙贱的事他是不能再做了。在商店里任职底伙计，虽会写几个字，却是被看为读不成书底。所谓士大夫，实际上只是多识些字和会写一半篇或通或不通的文章，这样他便能武断乡曲，交官结束了，他靠文字捞得威权，当然不敢批评文字本身底缺点，也想不到它会有什么缺点，乃至不敢想它可以被修改到较利便的地步。这样，弄到读书人不当文字是传达意思底一种工具，却当它是一种捞取威权底法宝。法宝是不能轻易更换底。

三、书法是艺术。许多人宣说书法是中国艺术底特别部门。其实真正的书家在历史上是可以屈指数出来底。我不承认写字有真正的艺术价值，若说有底话，记账，掘土，种菜，等等事工也可以当作艺术看了，饮食，起居，无一不是艺术了。为什么呢？文字底根本作用是表达意思，形相上的布置不过是书写材料，为纸帛，刀笔，墨汁等等关系，只要技术纯熟，写出来，教人认得它是什么，它底目的就达到了。凡是艺术，必至有创作性，文字自古有定形，原不能说是创作。所变底是一代所用的材料规定了一代的字体；漆笔时代，绝不能写出隶书真书，只能写篆文，毫笔时代也不能写出现代的"美术字"。现代青年多用钢笔铅笔，要他们写真楷更是不容易了。

又，一般求人"墨宝"底多是与写字底人讲交情，并不是因为他们，对于文字有特别的赏鉴心。许多人只喜欢名人字，和贵人字，尤是上款有自己底名号底。字既名贵，拥有底也跟着"名贵"起来了。写扇面，题书物，上者是钦佩写字底人，下者无非是"借重"，社交艺术乘君子自己，于字写得好坏，本来没有什么关系。说起来，书法是由道教待写龙章凤篆发展起来底。古来有名的书家可以说多少与道教有关系。王右军一家，被认为书法底大师，而这一家人正是信道极笃地。六朝底道士如陶弘景、杨义、傅霄诸人都是书家。唐朝底颜真卿、顾况等，也是道教徒，唐朝又多一层关系，宋朝朱弁底《曲洧旧

闻》（卷九）说："唐以身、言、书、判设科，故一时之士无不习书，犹有晋宋余风，今间有唐人'遗迹'虽非知名之人，亦往往有可观。本朝此科废，书遂无用于世，非性自好之者不习，故工者益少，亦势使之然也。"宋朝废书科，朱弁因而感觉到会写字底人少，然则从宋以后，当然会越来越少了。明清底书家也是屈指可数底，清中叶以后，因为金石文字发现得很多，写字底人喜欢摹临，一变从前临帖底风气而为临碑。虽然脱离了"馆阁气"，却还跑不出摹拟古字底圈套。不知道北朝底碑文多是汉化胡人或胡化汉人底笔法，书体和章法本不甚讲究，在当时还不过是平常的刻文，本没有什么艺术底理想，南朝人讲究写字，被认为书法底正宗，但真配得上称为"艺术字"到底也不多。书法艺术可以说是未曾建立到有强固基础底地步，反而使练字底人们堕落临摹底窠臼。

对于以上三点，我们可以认为中国文字所以不进步底重要原因。看文字为神圣，是迷信底遗留，那不容别人批评中国文字底缺点，也是抱着卫道底精神，以为中国文字一被废弃，中国文化也就跟着丧失了。这可说是不需要的顾虑，文字不过是形象上的符号，换符号，不必是改变文化，也不必是改变语言。从事实上说，现在的中国字已不是周秦底篆文，更不是殷朝底甲骨文，所以形象上的改变是不相干的。现在的士大夫，许多不主张用拼音字，因为他们怕拼音字一流行，汉文便会丢失，中国文化也随着会丢失了。这过虑是不须要，也是不诚实的。假如要保持中国文化，须要以保存中国字为手段底话，那么我们应当先要禁止官僚，教授们说那些半中半日，三成国语七成英语底语言。因为文字是根据语言写出来底。我们不能防止语言底转变，一样地不能禁止文字底改易。不一般阔人吃大菜、住洋房、说洋话、写洋文、用外洋家具，他们不以为是毁灭中国文化，却要反对用字母拼成底中国文字，这若不是"敬惜字纸"底迷信思想底表现，便是他们底主张不诚实。这种不诚实底根底在他们底"士大夫阶级意识"。他们怕中国人都识字，拼音容易学，不须很长时间，汉字非学上十几年，不能用得流利，这非有余力余时不能办得到。"读书人"要保持他们底尊严，所以感觉到难用的汉字不可废。新文字学会除要介绍通行的字母拼成底文字，因为我们纵然目前不能不用汉文，也应为后代子孙开条方便底路。但士大夫所想着中国文字不但不能废，甚至要积极提倡书法。书法本是有闲者底消遣，假如用它来替代赌博，吸烟，等等，我倒不反对，假如行将就木底人，轻事无须他做，重事他做不了，用写字来消磨他底时间，我也不反对。假如驱使一般有为的青年，费很多宝贵的时间去练字，我总觉得是太冤枉，而且是一种罪恶。

中国文字，因为书写底不方便，与专凭记忆，所以文句上受了许多修削，结果弄成一种所谓"文章"底文字。会做文章就是擅于把文句里作者以为可删的字眼节省，会使读者一读就感觉到作者文笔底简洁与玄奥。简洁与玄奥未尝不可为，但简到使人误会，玄到使人不了解，纵然写得好文章，于文化有什么裨益呢？词不达意，起初是文字底原因，写惯了，成为一种体格便影响到思想上头。中国底思想不清晰，中国文字应负起大部分的责任。所谓"读书不求甚解"便是使思想不能上进底根源。弄到为学非为致知格物，只为作文吟诗，有用的精力，费在未必能够成就的文艺上，这是何等可惜，何等可恨的事！

二　中国文字所受不进步底影响

因为中国文字进化到表义底一个阶段便停止，在大体上说来就影响到思想底不清晰，但从文字本身说，也有几点可以提出来底。

一、字与文字。中国读书人可以说是识字底多，识文字底少。字是从原始的形态与单纯的意识写出来，文字是用复合的形，与声表示一个概念，它不一定是单字拼音，也许会连合五六个音才能表示出来。在旧字典里找不出文字，所收底只是字，多过一音底字，便被表为"辞"，不知道"辞"是不能靠单音或复音来判断底。拼音字或者是辞，如"牛"当作"牛马"底"牛"解，是字，当作一个人底性格粗蛮解，说"他是一只牛"底"牛"是辞。又如说"牛马"，分说是牛和马，是字，合说是含有奴隶式的服役底意思，如是"他为子孙做牛

马"。如"蜻蜓""冯夷""吝啬"是字，说真一点是文字，不是辞，因为这些只表示一个单纯的概念。因为从前的学者不分别字与文字，所以写字，或读文底时候，每每弄不清楚，甚至把意义解错了。

二、文与文章。中国人读书是为做文章，对于"文"底法则好像不大注意。

这是地山先生去世后一个多月，从他的故纸堆里找出来的一篇未完的文稿。他是为新文学学会成立两周年的纪念刊写的。在七月的下旬孙源向他催稿时，他说已经写好了一半的，便是这一篇文字。墨痕犹新，而人遽已作古！

在《国粹与国学》一文里，地山先生写着："我们到现在用底还不是拼音文字，难学难记难速写，想用它来表达思想，非用上几十年底工夫不可。"这是"几十年"无疑地是"十几年"的笔误，但也可能地是排印时的错误。然而曾有批评这篇文字的人，根据这一点来指摘以为与事实不符。我早就想为作者辩正，但现在倒不需要了。在这一篇未写完的稿子里，他先写着（用毛笔）："汉字非学上七八年不能用得流利"，后来又用钢笔把"七八"两字涂去，改上"十几"二字，这虽是个小点，但因为关系学术研究，所以附带说一句。

一九四一年九月十五日陈君葆跋

（选自《国粹与国学》，商务印书馆 1946 年 8 月版）

诗

歌

诗　歌

心有事 <small>（开卷的歌声）</small>

心有事，无计问天；
　　心事郁在胸中，教我怎能安眠？
我独对着空山，眉更不展；
　　我魂飘荡，犹如出岫残烟。
想起前事，我泪就如珠脱串；
　　独有空山为我下雨涟涟。
我泪珠如急雨，急雨犹如水晶箭；
　　箭折，珠沉，融作山溪泉。
做人总有多少哀和怨，
　　积怨成泪，泪又成川！
今日泪、雨交汇入海，海涨就要沉没赤县，
　　累得那只抱恨的精卫拼命去填。
呀，精卫！你这样做，虽经万劫也不能遂愿；
　　不如咒海成冰，使它像铁一样坚。
那时节，我要和你相依恋，
　　各人才对立着，沉默无言。

（原载 1922 年 4 月《小说月报》13 卷 4 号）

七宝池上底乡思

弥陀说："极乐世界底池上，
　　何来凄切的泣声？
迦陵频迦，你下去看看
　　是谁这样猖狂。"
于是迦陵频迦鼓着翅膀，
　　飞到池边一棵宝树上，
　　还歇在那里，引颈下望：
"咦，佛子，你岂忘了这里是天堂？
　　你岂不爱这里底宝林成行？
　　　　树上底花花相对，
　　　　　　叶叶相当？
　　你岂不闻这里有等等妙音充耳；
　　　　岂不见这里有等等庄严宝相？
　　　　住这样具足的乐土，
　　　　　　为何尽自悲伤？"
坐在宝莲上的少妇还自啜泣，合掌回答说：
"大士，这里是你底家乡，
　　在你，当然不觉得有何等苦况。
　　我底故土是在人间，
　　　　怎能教我不哭着想？
"我要来的时候，
　　我全身都冷却了；

274

但我底夫君，还用他温暖的手将我搂抱，
　　　　用他融溶的泪滴在我额头。

"我要来的时候，
　　我全身都挺直了；
　　但我底夫君，还把我底四肢来回曲挠。

"我要来的时候，
　　我全身底颜色，已变得直如死灰；
但我底夫君还用指头压我底两颊，
　　看看从前的粉红色能否复回。

"现在我整天坐在这里，
　　不时听见他底悲啼。
唉，我额上底泪痕，
　　我臂上底暖气，
　　我脸上底颜色，
　　我全身底关节，
　　　都因着我夫君底声音，
　　　　　　烧起来，溶起来了！
　　　我指望来这里享受快乐，
　　　　　现在反憔悴了！

"呀，我要回去，
　　我要回去，
　　我要回去止住他底悲啼。
　　我巴不得现在就回去止住他底悲啼。"

迦陵频迦说：

"你且静一静，
我为你吹起天笙，
把你心中愁闷的垒块平一平；
　　且化你耳边底悲啼为欢声。
你且静一静，
　　我为你吹这天笙。"

"你底声不能变为爱底喷泉，
　　　　不能灭我身上一切爱痕底烈焰；
　　　也不能变为忘底深渊，
　　　　使他将一切情愫投入里头，
　　　　　　不再将人惦念。
我还得回去和他相见，
　　去解他底眷恋。"

"呵，你这样有情，
　　谁还能对你劝说
　　　　向你拦禁？
回去罢，须记得这就是轮回因。"

弥陀说："善哉，迦陵！
　　你乃能为她说这大因缘！
纵然碎世界为微尘，
　　这微尘中也住着无量有情。
所以世界不尽，有情不尽；
　　有情不尽，轮回不尽；
　　轮回不尽，济度不尽；
　　济度不尽，乐土乃能显现不尽。"

话说完，莲瓣渐把少妇裹起来，再合成一朵菡萏低垂着。微风一吹，它茌弱得支持不住，便坠入池里。

迦陵频迦好像记不得这事，在那花花相对、叶叶相当的林中，向着别的有情歌唱去了。

（原载 1922 年 6 月《小说月报》13 卷 6 号）

一九二一年十月二十三夜

一九二一年十月二十三夜，梦中和爱妻月森谈话。这夜，是她死后的第一周年。

转眼间，一年又过去！
这一年中，故意想起你的死，
　　倒不甚令我伤悲，
　　反使我心充满了无量欢愉。
然而欢愉只管欢愉，
　在无意识中，在不知觉中，
　　我的泪却关锁不住；

妻呵，往事不必再提起。
　　再提也无益。
你本是一个优婆夷，
　　所以你的涅槃是堪以赞美。
妻呵，若是你的涅　　，
　　还不到"无余"，
　　就请你等等我，
　　我们再商量一个去处。
如你还要来这有情世间游戏，
　　我愿你化成男身，我转为女儿。
我来生、生生，定为你妻，

278

做你的殷勤"本二",

直服侍你,

得"阿耨多罗三藐三菩提"。

（该诗未正式发表过，选自 1964 年 3 月 27 日《台湾文献》15 卷 1 期胥端甫的文章《许地山之生平及其著作》。诗题为编者所加。）

看 我

看我消瘦到指尖；
看我焦燥到唇边。
　都为书涩，梦艰，
　　　诗苦，情甜，
把人弄得七分儿糊涂，
　　　三分儿疯癫。
爱人哪，这因缘
　　　你亲自看见，
怎没一点眷恋，可怜，
　光教人望着你底冷脸？

（原载 1924 年 2 月《小说月报》15 卷 2 号）

情　书

一写情书心便燥，

墨未到纸泪先到！

还用写么？

这些痕迹就够了。

（原载 1924 年 3 月《小说月报》15 卷 3 号）

邮 筒

探手邮筒百千遍，
　　老摸不着邮件。
难怪呀，
　　友朋音书少，
　　　原是道路远。

（原载 1924 年 3 月《小说月报》15 卷 3 号）

做　诗

叫你千声你不应，
　　只顾拈笔描诗境。
外面夜雨急，
　　你去听不听？
把纸撕了罢，
　　写得诗多人会病。

（原载 1924 年 3 月《小说月报》15 卷 3 号）

月　泪

人一疲倦，
　　梵书入眼都凌乱。
垂头要眠眠不得，
　　对着孤床心更酸。
同情的月泪到窗尽化雪，
　　怕底是溅湿绿窗帘。
伊我用情正在这时节，
　　共谈何如把灯灭。
灯灭、月残，话还没谈完，
　　双睛已变滴水岩。

（原载 1924 年 5 月《小说月报》15 卷 5 号）

牛津大学公园早行

独行荒径，
　听晓钟一歇，
　更觉四边静。
小杨下
　刚露出方巾一角，
　　　　玄袍半领，
就见她脸上承书，
　　　　手中持镜。
那双媚眼
　一会儿向水银里照顾，
　一会儿在棉纸上默认。
乍走过跟前，
　见粉香人影，
　　几误作春晴时令。
赖远地一阵马鸣，
　才理会
这是秋意，秋声，秋光景。

（原载 1926 年 10 月《小说月报》17 卷 10 号）

我底病人

我底病人，
　　反正是没话可说底，
不如闭着眼，
　　　容我守着你。

我与你么？
　　相识是相识底。
谈到心曲，
　　差能拟相知，
　　只不配相思。

不知今日怎地，
　　要梦你十二时，
　　　想你十二时，
梦想你于十二时外底十二时。

"你岂不知我底脾气，
　　为何只默默无语？"
是的，既说相知，
　　当然明白你底意思。
但我也要对你说：
"你岂不知我底脾气，

286

为何只默默无语?"

相怨后底复和,
　　屡起情波。
你既含笑说:
　　"我不埋怨你,
　　　你倒埋怨我!"
这心椎既轻击我底耳鼓,
　　我还埋怨什么?

咦,连绵的情话,
　　不过是耳鼓底颤动罢。
真实的声音,
　　谁能听得见?

你底病和她底死,
　　是我心中底芒刺。
女人哪,切莫背地里乱想胡思,
　　切莫当人面表情示意。
这是我私心所致,
　　终不关你事。

"不过是极冷淡的,
　　极冷淡的朋友而已。"
任你谈到心曲,
　　只是友谊,
　　不是情意。
情意原是油——
　　没火固然点不着,

点着了，又有什么？

等你发见你底"蜜"，
　已是迟而又迟了！
爱者容易变成香渍尸，
　不介意，便要向古沙里找。

（原载 1927 年 2 月《小说月报》18 卷 2 号）